花颜策

卷三

西子情 著

目錄

第三十一章 拜碼頭求保佑

花顏收拾妥當，對安十六說：「過了臥龍峽後，你帶著人化整為零，去聯絡咱們在西南的暗人，打探消息，越仔細越好，尤其是關於南疆王室的。」

安十六點頭：「那少主您呢？」

「我與十七一起，扮作兄弟，就先按我制定的第一個計畫實施。七日後，在南疆都城的阿來酒肆見。」

眾人齊齊頷首，不一會兒便散開了。

花顏一直端坐在馬上沒動，在安十六等人都走後，對安十七說：「咱們倆過了臥龍峽後，先去金佛寺燒燒香。」

安十七笑嘻嘻地說：「少主，您的意思是，咱們到了西南番邦，得先去求神拜佛保佑這一趟順利？」

花顏點頭：「差不多吧！登山的要拜山神，咱們這回奪的可是南疆的蠱王，先去拜拜管這一塊土地萬物的佛祖，總沒錯的。」

安十七點點頭：「好。」

二人打馬往前走，直奔一夜後，來到了金佛寺。

金佛寺是整個西南境地最大的佛寺，供奉的是佛祖和蠱王神。

在這一片土地上，養蠱傳承了數千年，蠱是比較神祕的一門術，五花八門的蠱毒數不勝數，但凡沾染了蠱毒，那麼，輕則被人控制，失了神智，重則被養成了蠱人，折磨致死。

會養蠱的人，都掌控在皇親宗室貴族的手裡，也就是西南番邦八個小國的當權人。南疆王室雖然是蠱毒的正統，擁有蠱王，但是王室之人勢力微末，掌控不了西南境地，漸漸被分裂後，如今也不過是留個蠱王和政權的空架子而已。

而其餘七個小國，沒有蠱王，但是要兵有兵，要將有將，誰也不服誰，都想爭奪其餘小國的掌控權集於一身。只求掌控了蠱王，掌控了南疆王權，反而對蠱毒之術，不精益求精，將心力都用於謀策和強兵上了。

一旦南疆的蠱王有失，這片土地的蠱術就會沒落得不存在了也說不定。

花顏覺得這東西若是沒有了，也許是好事兒，免得出來禍害人。尤其是西南番邦如今能才輩出，哪怕雲遲能控制個幾十年，但下個幾十年呢？

所以，她覺得，她就算奪了蠱王，也頂多是讓西南番邦徹底大亂，真正地重新洗牌。說不準，雲遲會趁此機會讓其真正地歸一南楚。

當然，對於西南番邦來說，蠱王是萬不能有失的，因為事關蠱術的傳承。有蠱王在，傳承就在，就如信仰一般，蠱王不再，就如信仰沒了一般。

而對於雲遲來說，畢竟，他如今還不是皇帝，南楚如今在他手裡還沒真正的成熟強大，西南不能在此時徹底亂了，否則，他必定要費無數心血整頓。所以，他不會讓蠱王有失的。

但是呢，她不管這些，她是一定要拿走蠱王救蘇子斬的命。

金佛寺金碧輝煌，花顏和安十七是迎著朝陽而來，陽光照在金佛寺，更是鍍了一層金輝，看來神聖得不可侵犯。

這金佛寺可比南楚的清水寺要占地寬闊得多，輝煌得多，就如一座王宮。

花顏嘴裡叼了一根青草，對安十七說：「這寺裡的住持，三十年前，曾經是江洋大盜，後來放下屠刀立地成佛了。三十年前，他搶盜了銀子後，都用來娶媳婦兒了。你知道他當初娶過多少媳婦兒嗎？」

安十七搖頭。

花顏伸出手指頭，比了比：「九十九個。」

安十七敬佩地說：「他是想像皇帝一樣三宮六院？」

花顏「嘁」了一聲，說：「不是，他就是好色而已。」

安十七無語。

花顏吐了嘴裡的青草：「三十年前，他跑去臨安花家下聘，要娶咱們花家的女兒，被太祖母給訓了一頓，出了花家後，他不知是因為太祖母的話想通了還是怎地，休了九十九個媳婦兒，放下屠刀，跑來西南番邦的金佛寺出家了。」

安十七愕然，欽佩地說：「太祖母真是太厲害了。」

花顏笑笑：「咱們這回，要依靠他一把，讓他還太祖母的這個恩情，否則他如今豈能還活著？不是被官府拿辦了，就是早死在女人身上累死了。」

安十七嘴角抽了抽，納悶地看著金佛寺問：「這佛門之地，咱們除了拜個佛，求佛祖保佑外，還能做什麼？」

花顏神祕地一笑。

安十七好奇起來。

花顏不再與他多說，來到寺門前，將馬拴在樁子上，對守門的一個小沙彌說：「煩勞小師父，通稟住持一聲，就說四年前聽他講了三日夜經文的故人又來了。」

那小沙彌上下打量了他一眼，說：「住持今日有法會，怕是沒空。」

「你就去通稟一聲，興許他聽說故人來了，會有空的。」花顏淡笑。

小沙彌猶豫了一下，立即去了。

安十七站在花顏身邊，抓心撓肝地猜測：「少主，你難道是想讓老和尚助你奪蠱王？這金佛寺享受的可是整個西南番邦的供奉，怕是打死也不會與之為敵吧？」

花顏搖頭：「就是請他幫個小忙而已，沒到為敵那麼嚴重的地步。」

小沙彌很快就去而復返，對花顏雙手合十：「住持說有請。」

花顏微笑：「煩勞小師父帶路。」

小沙彌點點頭，一邊前頭帶路，一邊不由納悶地多看了花顏和安十七幾眼。

金佛寺今日十分熱鬧，在達摩院裡有法會，一位得道高僧模樣的人在講經，院落裡站滿了信徒。小沙彌領著花顏繞過達摩院，來到了一處禪院裡，對比整個金佛寺的金碧輝煌，這處禪院用的是青磚青瓦，顯得素淨了許多。

小沙彌將花顏和安十七領進了一間禪房裡。

房間無人，看守這間禪院的小沙彌給二人沏了一壺茶，對二人說：「兩位施主稍等。」

花顏也不急，端起茶來慢慢地喝。

一盞茶後，一個身穿袈裟方臉的六旬老和尚匆匆走來，邁進房門，看了花顏和安十七兩眼，雙手合十：「阿彌陀佛，貧僧不識得兩位施主。」

花顏放下茶盞，笑咪咪地說：「四年前聽大師講了三日夜的經文，深受教化，都說佛本萬象，佛能識萬象，我不過是化了本相，大師便不識得我了？可見大師修了三十年依舊沒成佛啊！」

老和尚驚異：「是老衲眼拙了，你這易容術著實精妙。」

花顏笑看著他：「大師別來無恙？」

老和尚剛想說無恙，話到嘴邊，想起了什麼，轉身走了出去，對看守禪院的小沙彌交代了幾句，隨手關上了房門，對著花顏的笑臉凝重地說：「小施主四年前害老衲好慘，如今時隔四年又來，小施主莫不是又有相求？」

花顏想著老和尚真上道，她笑容更深了些，說道：「大師既然言中了，以著咱們昔日的交情，我便也不拐彎抹角了，的確是有一事請大師幫個小忙。」

老和尚頓時苦下臉：「施主讓幫的忙，從來就沒有小事兒。」

花顏認真地說：「這次真是小事兒。」

老和尚依舊警惕地看著她：「願聞其詳。」

花顏語氣輕鬆地說：「金佛寺供奉著蠱王神像，同時也供奉了一本蠱王書，我想看看那本蠱王書。你是住持，拿來給我一閱，小事一樁。」

花顏話落，老和尚面色大變，她說的輕鬆，但是老和尚聽的卻不輕鬆。

安十七終於明白花顏的來意了，的確是先瞭解蠱王一番的好，免得萬一弄不好賠在這裡。

老和尚搖頭：「這可不是小事兒，小施主要看這蠱王書做什麼？」

花顏語氣尋常地說：「我的心上人中了蠱毒，我想參閱蠱王書，看看可能尋得解法。」話落，她強調，「想嫁給他的那種心上人。」

安十七無語，想著這說得也太誠實了吧！

老和尚盯著花顏半晌，似是要辨別她話中真假，雙手合十說：「阿彌陀佛，蠱王書雖然供奉在這裡，但老衲也沒有參閱權，只有南疆王有。」

花顏看著他：「雖然說蠱王書只有南疆王有權利參閱，但是你在這寺中待了三十年了，不好光明正大拿出來讓我參閱，但偷偷的總能吧？」

老和尚搖頭：「這寺中有八大長老，十八羅漢，五百多金身僧，處處都是眼睛。而且，供奉蠱王書的地方就在蠱王神壇下，老衲偷偷也拿不出來。」

花顏幽幽地看著他，語重心長地說：「老和尚，當年你離開南楚，你那九十九個媳婦兒和許多兒女，可是委託了花家幫襯著安排的。我太祖母二話都沒說便為你做了，做人要知恩圖報，我來求你這麼點兒小事兒，你都推三阻四。怪不得你修行多年不成佛，可見沒有普度眾生之心。」

老和尚噎住。

花顏看著他：「只要你方便我這次，我便再也不會來找你了，花家的恩情你也就還了。以後你在塵世裡那點兒牽絆，也就徹底沒了，興許，做完此事，你就成佛了。」

老和尚瞅著他，半晌道：「老衲以為上次之事已經還完了。」

花顏微笑：「上次多半是我自己動的手，你無奈才相助一二，算不得還完恩情。」又真誠地再次強調，「這次事成，我就真的不再來找你了。」

老和尚盯了花顏片刻：「老衲不信。」

花顏瞧著他：「你必須信，否則我就大鬧金佛寺，搶走蠱王書。你知道的，憑我的本事，毀了金佛寺不再話下。痛快點兒不行嗎？」

老和尚苦下臉：「即便我應你，我也偷拿不出蠱王書給你參閱。」

「這樣吧，我也不為難你，你把看守蠱王神壇的人調走兩盞茶的時間就夠了，我自己偷偷溜進去看，能看多少算多少。此事簡單吧？」花顏笑著說。

老和尚猶豫：「這……」

花顏看著他：「我如今長大了，不像四年前了，如今覺得做人還是不要太張揚的好，尤其是我也知道蠱王書金貴，但這不是迫於無奈才來參閱的嗎？也不想鬧得人盡皆知，更不想大鬧褻瀆了這裡的神佛，所以呢，便悄悄進去看看的事兒，你放心，牽累不到你。」

老和尚依舊猶豫：「這調走看守的人……」

花顏板起臉：「老和尚，你在這裡待了三十年，別告訴我連這麼點兒小事兒都做不了。我念著與你的交情，才來私下找你商議相幫。難道你真讓我毀了這金佛寺？帶走蠱王書？」

老和尚被花顏說得啞口無言，四年前的教訓他依舊記憶猶新，她若是真鬧起來，他還真沒辦法，這金佛寺若出了大事兒，對他這個住持來說，總不是好事兒。

他沉默片刻，終於無奈地說：「兩盞茶……我試試，但你當真只是看看？必須答應我，一定不能拿走蠱王書。」

「這個你大可放心，我有一目十行過目不忘的本事，只要給我兩盞茶，蠱王書就會被我記在腦子裡，我還拿走他有什麼用？」花顏誠然地說。

老和尚驚異：「你竟然有過目不忘之能？」

花顏笑吟吟地說：「對啊！臨安花家每一代都會有那麼一個兩個人有這個遺傳，這一代，我和哥哥都有。」

老和尚咬咬牙說：「今日是法會日，人極多，我想必能給你弄出兩盞茶的時間來。我這便去安排，你且稍等。」

花顏微笑：「就知道你會鑽這種空子，快去。」

老和尚無言片刻，又道了聲「阿彌陀佛」，轉身去了。

安十七在老和尚走後，對花顏豎起大拇指：「少主高明。」

花顏「嘁」了一聲，笑著說：「這人吶，就是別作惡，也不要隨便地欠人恩情，否則你以為賣身給了佛祖，了卻凡塵躲得遠遠的出家，就能真擺脫世俗了？你看，他如今不還在還三十年前欠花家的恩情嗎？」

安十七……沉默無語。

二人又坐著喝了半個時辰的茶，老和尚匆匆跑了回來，對花顏說：「半個時辰後，巳時整，兩盞茶的時間。你知道蠱王神壇在哪裡吧？」

花顏點頭：「知道。」

老和尚看了一眼安十七：「只你一個人去，他不能去。」

花顏痛快地應允：「他去了也沒用。」

老和尚雙手合十，對花顏又行了個拜託之禮：「小施主，你看完之後，就立即離開吧！老衲不想再看見你了。」

花顏笑著點頭：「你放心，此事成了，我要急著回家救我的心上人，這地方以後我才懶得來了。」

老和尚還是不放心，抬起手：「擊掌為誓。」

花顏痛快地對他對擊了一掌。

老和尚終於放心，快步去了。

花顏在他走後，對安十七說：「你在這裡等著，或者出去轉轉都行，半個時辰加兩盞茶後，在寺門口等著我，我看完了那書，咱們立即走。」

安十七頷首：「少主小心些。」

花顏對他擺擺手，腳步輕鬆地出了這處禪院。

安十七在花顏離開後，琢磨著時間還久，便也出了這處禪院，去前面聽高僧講經了。

花顏在金佛寺內轉悠了一圈，估摸著時間差不多了，轉悠到了距離蠱王神壇最近的一處，眼見著守衛蠱王神壇的人時辰一到，悉數去了前面的達摩院，她不再耽擱，飛身進了蠱王神壇。

蠱王神壇內光線十分昏暗，幸好她恢復了武功，尚可辨清事物。

她來到神壇，從供奉神像的座下抽出了一本書，當即翻開，一看之下，臉色大變。

原來全是梵文。

她這些年學盡所學，唯獨沒學這佛家的梵文。

她恨不得將這本書揣兜裡就走，但是若是這樣，可就真害了那老和尚了，也許這金佛寺所有人都會為失去這本書被問罪陪葬，不僅如此，還會打草驚蛇，奪走蠱王就更難了。

她盯著這本書，猛地咬緊牙關，一目十行地閱讀這些梵文。

兩盞茶後，她看完最後一頁字，將蠱王書塞回神座下，擦了擦汗，飛身出了蠱王神壇。

她身影剛離開，守衛蠱王神壇的人悉數折返了回來。

「今日這法會，就是為了佛祖和蠱王神而辦，眾位一直守護蠱王書，剛剛都沐浴了佛光和蠱王神之光，此時正好跟老衲一起請出蠱王書，為之上一炷香吧！」老和尚也跟著回來道。

眾人無不應允。

老和尚打開了蠱王神壇，請出了蠱王書，看到蠱王書完好，心裡大鬆了一口氣。

花顏出了蠱王神壇後，來到了寺外門口，渾身是汗地對等在馬椿子前的安十七說：「那本書全是梵文，我一個字都不認識，只能將它們長什麼樣都先記在腦子裡。快！立即找個地方，我必須趕緊寫出來。」

安十七也知道花顏從小不學梵文的，聞言驚了個夠嗆，連忙點頭。

二人翻身上馬，快馬離開了金佛寺。

出了金佛寺，來到一處小鎮，花顏縱馬到了自家名下的酒肆門口，翻身下馬，扔了馬韁繩，快步衝了進去。

小夥計正要招呼人，見花顏一頭衝了進來，躲避不及，被她撞得連連後退了數步。

花顏瞅了他一眼，說了句「抱歉」，走到櫃檯前，拿出一塊令牌，對扒拉算盤的掌櫃說：「賀十，給我一間清靜且無人打擾的院子。」

賀十猛地抬起頭，看見令牌，睜大了眼睛，大喜，「少……」他話未出口，當即扔了算盤，快步走出櫃檯前，說了句：「跟我來。」

花顏收起了令牌，跟上他。

賀十很快安排好花顏所需的院落，對她問：「少主，您怎麼來了這裡？」

「如今沒工夫與你閒話，立馬給我拿筆墨紙硯來。」花顏急切地道。

賀十一愣，見她似是真急，也不再多問，言聽計從，立即去了。

不多時，他便親自抱了一大堆上好的筆墨紙硯放在了屋裡的案桌上。

花顏看了一眼天色，對他擺手：「你去吧，什麼時候我喊你，什麼時候再過來。」

賀十雖然納悶，但依舊點頭離去。

花顏當即鋪開宣紙，對安十七說：「你來磨墨。」

安十七點頭。

待安十七磨好墨，花顏閉了閉眼，提筆，依照那第一頁看到的梵文開始，快速地寫了起來。

安十七見花顏運筆如飛，磨墨的動作也不敢懈怠。

這處院落清靜，無一人前來打擾，只聽得花顏書寫的沙沙聲和紙張挪開的細微聲響，安十七連大氣也不敢喘，生怕打擾到花顏。

午時，賀十還曾過來，似是想問問可用飯菜，安十七抽空對他擺擺手，賀十趕緊走了。

傍晚時分，天幕漸黑，安十七掌上燈，花顏依舊在寫。

深夜，花顏終於寫完了最後一個字，落下筆後，手腕一甩，將筆扔開，整個人癱軟地坐到了地上。

安十七連忙蹲下身去扶她：「少主，您怎麼樣？」

花顏手腕已經抬不起來了，強迫地讓轉動了一日半夜的腦子停下說：「累死了，快，你運功幫我活動一下手腕，我怕我這隻手會廢了，以後拿劍萬一拿不起來豈不是完了。」

安十七面色一變，連忙握住花顏的手腕，運功幫她活絡筋骨。

花顏乾脆躺在地上，閉上眼睛。

安十七為花顏運功舒緩了半個時辰，對她問：「少主，您可還好？您試著動動手腕？不夠的話，我繼續。」

花顏慢慢地動了動手腕，有氣無力地說：「行，夠了，不會廢了就行。」

安十七鬆了一口氣。

花顏依舊有氣無力地說：「讓賀十弄飯菜來。」

安十七點點頭，立即去了。

花顏依舊躺在地上，連動都懶得動了。

安十七很快帶著賀十端著一個大托盤，裡面乘著滿滿的飯菜過來。

賀十見花顏躺在地上，案桌上擺著厚厚的疊成山的紙張，他心下驚駭，說：「少主，地上涼，您快起來。」

這賀十，三十多歲，眉目周正，看面相是個扔在人堆裡找不出的老實人。

花顏動了動身子，渾身疼痛，沒起來。

安十七連忙蹲下身將她扶起，坐在椅子上，對她說：「少主累極，如今半絲力氣都沒有了，我來餵你吧？」

花顏也不客氣，點點頭。

賀十連忙擺上飯菜，安十七拿起筷子餵花顏。

賀十站在一旁，看了一眼那寫出來的紙張，訝異地說：「原來少主是在寫梵文。」他仔細地看了一眼，驚異地說，「這……這是蠱……」

花顏瞧著他，問：「你認識梵文？」

賀十點點頭：「回少主，這裡距離金佛寺近，每年金佛寺都要作法事用梵文講經，方圓百里，會梵文的人有很多，我便也耳濡目染地學會了。」
花顏一樂：「那正好，我不用再找人譯解了，我先睡一覺，待醒了，希望你已經幫我把這些東西譯解完畢。」
賀十驚訝：「這些是少主寫出來的梵文，難道少主不識得？」
花顏一臉鬱悶，乏力至極地說：「若我識得，便不用寫出來了，如今我也只會把它們寫出來而已，一個都不認識。」
賀十更是驚駭，不過想到花家的傳承，便也不太驚異了，點點頭：「行，我這便給少主譯解，您吃過飯菜後，趕緊休息。」
花顏點點頭。
賀十收拾了桌子上的梵文，抱著走了出去。
安十七餵飽花顏，又將她挪去了裡屋的大床上：「少主睡吧，左右有三個月的時間呢，您別太急，好好睡一覺，反正賀十譯文也是需要時間。我給十六哥傳信，咱們晚些與他會合。」
花顏閉上眼睛，點頭：「我如今累得很，不睡醒了沒精神，行，傳信吧！」
安十七熄了燈盞，走了出去。
第二日傍晚，花顏依舊在睡著沒醒來。
賀十也依舊在譯解梵文，連覺也沒睡，中間喝了提神湯，休息時，對安十七詢問：「十七公子，少主此次來這裡，是不是有什麼重要的事情要做？我聽說她與太子殿下已經悔婚了，按理說，她不該也在這時候來才是。」
安十七歎了口氣：「是啊，十分要緊的事情，此次事了，怕是你們都要撤出西南，我們花家在西南累世的經營怕是只能棄置，不能再留了。」

賀十大驚道：「什麼事情這麼嚴重？」

安十七道：「奪蠱王。」

賀十面色大變，白著臉說：「這……為何？」

安十七聳聳肩說：「少主要救一個人，必須用蠱王。也是沒辦法的事兒。」

賀十驚異地說：「這……什麼人？」

安十七惆悵地說：「心上人。」

賀十更是驚駭：「未曾聽聞少主有心上人……這……是何人這麼有福氣得少主如此看重？不惜代價為他奪蠱王？」

安十七更是惆悵：「武威侯府子斬公子，你聽說過吧？他以前命不好，從今以後，著實稱得上是有福氣的人。」話落，見賀十睜大眼睛，他歎了口氣，「子斬公子能為少主一句話千里赴約，將來未必不能脫離武威侯府，如今是半個花家人，將來就會是花家的人。我們為他荒廢西南累世經營，也無可厚非，畢竟，咱們花家從來都是人命大於天，任誰有事都會不惜代價相救。」

賀十誠然地點頭，有些捨不得地說：「我在這裡待了十年，還真是有些捨不得。十七公子，所有人真要都撤走嗎？」

安十七道：「少主暫且還沒如此吩咐，但我想十有八九是的，畢竟無論我們能否渺無聲息地奪了蠱王，早晚南疆王和太子殿下都會知道是我們奪的。這西南境地，不同於臨安是我們的地盤，屆時一旦事情洩露，我們這裡的人怕是應付不來。為了救子斬公子，而傷我們自己人的命，少主也是不願的。所以，寧可不要了累世的根基，也會先將人都撤走。」

賀十點點頭。

安十七拍拍他肩膀：「只要人命能保住，未必不能有朝一日卷土重來。你若是捨不得，待這件事過個幾年，再回來就是了，咱們花家，四海之內，沒有扎不下根的地方。」

賀十面色一鬆，也笑了：「說得也是。」

花顏足足睡了兩日夜，方才醒轉。

安十七聽到動靜，連忙從外面跑進屋：「少主，可要喝水？」

花顏坐在床上，揉揉眉心，點點頭。

安十七連忙給花顏倒了一杯水。

花顏一口氣喝光，問：「我睡了多久？」

安十七接過空杯子，對她說：「兩日夜。」

花顏想想還好，問：「賀十可譯解完了那些東西？當時時間緊迫，我囫圇地記了個七七八八，想必他譯解得十分艱難。」

安十七點頭：「是有些困難，不過他全部都按照少主寫出的給譯解完了，未曾自己增添絲毫，少主稍後梳洗用過飯菜後，以您的聰明，哪怕有譯解不通的地方，想必也能融會貫通。」

花顏頷首，下了床，舒展了一下皺巴巴的衣服說：「去拿一套新衣服來給我，再抬一桶水來，另外，我要吃這小鎮上五味齋的飯菜，打發人去買來。」

安十七見她俐落地下床，沒有任何不適，大鬆了口氣，連忙應聲去了。

花顏吃飽喝足，便拿著那一大堆賀十譯解出來的資料過目。

她一頁一頁地翻看著，看到最後，眉頭擰緊，臉色十分不好看。

安十七早已在賀十譯解時便看過了，此時等在一旁，見花顏看完，他皺眉開口：「少主，這可怎麼辦？沒有南疆王和公主的血引，拿不走蠱王，難道……我們要去找南疆王和公主放血？」

賀十聽聞花顏醒了，連忙趕過來，正巧聽到安十七的話，立即說：「這蠱王書果然深奧，我譯解了一日夜，唯這最後一句話懂了。這一代的南疆王和公主我見過一面，是在三年前金佛寺的法會上。南疆王是個極其和善的人，但是公主葉香茗卻是個長得很美，極其厲害的人。據說，除了精通蠱毒之術外，還精通蠱媚之術，被她施了蠱媚之術的人，任誰也逃不出她的手心。」

花顏端起茶盞，喝了一口，漫不經心地說：「公主葉香茗，是這片土地上公認的美人，有傳言，說她風姿妖嬈，任何男人見了，都移不開眼睛？可是如此？」

賀十點頭：「是有這個說法，三年前的法會，她蒙了面紗，我只見到了她的人，未見到她真正的容貌。」

花顏聞言轉過頭，對安十七說：「十七，你覺得你這副容貌，可能入得了那位公主的眼？」

安十七愕然，驚問：「少主，難道您要我去……色誘？」

花顏瞅著他，盯著看了片刻，直到將他看得發毛，她才移開眼睛，皺著眉說：「不行，你太嫩了。」

安十七大鬆了一口氣。

花顏放下茶盞，眉頭打著結說：「傳信給十六，讓他調查南疆王和公主葉香茗的所有資料，越詳細越好。」

安十七應了一聲，立馬去了。

賀十看著花顏，試探地問：「少主，您難道真要去找南疆王和公主放血？」

花顏沒辦法地說：「這蠱王書上說的清楚明白，蠱王傳承以來，都是以每一代的南疆王和公主之血為引，一生要喂血兩次，一次是喂血認主，一次是終老以血傳承。如此一來，少不得要從南疆王和那位公主身上取點兒血了。」

賀十立即說：「這樣的話，奪蠱王更是難上加難了。」

花顏堅定地說：「無論如何，我也要拿到蠱王，也只能一不做二不休了。」

賀十看著花顏，小聲地說：「少主這麼多年，難得喜歡上一個人，兄弟們定會齊心協力，幫少主拿到蠱王。少主離開時，帶上我吧！我聽聞看守蠱王的王宮皆是梵文機關鎖陣。興許我在這一點上有些用處。」

花顏聞言拍拍腦袋：「唯梵文一事，真是悔死個人。」她伸手拍拍賀十的肩，「賀十，只能辛苦你跟著我了，不過，你只負責儘快教會我梵文，至於進蠱王宮用不到你，我已有安排。」

賀十聞言點頭，他明白身手不夠的人，必然不會被帶去做無畏的犧牲。

安十七傳信回來，花顏便帶著賀十一起啟程了。

行出一百里後，來到一處城池，青天白日裡，城門緊閉，顯然是封鎖了。

安十七抓了一名乞丐打探了一番，回轉馬來對花顏說：「據說十日前太子殿下來了南疆，四日前斬殺了南疆王室有異心的兩位王子，如今封鎖了南疆九城，正在整頓南疆內政。這城門已經封鎖了四日了。」

花顏想著雲遲的動作果然快，光明正大地來此先一步接手南疆王權，可見，她是帶著兵馬來的，否則，不會如此張揚得有恃無恐。

看來這短短十日，他已經初步將南疆王權攥在了手裡。

「看守城門的是什麼人？去查一下。」

安十七點點頭：「少主先找個地方歇息，我去打探。」說完，騎馬去了。

花顏找了一株大樹，翻身下馬，甩開馬韁繩，坐去了樹蔭下。

賀十解了水囊，遞給花顏，坐在花顏的身邊

花顏喝完水，擦了擦嘴角的水漬，翹著腿對他說：「本來我覺得奪了蠱王，不見得要把我們在西南境地的所有人都撤走，那些根扎得極深的根基，不動應該也無礙。但如今要放點兒南疆王和公主葉香茗的血，怕是不全力以赴會拿不下蠱王。那麼人都會要用上，開弓沒有回頭箭，一旦出手，定不能再留餘地，怕是只能都撤走了。」

賀十默了默。

花顏轉頭看著他：「賀十，你來這裡十年，都已經捨不得了吧？」

賀十點點頭：「有點兒捨不得，不過若是過幾年少主再帶著人卷土重來，重新在西南境地扎根的話，再回來就是了。」

花顏「唔」了一聲，忽然一笑，說：「倒也不是不可為。」

賀十看著花顏，猶豫半晌，小心翼翼地問：「少主很喜歡那位子斬公子？」

花顏笑著點頭：「喜歡的。」話落，對他說，「如今也許喜歡得還不夠深切，但若是時日久了，大約便會更深切了，他是一個很容易讓人動心的人。」

賀十點點頭，說：「能讓少主動心的人，定然是極好的。」

花顏搖頭，笑道：「他不算是極好，人很彆扭，也很清冷，不擅長哄人，連句甜蜜的話兒也不會說。」

賀十訝異：「那就是品貌和才華俱佳了？」
花顏又搖頭：「品貌和才華的確俱佳，但也稱不上一等一。」
賀十納悶地問：「那與太子殿下相比……」
花顏淡笑：「有些東西，他不及雲遲，比如武功他自己說要差上些許，容貌也要差上些許，品行卻是比雲遲好，他是真正的德修善養之人，而雲遲……」她頓了頓，望天說，「身分站得太高，背負的江山太重，總不能太君子了。」
賀十看著花顏，見她神色幽幽，似隱帶悵然，便不再詢問，閉上了嘴。
安十七很快就回來了，喝了口水對花顏說：「守城門的人是南疆王隸屬直編營的副將，叫做荊吉安。」話落，他笑，「少主沒聽錯，就是十六哥看中的那位小金姑娘的哥哥，她託您帶的東西，不用四處找人了，就在眼前。」
花顏也笑了：「這可真是巧了。」
安十七點頭：「是巧得很，但是也有一件不巧的事兒。」
「嗯？」花顏揚眉。
安十七道：「跟他一起的人是咱們南楚安陽王府的那位書離公子，他根本就沒重傷墜崖下落不明，而是早就與太子殿下設好了一個局，在臥龍峽制服了荊吉安和他手下的部將。如今太子殿下去了南疆都城，這裡交給了安書離和荊吉安，估摸著用不了兩日，要在這裡出兵對付其它附屬小國。」
花顏聞言默了默說：「果然不巧。」
未奪蠱王之前，絲毫的蛛絲馬跡都不能暴露，所以她不想動用花家勢力通關，以免在這個非常時期被安書離察覺盯上。

若只一個荊吉安守城，過城通關是很容易的事情，她略施手段，就能輕鬆地過去了。但是，如今他身邊有個安書離，就有點兒難了。

既然臥龍峽之事是他和雲遲做的局，連南楚朝廷文武百官，安陽王和王妃都隱瞞著不知情的情況下，迅速地在雲遲到來後幫他拿下了南疆的地盤，短時間內掌控了南疆，可見這位南楚四大公子之一的書離公子，絕對不像表面那般溫潤無害溫文爾雅。

他這手段和心機智謀，是絕對不容許有人在他眼皮子底下漏沙粒的。

尤其，如今又是非常時期。

她揉揉眉心，鬱悶地道：「真是道途多阻。」

安十七看著花顏，試探地問：「少主，您與書離公子可有交情？您看看能否讓他悄悄放咱們一路到都城？」

花顏手一頓，嗤了一聲：「沒有交情，有仇還差不多。」

「啊？」安十七撓撓腦袋，「好歹有些情分吧？」

花顏哼笑：「你指的是我利用他弄出私情之事讓太后打消婚約？還是在京城半壁山清水寺見他那一面，說了些不著調的話讓他在雲遲面前難做？」

「難道就沒好事兒？」安十七嘴角抽了抽。

花顏果斷地說：「沒有。」

安十七洩氣：「我去想辦法，這城池是能順利地過去的，但既然遇上這書離公子，要想不被他發現，估摸著要好好周旋一番。怕是又要消磨些時間了。」

如今已經過去七八日了，她的時間不能耽擱在路上：「你先坐下，讓我想想，看看有什麼法子，儘快過關，不能耽擱。」

安十七點點頭，坐下來等著。

花顏琢磨半晌，琢磨出一個計策來，站起身，拍拍屁股說：「有了，我們……」她剛要開口，聽見遠處的官道上有兩匹馬蹄聲疾馳而來，當即住了口。

安十七立即說：「少主，我們要不要避避？」

花顏摸了一下子自己的臉，易容完好，她搖頭：「沒事兒，不需要遮掩，這些年，南楚和西南境地的貿易往來十分頻繁，商賈車馬行居多，前面等著進城的人不止我們，不用做賊心虛。」

安十七點點頭。

不多時，那兩匹馬露了頭，花顏一眼就認出了馬上那兩人原來是熟人。

一個藍袍錦緞，身姿颯爽的陸之凌；一個少年俊秀，意氣張揚的梅舒毓。

她雖然不知道這兩人怎麼湊一塊來了這裡，但是來得真真是好極了，被她遇上更是好極了。

她當即腦筋一轉，笑著說：「真是天助我也，這回連計謀都不用使了，我與安書離沒交情，但與這兩人算是極有交情的，這一路通關到都城，就依靠他們了。」

陸之凌和梅舒毓縱馬來到近前，自然也看到了路邊不遠處大樹下的三人，這種駐足路邊歇腳的人不稀奇，二人也沒多做理會，便打算縱馬馳過。

花顏自然不可能讓他們就這樣走了，於是撿起一顆石子，對著陸之凌擲了過去。如今她恢復了武功，小小的石子由她手中飛出，輕輕一甩，便是三成的力道。

陸之凌只覺有東西向他打來，他警惕地以為是暗器，閃電般地抽出劍，迎上了射來的東西。

只聽「叮」地一聲響，那東西由劍彈開，滾落到了地上。

他掃了一眼，看向石子的來源，便瞅見了花顏笑咪咪地瞧著他。

他勒住韁繩，微沉著眉目瞅著花顏。

他將三人上上下下打量了一遍，最終目光還是落在了花顏面上，因為石子是她扔的。他揚了揚眉：「這位小兄弟，有何指教？」

花顏笑著拱了拱手：「陸世子和毓二公子，借一步說話可好？」

陸之凌沒想到花顏開口就道出了他和梅舒毓的身分，在這西南境地，遠離京城數千里，人生地不熟的，被她這樣道出來，自是令他沒法淡定了。

於是，他目光射出寒人的光，緊緊地盯住花顏，揚眉：「小兄弟是我們的故人？」

花顏淺笑：「算是故人。」

陸之凌盯了她半晌，見她似是沒有惡意，翻身下馬，甩了韁繩，向她走去。

梅舒毓也大感意外，也翻身下馬，跟著陸之凌，走向花顏三人。

陸之凌在花顏面前站定，左看右看，還是不認識她。

花顏之所以敢這樣與陸之凌過明路，是覺得他與蘇子斬交情頗深，蘇子斬寧願用掉他的九炎珍草，也不願意用雲遲的五百年老山參。而梅舒毓得罪了雲遲使得梅老爺子動用家法，他跑去了蘇子斬那裡尋求庇護，所以，這兩人對她來說極可用。

她恢復自己的原聲，笑著說：「我這容貌兩位不識得，我這聲音兩位可還記得？」

陸之凌聽到熟悉的聲音大驚，脫口說：「太子妃？」

梅舒毓也頓時驚呆了。

花顏笑著搖頭：「我如今已經不是什麼太子妃了，兩位一路上就沒聽到太后的悔婚懿旨？」

陸之凌睜大了眼睛，愣了好半晌，才說：「不止聽到了，還看到了，你們臨安花家將太后的悔婚懿旨拓印了萬張張貼在各州郡縣，百姓們沒看過的都少。」

花顏點頭，想著哥哥把事情做得極漂亮，讓她滿意極了。

陸之凌瞧著她，想從她臉上身上找出些花顏的影子，奈何這易容術太好，除了聲音，他真是絲毫也找不出，他不由問：「你真是臨安花顏？」

「千真萬確。」花顏揶揄地看著他，「陸世子一直想找我玩骨牌，一次在酒樓被我哄騙了沒玩上，一次在趙府湖畔人太多沒敢應允我。我可都記著了。」

陸之凌這回相信了，除了花顏，誰還有這麼壞的心腸。

第三十二章　順利進都城

梅舒毓上前，對她確認地說：「那日在梅府，我掠你到水榭亭台……」

花顏想著這二人挺謹慎的嘛，這般聽聲音還不信她，要再三確認，她笑著說：「那日在梅府，我對你說，如今我所做的，雖然都不見得事成，但總有一日，積小成多，讓他想壓都壓不下的。你可還記得？我指的是雲遲，如今已經悔婚了。」

梅舒毓一拍腦門：「還真是你。」

陸之凌又看看花顏身邊的賀十和安十七：「他們是？」

花顏笑著說：「我的兄弟。」

陸之凌見她不多介紹，顯然是沒與他打過照面之人，便點點頭，轉而問她：「你怎麼會在這裡？還是這副模樣？難道太后悔婚懿旨之後，雲遲將你扔在了半路上？」

花顏笑了笑：「我如今在這裡，自然是有目的的，至於原因……咱們離路邊遠一點兒，找個不打眼的地方，我與你們二人說道說道。」

陸之凌很好奇，點了點頭。

梅舒毓也當即答應了下來。

花顏帶著二人找了一處僻靜無人處，將蘇子斬的寒症只有三個月壽命非蠱王不能救以及她來南疆奪蠱王之事說了。

她並未隱瞞，既然要尋求二人的幫助，自然要以實情相告。

尤其是，她覺得他們二人不止能幫助她不耽擱時間地通關，興許還能幫她在南疆都城與雲遲周旋，避免讓她正面對上雲遲，隱在他們身後，奪蠱王把握就更大些。

陸之凌和梅舒毓睜大了眼睛驚駭不已，不淡定了。

南疆的蠱王，對南疆，對整個西南番邦意味著什麼？只要不是尋常普通的百姓，都清楚得很。尤其他們一個是敬國公府世子，一個是梅府二公子，雖然喜好貪玩，但也知道這是奪不得的東西。

花顏說完等著二人消化了一陣，才長歎一聲：「如果沒有蠱王，蘇子斬三個月後必死無疑，我也是沒有辦法。寧可讓西南番邦徹底亂了，也不能眼看著他死。」

陸之凌震了震：「只三個月了？」

花顏點頭。

梅舒毓驚詫地說：「我糊塗了，子斬表哥死不死，與你何干？這應該是武威侯府和我們梅府的人該緊張擔心的事兒啊？另外，就算東宮來管，也不該你來管吧？」

花顏笑了笑，對梅舒毓說：「我心儀蘇子斬。」

梅舒毓「啊」地大叫了一聲，目瞪口呆地看著花顏，耳膜嗡嗡地響，他沒聽錯吧？

陸之凌笑了笑，恍然大悟地說：「怪不得我這一路追來，沒見到他的人。」

花顏頷首：「他時間不多了，如今天不絕在給他醫治，禁不得折騰。」

陸之凌看著她：「我總算明白為何你如此不怕東宮不畏皇權非要解除婚約了，原來臨安花家當真不可小視，是世人愚昧了。連妙手鬼醫天不絕也是花家的人。」

花顏不置可否地說：「算是吧，十年前我抓了他之後，他就是花家的人了。」

陸之凌唏噓：「蘇子斬因為寒症，不敢往前走這一步，沒想到你卻敢幫他走這一步。」話落，他鬱悶地說：「我被你們害得好苦，那些日子，真是生活在水深火熱中。這剛解脫了，便又倒楣地遇上了你，我的命怎麼就這麼苦？」

「在京城對世子多有得罪，如今還要仰仗世子相助。這兩份恩情，我記住了，他日若是世子有不如意之處，用得到我的地方，我定二話不說地償還了這恩情。如何？」花顏低笑。

陸之凌搖搖頭：「不如何，你奪蠱王讓我相助簡直是要害我一輩子被南疆那些活死人追殺，若是被追殺至死，我哪裡還有命要你還恩情？」

花顏淺笑：「我既然敢拿走蠱王，就會盡力將那些活死人都滅殺了。我既然敢做這件事情，我就敢保你一世平安。」

陸之凌失笑，盯著花顏：「好大的口氣！」

梅舒毓也覺得這口氣不小。

花顏微微揚了揚眉梢，眉宇間淺淺淡淡的光華縈繞，她眸光深邃似能盛得下世間萬物：「其實，南楚數代帝王一直都有想毀了蠱王的心思，只不過都做不到，也不敢輕易明面上動手，怕因此傷了南楚朝綱的根基，所以才一直以附屬朝貢的懷柔安撫政策。」

陸之凌頷首：「的確，太子殿下在西南境地，自然不會允許你奪蠱王的。」話落，他歎了口氣，「哪怕無論是皇后，還是武威侯夫人，都希望他與蘇子斬守望互助，視為親兄弟，但在江山大業面前，這個兄弟情輕如牛毛，不值一提。」

花顏點頭：「不錯，若非因為他已經先一步掌控了南疆，我也不會把你們牽連進來。對他來說，在江山大業面前，蘇子斬這條命是可以犧牲的，但那些……我都不在乎，我只管要蠱王保住蘇子斬的命，且勢必要做到。」

陸之凌見花顏聲音雖然淺淡，但骨子裡透著股勢如破竹決心不悔的氣勢，他盯著她看了片刻，說：「蘇子斬雖然與我交情深厚，但是這一旦被雲遲知道是我們幫你奪蠱王，壞他的事兒，那麼，以後的日子，即便你將那些活死人都滅了，沒人追殺我，他怕是也不會饒了我。」

花顏理智冷清地說：「我奪蠱王，雖然會造成西南番邦徹底大亂，但對雲遲來說，也不是全無好處，須費一番心力整治罷了。失了蠱王後，他怕是會忙得手腳朝天，沒有功夫理會你的。待他有功夫了，也已時過境遷，我相信陸世子對於他的秋後算帳，總能完美應對的。」

陸之凌嘴角抽了抽……

花顏笑著揚眉：「該說的我已經說了，陸世子覺得如何？」

陸之凌聞言看向梅舒毓。

梅舒毓拿不定主意地擺手：「一面是壞太子表哥的大事兒，一面是子斬表哥的性命，我聽你的，我是跟你出來的，你說幫就幫。」

陸之凌轉回頭，問花顏：「你想讓我們怎麼幫你？」

花顏笑著說：「也不用太辛苦，就是在我需要的時候，幫我遮掩一二就行。」

陸之凌揚眉：「這樣簡單？你要奪蠱王，是要闖蠱王宮的吧？」

話語笑著點頭：「闖蠱王宮自是用不到你們，我自己會安排我的人做。」話落，她轉頭，看向前方的城門方向，「如今負責封鎖南疆九城的人是安書離，我與他有些過節，但你們二人應該沒有，我們做你們二人的護衛，想必通關時他識得你們不會為難。另外進了都城，我跟在你們身邊有你們身分遮掩一二，比如王宮這等不好進的地方，行個方便就夠了。」

陸之凌算是聽明白了：「你想拿我們在安書離和太子殿下二人面前做個擋箭牌。」

花顏微笑：「正是如此。沒有辦法，我只三個月的時間，蘇子斬耽擱不起。」

陸之凌深吸一口氣：「若是沒遇上我們二人，你們打算如何？」

花顏聳聳肩：「少不得要耽擱上些天，既有便利，自然是要得用一番了。」

陸之凌磨了磨牙：「就說我是比較倒楣的人，遇到你，總要倒楣。」

花顏笑看著他：「一輩子長得很，說不準陸世子有用得到我的時候。」

陸之凌默了默，一閉眼：「好吧！我答應你了。我也不想看著蘇子斬死，我與他相交多年，這以後的日子裡若是沒他與我喝喝酒氣氣我，還不知道有多寂寞。」

花顏就知道他會答應，笑著說：「既然如此，走吧！前面對付安書離通關，就仰仗陸世子和毓二公子了。」

陸之凌上上下下打量他一眼，說：「你一點兒也不像是隨從。」

花顏眨眨眼睛：「你的暗衛跟著的吧？叫出來幾個，我立馬就能變成跟他們差不多的樣子。」

陸之凌也想看看她是怎麼易容的，便對身後招手，「來人。」

離風帶著兩個人應聲而出，立在了陸之凌身後。

陸之凌對花顏一指：「你弄成跟他差不多的感覺，我就能帶你通關。」

花顏瞅了離風和那兩名隱衛兩眼，點了點頭，招手喊來安十七和賀十，當即掏出懷中的東西，一陣塗塗抹抹，便易容得面相有幾分隱衛冷木冷然的氣質了。

陸之凌和梅舒毓親眼見著驚歎不已。

花顏給自己、安十七、賀十的面容都易容了一番，陸之凌又吩咐離風拿了三件與他們身量相等的隱衛衣服，三人換上之後，活脱脱的成了他的隱衛。

陸之凌拍拍花顏的肩膀，實在沒法將這樣的她當成女人，哥倆好地說：「兄弟，你這手易容術，以後教教我可好？」

花顏笑看了他一眼：「只要蠱王之事成了，陸世子但有吩咐，都不算什麼。」

陸之凌大樂：「好，那我就期盼你事成了，這件大事兒必會載入史冊，我能參與一二，如今都覺得甚好。」

花顏揚眉：「早先聽說奪蠱王，你不是怕得很嗎？」

陸之凌咳嗽一聲：「你有求於我，我總不能答應得太乾脆了。」

「我也要學，這幫忙的事兒也有我一份，便宜不能都讓他占了。你這易容術真是太好了，若是以後我做了壞事兒，就易容一番，走在大街上，我祖父估計都不識得我，更別提抓我回去開宗祠動家法了。」梅舒毓也立即湊上前說。

花顏對梅舒毓這人的印象好，覺得他上道得很，品行也是極不錯的，笑著說：「你以後的事兒，也好說。」

梅舒毓也高興起來。

陸之凌忽然想起了什麼，對花顏說：「你有武功？」

花顏頷首：「是啊！否則也不敢扮成你的隱衛了。」

陸之凌看著她：「早先在京城，沒發現你有武功啊？如今你這般站在我面前，若非刻意洩露氣息，我也是察覺不到你有武功的，這是怎麼回事兒？」

花顏笑了笑：「我修習的內功，講求自然之道，很輕易就會與空氣融為一體。我不刻意釋放內息，你自然難以察覺。」話落，又說，「在京城時，我是真沒有武功，被我哥哥給鎖住了，前幾日才解開。」

陸之凌恍然：「怪不得，你這內功心法，定然是極上乘的，還真是少見。」

「走吧。」花顏不願再多說耽擱時間。

陸之凌點點頭，對她揮手：「你們三人得跟著離風。」

花顏頷首，歸入了隱衛的隊伍。

陸之凌和梅舒毓翻身上馬，繼續向前而去。

前方不遠就是城池，排了長長的一隊，是等著通關的人與車馬。

西南境地的動亂，似乎沒有太影響南疆這片土地，沿途行來，百姓們似乎該如何就如何，他們似乎十分的信奉蠱王神，相信蠱王神是能保佑他們世世代代的。

陸之凌和梅舒毓來到城下，勒住馬韁繩，看著城門緊閉，一時半會兒沒有開的打算，城牆上有南疆的士兵，也有身穿南楚服飾的士兵，二人縱馬上前。

陸之凌對城牆上喊：「喂，兄弟，煩勞通稟安書離一聲，就說陸之凌來了。」

他這大嗓門的一喊，城牆上的南楚士兵探頭往下看了眼，有一人立即離開，似是去通報了。

陸之凌耐心地等候。

梅舒毓湊近他，小聲說：「咱們要趕時間，安書離若是留我們怎麼辦？」

陸之凌道：「就說在這裡玩有什麼意思，我們要玩就儘快去太子殿下身邊玩。」

梅舒毓點點頭。

不多時，有一人上了城牆，對著他們問：「陸世子，毓二公子？你們來這裡做什麼？」

陸之凌一看是安陽王府的一名幕僚，吊兒郎當地說：「玩唄。」

那人似無語了一會兒，對身邊一名士兵吩咐：「放他們進城。」

有士兵應了一聲，驅散了等候在城門口的百姓們，打開了門，讓陸之凌和梅舒毓進了城。

花顏等人跟隨陸之凌和梅舒毓之後，如影子一般地也進了城，暗暗想著果然是熟人好使。

待他們進城後，城門再度地關上了。

陸之凌進了城後，對那已經下了城牆的幕僚說：「安澈，你家公子呢？」

安澈拱手：「回陸世子，我家公子在督軍府衙。」

「帶路，我去見見他。」陸之凌揮手。

安澈點點頭，騎馬在前頭帶路，一邊走，一邊打量陸之凌和梅舒毓：「陸世子，毓二公子，你們二人怎麼一塊兒來了？敬國公和梅老爺子可知道？」

陸之凌道：「知道點兒。」

安澈又無語了一會兒：「如今西南正亂，可是不太好玩的地方。」

陸之凌哈哈大笑：「亂著才好玩，不亂我還不來呢。」

安澈又沒了話。

陸之凌笑道：「你家公子可以啊！以後人人提到安書離，不佩服都不行。」

安澈也露出笑意：「陸世子過獎了，這都是早先離京時我家公子與太子殿下制定下的計謀。」

陸之凌眨眨眼睛：「噢，太子殿下原來在那時候就想自己來西南番邦理事了，他此次來，有何打算？是還想西南番邦如以前一樣？還是另有策略？」

安澈搖頭：「卑職暫時也不知曉，如今是除了南疆，其餘的都或多或少動了兵，形成了兩派，一派支持南夷，一派支持西蠻。唯南疆被太子殿下和我家公子控制住，沒插手了。」
陸之凌笑著揚眉：「太子殿下呢？如今在做什麼？」
安澈道：「太子殿下如今在都城，與南疆王和公主商議解決西南境地的策略。」
陸之凌眼睛一亮：「南疆公主？就是那個西南境地的第一美人？如何，她美得過趙宰輔府的趙清溪小姐？」
安澈咳嗽一聲：「卑職也未見到，只是聽說公主葉香茗長得極美。」
陸之凌摸著下巴說：「這我得趕緊去瞧瞧。」
一到督軍府衙，陸之凌便打量了一番，嘖嘖了一聲：「南疆這地方挺富碩嘛，沿途一路行來，不比我們南楚的各大州郡縣差多少。」
安澈點頭：「自從太子殿下監國後，對西南境地實施了許多利民的政策，惠及到了整個西南境地，西南境地與南楚貿易往來頻繁，物資流通甚是順暢，雖然是附屬國，但確實不是西北蠻荒之地可比的。」
陸之凌不客氣地說：「就是因為對這塊地方太好了，所以，養肥了各附屬小國的狼子野心。可見，太子殿下監國後的政策，還是太溫和了。」
安澈似乎沒想到陸之凌如此說話，愣然了一下，沒了話。
安書離從裡面迎了出來，聽到這話，笑了笑：「陸世子所言也有一定的道理。」
陸之凌哈哈一笑：「說著玩呢。」
安澈無語地看著陸之凌，想著這話是能隨便說著玩的嗎？
陸之凌上下打量了安書離一遍，嘖嘖道：「看來這西南境地的水土十分養人，書離你看起來在這裡過得不錯嘛，害我早些時候還真以為你出了事情，大為傷懷了一場。」

安書離笑著道：「沒了安陽王府的規矩，在這裡是比較舒心一些。」話落，笑著看了梅舒毓一眼，「毓二公子可是偷跑出來的？否則梅老爺子定然不會讓你來此。」

梅舒毓不好意思地說：「是啊，被你猜對了。」

安書離不再多言，笑著說：「裡面請。」

陸之凌念著花顏說不想耽擱時間，便道：「不進去了，你忙你的，我們就是過來跟你打個招呼，這便繼續趕路去都城。」

「趕路？你二人為何趕路？難道此次來，另有要事兒找太子？」安書離訝異。

陸之凌搖頭，乾脆地說：「不是，我們哪裡有什麼要事兒，就是來玩的。」話落，他俯下身，神祕地說，「我們想趕著瞧瞧那位第一美人公主。」

安書離失笑，看著陸之凌：「以前沒覺得你愛看美人，如今怎麼轉了性了？」

陸之凌眨眨眼睛：「都說趙清溪是我們南楚第一美人，但不想後來又來個臨安花顏，如今進了這片土地，都說公主葉香茗是美人，我想比比，她比之趙清溪和臨安花顏誰更美？」

安書離笑著說：「既然如此，我還真不敢耽擱你趕緊去看美人了。」

陸之凌點點頭：「你是有正事兒在身，我卻是無事一身輕，自然不好在這裡多叨擾你。」話落，好奇地問：「你可看到葉香茗了？」

安書離點頭：「看到了。」

陸之凌連忙追問：「如何？」

安書離微笑：「是極美的，但是按照你說的比一比的話，怕是不好比，是不一樣的人，你看了就知道了。」

陸之凌一拍大腿：「你這樣一說，我更好奇了。」

陸之凌說走就走，與安書離又說了幾句話，調轉馬頭就要離開。

梅舒毓這時道：「等等。」

陸之凌納悶地勒住韁繩，問：「你還有什麼話？難道不急著去看美人了？你這小子秦樓楚館沒少去賞美人吧？如今這是轉性了？」

梅舒毓翻了個白眼，對他說：「從這裡進京，前面一路都是關卡，封閉得緊，咱們在這裡趕巧了遇到了書離公子，那往前呢？被攔住了怎麼辦？」

陸之凌想想也對，立即看向安書離：「是啊！我只顧著想看美人把這件事兒給忘了。幸好你在這裡，遇到你行了方便，往前這各個城池，你也給行個方便唄！比如有通關文牒令牌什麼的，借我用用，如今你是使者，除了太子殿下，你這名字估計好用得很。」

安書離笑了笑，轉頭對安澈說：「你跟著陸世子一起去都城，順帶給太子殿下捎句話，就說這裡一切進行的順利，不出意外，兩日後發兵，定會事成。」

「是，公子。」安澈垂首。

「有安澈一路護送，這簡直就是行走的活招牌，多謝了。」陸之凌大為高興。

安書離擺手：「不必謝，冀望你看完了美人，不被太子殿下抓了去做苦差，畢竟如今正是用人之際，你自己送上門，太子殿下想必不會客氣。」

陸之凌聞言，忽然想起了什麼，翻身下馬，對安書離說：「對了，我有點兒事兒想問你，解答一下唄。」

安書離微笑：「什麼事兒？」

「你跟我來。」陸之凌說著，將安書離拽到了一旁無人處，對他悄聲問，「那個……太子殿下對於太后下了悔婚懿旨，是個什麼態度？可是光火？」

安書離笑看了他一眼，揚眉，頗有深意地說：「你問這個是什麼意思？難道真如傳言一般，臨安花顏心慕你，你對她也有了傾慕？」

陸之凌頓時冒了涼汗，連連搖頭：「飯可以亂吃，話不能亂說啊，你要害死我不成？」他想著無論是太子雲遲，還是凍死人的蘇子斬，他都惹不起，猛地咳嗽了一聲，道，「我就是問問，畢竟好奇嘛，花家小姐我可不敢傾慕，我還沒活夠，還想多活些時候。」

安書離見他似是真話，笑著說：「悔婚懿旨傳到我耳邊時，我還沒與太子殿下遇上，倒是不知他聽到時，是否光火。」

「也就是說，太子殿下跟沒事兒人一樣了？」陸之凌眼睛眨個不停。

安書離眸光動了動，笑著說：「也不見得，畢竟每逢有人提到臨安花顏，太子殿下的臉色都陰沉得很。」

陸之凌聞言哈哈大笑：「你這樣說我就懂了，這心裡還是不舒服得很啊！」

安書離也笑了：「大約是吧，畢竟太子殿下對臨安花顏實在上心得很。」

陸之凌收了笑，暗暗地歎了口氣，想著尊貴的太子殿下原來也有人看不上的時候。可見，這世上沒什麼東西是絕對的。他拍拍安書離肩膀：「多謝兄弟了，我這回去都城，能避著他還是避著些好了，免得被殃及池魚。」

安書離含笑點頭。

陸之凌不再多言，翻身上馬，對梅舒毓說：「走了。」

梅舒毓點點頭。

安澈也翻身上馬，與陸之凌、梅舒毓一起，離開了督軍府衙。

安書離站在門口，目送三人離去，沒發現什麼不妥之處，折回了府衙內。

接下來兩日，有安澈在，一路順暢地通關而過，除了夜晚落宿外，再沒耽擱，順利地進了南疆都城內。

南疆都城，是西南這片境地最古老的都城，與南楚京城雖然風貌不同，但氣派上卻相差無幾。

進了城後，安澈對陸之凌說：「陸世子，太子住在使者行宮，您和毓二公子是隨卑職先去見太子殿下，還是……」

陸之凌很是不願意去見雲遲，但早先他對安書離說了急著想見南疆第一美人的公主，自然是要到了雲遲身邊才能輕易地見到。

於是，他爽快地點頭：「我隨你一起去，在這裡我們人生地不熟的，自然還是跟在太子殿下身邊妥當，玩歸玩，不能胡亂地玩，總要先跟他打個招呼才行。」

安澈自然不疑有他，帶著二人向行宮而去。

花顏自然是不跟隨的，於是，在陸之凌一行人轉道向行宮而去時，她悄悄地與離風打了聲招呼，便帶著安十七、賀十脫離了陸之凌的隱衛，去了與安十六等人約好的阿來酒肆。

早在四日前安十六就來到了南疆都城，一邊探聽著太子雲遲在南疆的動作，一邊耐心地等待著。

等了四日，終於等到了花顏和安十七以及半途帶來的賀十。

花顏一進門，安十六騰地站了起來，上上下下打量了這三人一遍，一時間沒敢認。畢竟他們身上穿的這明顯是誰家隱衛的衣服，實在叫人不敢認。

花顏從懷中拿出令牌，在他面前晃了晃，沒說話。

安十六看清了令牌，但這酒肆不是說話的地方，當即帶著三人去了後院。

來到後院，安十六這才開口：「少主，怎麼回事兒？你們三人這是……」

花顏拍拍身上的土：「先給我弄一桶水，讓我洗洗再說。」

安十六點頭，連忙吩咐人去弄水，又指了一間上等的屋子：「那間屋子是給您留的。」

花顏點點頭，立即去了。

安十六看向安十七和賀十。

因為三人都是易容，不是本來面目，賀十上前拱手：「見過十六公子，我是賀十。」

安十六恍然，伸手拍拍他肩膀：「你也算是我的前輩，別客氣，你怎麼被少主帶來了？少主有用到你的地方？」

賀十點頭：「我負責教少主梵文。」

安十六納悶：「少主這時候怎麼想學梵文了？」

安十七拍著身上的塵土在一旁說：「說來話長，我們之所以耽擱了，都是那本梵文的蠱王書給害的。我也去洗洗，我肯定比少主洗的快，一會兒我先跟你說說。」

安十六點頭：「行。」

花顏進了房間後，很快就有人送來了一大桶水，又拿了一疊嶄新合身的男裝，花顏伸手抖了抖，滿意地進了屏風後，將身子沒入水裡，頓時覺得渾身舒暢。

她著實沒想到陸之凌手裡的隱衛功夫是一等一的厲害，顯然不次於雲遲的雲影，蘇子斬的青魂。她閉著眼睛，休息到水徹底的涼了，才緩緩出了浴桶。

院中，桂樹下，安十七早已經洗完，正與安十六說著這幾日所經歷的事兒。

安十六聽罷，唏噓：「少主也是能耐，一個梵文也不認識，竟然把整本書過目之後默寫了出來。這若是被公子知道，指不定怎麼笑話她呢。」

安十七不堪回首地說：「想起這事兒，我就手腕子疼，我可是磨了一日又半夜的墨。」

安十六嘖嘖不已：「幸好少主沒讓我跟著，跟著她的人是你，我也算是躲過了一劫。」

安十七沒了話。

花顏這時候出來正好聽到安十六這話，好笑地看了他一眼：「讓你打探的消息呢？可否收集齊全了？」

安十六頓時正了神色，從懷中拿出一卷資料，遞給花顏：「齊全著呢，少主看吧！蠱王宮不止有那些南疆王室歷代守護的活死人，太子殿下來到後，也加了一批自己的人守護蠱王宮，言明這時候蠱王定然不能出事兒。所以，我們此行簡直是難如登天。」

花顏接過安十六遞來的資料，一目十行地看罷，臉色有些沉。

她早就想到雲遲會牢牢地把控住南疆，但她沒想到他竟然還在蠱王宮也安排了人手與南疆王室的暗人一起看護蠱王。

這樣一來，蠱王宮不亞於銅牆鐵壁，的確是難如登天了。

她放下卷宗，陷入了沉思。

安十六看著花顏，不敢再說話打擾她，他這幾日也都在琢磨著辦法，可是琢磨來琢磨去，發現除了硬闖，還真想不到什麼好法子。

若是硬闖蠱王宮，難保不會折損大批花家的隱衛。

為了救一人性命而折損無數隱衛，這定然不是她所求的結果，但凡入了花家的人，皆是兄弟姐妹，數代以來，對花家人來說，做事情，金銀錢帛等什麼都可毀，但求不付出人命。

只短短十日，太子雲遲就將南疆固守得如鐵牢一般，別說是蠱王宮裡的蠱王，就是南疆王宮裡的南疆王和公主葉香茗，他也著人看護了起來。

取蠱王難，取南疆王和公主葉香茗的血為引也不容易。

花顏沉思許久，也沒有什麼好的策略，揉揉眉心說：「幸好還有兩個半月的時間，也不是立馬就急不可待。我早先在桃花谷制定的幾種方案，全因蠱王書上所記錄的辦法，只能先暫且作廢，容我好好想幾日再做安排吧！」

安十六點頭：「如今只能如此了。」

安十七勸道：「少主這幾日也累了，先用過飯菜，好好休息，我們花家在西南境地根基不淺，總能有法子的。」

花顏頷首，她的確是有些累了，用過飯菜，便回屋睡下了。

陸之凌、梅舒毓與安澈來到了行宮，雲遲正在翻閱西南番邦各附屬小國的卷宗，聽到小忠子稟告，頭也不抬地說：「讓他們進來。」

小忠子應是，立即請了三人進來。

安澈和梅舒毓見到雲遲，連忙見禮。

陸之凌只拱了拱手，笑著道：「我在路上便想著，西南境地如此亂象，殿下馬不停蹄而來處理事務，定然是累瘦了，如今一見，果真如此。」

雲遲放下卷宗，瞧了陸之凌一眼，對他問：「你來了這裡，蘇子斬呢？」

陸之凌心下咯噔，面上不動聲色地笑著揚眉：「他啊，那麼一副身子骨，怎麼能禁得住折騰？」

雲遲盯著他：「十日前，東宮傳來消息，說蘇子斬早就不在武威侯府，出了京城。難道你不是因為他出了京城，才隨後追來的？」

陸之凌暗想雖然太子殿下在數千里的西南境地，但京中的事兒依舊瞭如指掌啊！就不知……蘇子斬與花顏的事兒，他是否也知曉。

他無奈地歎了口氣：「什麼都瞞不住殿下，他是先我一步離京的，但我一路追來，沒見到他的影子。」話落，他皺眉，「難道他沒來南疆都城？」

「是嗎？」雲遲瞇了瞇眼睛。

陸之凌聳聳肩，偏頭瞅了梅舒毓一眼：「殿下不信我，總該信這小子吧？即便我騙你，他嫩得很，自然騙不過你。他是與我一起來的。」

梅舒毓立即接話：「太子表哥，我們一路來，的確沒見到子斬表哥。」

雲遲目光深了深，不再詢問二人，轉而看向安澈：「書離那裡一切可順利？」

安澈連忙回話：「回太子殿下，公子一切順利，命我一路護送陸世子和毓二公子通關，也是為了給您傳一句話，兩日後按與殿下早先商議的方案發兵，不出意外，定能事成。」

雲遲頷首，面容寡淡：「順利就好。」話落，對他擺手，「你先去歇著，暫且不必回你家公子身邊，之後，我有事情吩咐你。」

安澈連忙應是，走了出去。

陸之凌眨眨眼睛，湊近雲遲說：「我們就是過來跟太子殿下打個招呼，這南疆都城我還沒來過，進城的時候覺得各處都甚是熱鬧新鮮，我們倆出去轉轉，不耽擱殿下理事兒了。」

雲遲看了眼天色，淡淡道：「你們就住在這行宮裡吧！如今天色已晚，我讓人給你們安排住處，既然來了這裡，我正是用人之時，給你們兩日的時間玩樂，兩日後，我有事情吩咐。」

「不是吧？」陸之凌一臉不情願，「殿下，我們可是來湊熱鬧的，不是來幹活的。」

雲遲盯著他：「自從清河鹽道的差事兒後，你一直閒的很，你是在朝廷掛職的人，得對得起你拿到手裡的俸祿。另外，你以為這裡的熱鬧是那麼好湊的？」

陸之凌一噎，沒了話。

雲遲又對梅舒毓說：「你也不小了，整日裡閒散亂晃像什麼樣子？這次來這裡，當作歷練了。我交代的事情你若是辦得好，待回京後，我請外祖父收回對你開宗祠動家法之事。」

梅舒毓聞言很識時務地點頭：「唯太子表哥之命是從。」

雲遲對二人擺擺手，吩咐小忠子：「給陸世子和毓二公子安排住處。」

小忠子連忙應是。

陸之凌雖然不想幹活只想玩，但是也知道雲遲的脾性，他只能答應跟著小忠子去了。

小忠子給二人安置在了一處院落裡。

陸之凌見小忠子忙上忙下地吩咐人，便湊近他問：「喂，小公公，我問你一個事兒唄。」

小忠子連忙拱手：「陸世子請講。」

陸之凌左右看了一眼，小聲說：「臨安花顏是跟著太子殿下一起出京的吧？太后悔婚懿旨下了之後，她哪裡去了？」

小忠子一聽便哀聲歎氣：「估計是回臨安花家了吧！半途就悄悄離開了，那時候殿下還沒得到太后悔婚懿旨的信兒，想必她早殿下一步得到了。」

陸之凌好奇地追問：「在太子殿下眼皮子底下能悄悄離開？」

小忠子臉色發苦：「殿下也是人，總有疏忽之時。」

陸之凌看著小忠子提到花顏蔫頭蔫腦一臉苦楚的模樣，他又問：「我看殿下面色不像是十分在意的模樣，看來這婚事兒取消，對殿下也沒什麼影響嘛。」

小忠子臉色更苦了：「那是您沒看到殿下在知道太后下了悔婚懿旨後的神色，如今過了這麼些時日了，殿下比最初得到消息時是稍好些，不過也僅僅是限於表面罷了。」

「嗯？」陸之凌眨眨眼睛，「剛剛我還真沒看出來。」

小忠子瞅著陸之凌：「陸世子，不瞞您說，殿下心裡苦的很，他真真是對臨安花顏動了心的，奈何太后那裡……哎，殿下失望傷心得很。如今又正逢西南境地事亂，他有苦也只能忍著。」

陸之凌一時也不知該說什麼好了，長歎一聲道：「殿下是儲君嘛，註定是要忍常人所不能忍，受常人所不能受的。」

小忠子大約這些日子近身侍候雲遲過得太不容易了，否則雲遲的事兒，與誰也不能輕易說一言半語的，今日大約是身處異地，見到陸之凌甚是親切，拉開了話匣子說：「幸好陸世子您來了，可以幫殿下分擔些事情。」

陸之凌伸手拍拍他肩膀：「放心吧，太子殿下可是咱們南楚的儲君，只要他交代的事兒，我定會義不容辭。」話落，補充，「我總不能白拿朝廷的俸祿嘛。」

小忠子聽了這話舒心不少，又與陸之凌說了幾句閒話，安排妥當後，才離開。

他離開後，陸之凌拍拍腦門，對梅舒毓說：「這情之一字啊，就好比穿腸毒藥。雲遲自知情起，便斬斷了七情六慾。當年十三歲，為趙清溪畫了一幅美人圖，事後很快就毀了，斷情得乾脆，可是如今，卻是越活越回去了，還不如十三歲時。」

梅舒毓自然知道雲遲為趙清溪畫過美人圖之事，鬱鬱地說：「我也不太明白太子表兄為何棄趙小姐而選花顏，趙小姐多好啊，我就心儀於她，奈何我爺爺說我是癩蛤蟆想吃天鵝肉，讓我死了這分心，別想他去趙宰輔面前提親丟這個臉，我也只能作罷了。不知他將來會嫁給誰。」

「嗯？」陸之凌詫異地看著他，「你喜歡趙清溪？」

梅舒毓誠實地點頭：「是啊！」

陸之凌上上下下打量了梅舒毓一眼，撇撇嘴說：「你爺爺是對的，趙宰輔只有一個老來女，寶貝得很，自小如明珠一般養著護著，為他擇婿，眼光高得很。趙小姐亦然，非名門賢德公子不嫁，我也奉勸你，還是趁早收了心吧！」

梅舒毓悵然地道：「本來那日我爺爺說我一通，我還不太服氣，後來在武威侯府住著時，聽聞趙宰輔有意子斬表哥為婿，我就死了心了。」

陸之凌也隱約知道這事兒，笑著說：「趙宰輔也算有眼光，可惜啊，有人比他早看中了蘇子斬，趙小姐這婚事兒也真是一波三折。」話落，又沒好心地說，「她今年十七了吧？再嫁不出去……」

梅舒毓無語地看著陸之凌，想到花顏就是為蘇子斬來奪蠱王，心下又敬佩起來，扔下那麼一絲小惆悵，湊近他耳邊，悄聲問：「花顏是不是跟著咱們一起住進這行宮來了？」

不怪他猜測，實在是他那麼點兒功力，感受不到花顏隱去哪兒了。

陸之凌搖頭：「入城時就走了，沒進來。」

梅舒毓一怔：「那咱們怎麼幫她啊？」

陸之凌拍拍他肩膀：「咱們該如何就如何，就當沒這回事兒，她若是用得著咱們時，自會出現。」話落，警告他，「你別太緊張了，免得從你這裡露餡害了她。」

梅舒毓頓時鄭重地點了點頭。

雲遲看完卷宗，夜幕降臨，小忠子進來掌了燈，對他說：「殿下，您看了整整一日卷宗了，歇一會兒吧，仔細身子。」

雲遲問：「陸之凌和梅舒毓呢？」

小忠子道：「兩人沐浴梳洗用過晚膳後去街上逛了。」

雲遲長身而起，負手立於窗前，道：「這幾年，陸之凌與蘇子斬，但凡有大事兒，焦不離孟，此次，蘇子斬沒與陸之凌一起來西南番邦，你說，他去了哪裡？」

小忠子搖搖頭：「奴才猜不出來。」

雲遲目光看著黑下來的夜色，染上涼意和嘲意，他道：「他與花顏在一起。」

小忠子面色大變：「殿下……這……不可能吧？」

雲遲周身籠上雲霧：「沒什麼不可能的，她既早對蘇子斬動了心，沒有了婚約束縛，她想做什麼，便能做什麼了，將蘇子斬引出京城，與她一起，也不奇怪。」

小忠子聞言冷汗濕透了後背，白著臉說：「那……若是這樣，殿下您呢？您怎麼辦？」

「我？」雲遲諷笑，孤寂感彌漫開來，「我能怎麼辦？總不能殺了他們。」

小忠子臉色一灰，沒了話。

雲遲也不再說話，屋中燈火罩在他的身上，袍袖上的龍紋，都添了暗沉之色。

半個時辰後，有人前來稟告：「殿下，公主求見。」

雲遲眉頭皺了皺，沉聲道：「今日天色已晚，告訴公主，有什麼事兒，明日再來。」

有人應是，立即去了。

小忠子趁機小聲說：「殿下，用晚膳吧！」

雲遲不語。

小忠子心疼不已，自從那夜臨安花顏離開，殿下便不曾好好地用過飯菜，他知道殿下用晚膳時，就會想起她，所以，乾脆就不用。

他覺得她實在是無情無義，殿下除了身分，哪裡不好了？她怎麼能這麼對殿下？枉顧東宮上上下下對她一片敬重，從不曾怠慢分毫，將她照料得無微不至。

就連大暴雨的那一夜，殿下將她接回東宮，用雨披從頭裹到腳，沒讓她沾染一絲雨水寒氣，卻偏偏自己淋了個透濕，殿下以前何曾這般對待過誰？連太后和皇上，也沒讓殿下如此過。

他想著，心中不由得得生了怨氣：「那日奴才勸殿下若是放不開，就再將人奪回來就是了，如今想想，是奴才錯了。這天下女子千千萬萬，何必拘泥於一個？殿下您是這世間頂尊貴的人，便將她放下吧！她這般棄您如敝履，不值得您愛重。」

「愛重？」雲遲喃喃了一聲，忽然低低沉沉地笑了起來。

小忠子心下一緊，脫口喊：「殿下！」

雲遲轉過身，整個人無力虛脫一般地靠在窗前，慢慢地收了笑，對小忠子說：「這世間女子千千萬萬，可是只有一個臨安花顏。」

小忠子只覺得渾身如浸在冷水裡，還是忍不住地勸說：「殿下，您又何必？當年對趙小姐，您提筆為她作畫，後來毀了畫卷，心思也就收了。如今您狠狠心，想必也是能的。」

雲遲搖搖頭，眉目昏暗：「這一年多以來，若是能收了心思，又何必等到現在。趙清溪不是臨安花顏，她十全十美，我當年對著她心悅之欣賞之讚美之，卻可以斬情斷絲，無欲無求。花顏哪怕一無是處，我看不到她也做不到捨之棄之。」他微嘲，「更何況她哪裡是一無是處？」

小忠子一時沒了話，好半晌才低聲說：「殿下，那……該怎麼辦？」

雲遲玉手置於額間，用力地揉了揉，閉上眼睛說：「我也不知。」

小忠子見此，徹底不再多言。

這時，外面有人又來稟告：「殿下，香茗公主說有要事兒求見，請殿下務必見她。」

雲遲放下手，神色恢復如常，眉目染上溫涼，淡聲道：「既然如此，請她進來。」

來人應是，立即去了。

小忠子也打起精神來，將茶壺拿下去重新沏了一壺茶來。

第三十三章　當街動手取血引

葉香茗是西南境地最美的人，再加之她是南疆公主的高貴身分，從出生起，就享盡南疆王的寵愛。

南疆王權雖然名存實亡，但因為蠱王之脈未斷，公主葉香茗自小被選擇與南疆王一起共同傳承蠱王脈息，被南疆王大力培養。

而她自己本身也不辜負這份得天獨厚，文治武功，媚術蠱毒，俱是絕佳。

她得到通傳，走進行宮，身上錦緞綾羅華紗的光華似乎將濃郁的夜色都照亮了。姣好的容貌，不笑時，眉眼亦帶著幾分醉人的風情，緩步走來，衣袂擺動間，蓮步翩翩，纖腰似漫舞。

小忠子拎著一壺茶，遠遠看著走來的人，想著這南疆公主是真的很美，她的美，不同於趙清溪的溫婉賢良，不同於花顏的素雅恬靜，她美得秀色張揚。

她的美，是一絲一毫都沒有保留，任看到她的人，一眼就能看到她的美。美得如一把出鞘的寶劍，給人一種凌厲之感。

這種凌厲之感，讓他這個自小跟在太子殿下身邊見慣了宮裡宮外美人的人來說，實在是覺得太刺目了些。雖然單論容貌，與花顏難分秋色，但他還是覺得，不如花顏更耐看些，讓人看過一眼再一眼，移不開眼睛的那種。

想到花顏，他又深深地歎了口氣，覺得那女子的身上就如有魔力，明明素雅嫻靜，看起來淡到了極致的人，偏偏行事卻那般的乖張任性不拘形式膽大包天。

與她接觸過的人，無論她做過什麼壞事兒，一旦對上她的眉眼笑臉，似乎覺得她就應該是那樣為了自己好全無顧忌的人。

誠如太子殿下，哪怕恨極了她，卻也讓自己放不下她。

葉香茗身後跟著兩名宮女，疾步來到門口，見小忠子看著她，表情古怪複雜，她猛地停住腳步，對他一笑。

這一笑，容色照人，麗色無邊。

小忠子只覺得眼睛扎了一下，立馬回神，連忙見禮：「奴才見過公主。」

葉香茗手中拿了一個錦盒，顯然是走得急，有些許氣喘，平復了一下笑著問：「小公公方才見了我，表情甚是奇怪，可否告知為何如此表情？」

小忠子心神一醒，連忙賠笑說：「公主之美，連奴才都為之所傾，是以多看了幾眼，公主恕罪。」

葉香茗眼睛直看入他眼底：「公公欺我，剛剛定不是這個。」

小忠子聞言垂下頭，他怎麼能告訴人家剛剛是在拿她與花顏對比？還是覺得花顏好？連忙恭敬地說：「公主明察，您既有要事兒見我家殿下，殿下就在殿內，請進吧！」

葉香茗聞言知道問不出什麼，也不再糾葛，點點頭，邁上了臺階。

小忠子連忙挑開簾幕，側身請她入內。

葉香茗邁進門檻，一眼便看到了廳內黃梨花木的桌子前坐著的雲遲。

葉香茗腳步一頓，眉眼染上一抹異色，她來到雲遲近前，深施一禮：「太子殿下，天色已晚，前來打擾，實非我所願，實在是有不得不來的理由，望您恕罪了。」

雲遲寡淡地看了她一眼，溫涼的嗓音如清泉灑落：「公主免禮，不知有何要事令公主不惜此時前來。」

葉香茗直起身，將手中的錦盒遞給雲遲：「太子殿下看過這個就知道了。」

雲遲沒接。

小忠子連忙跑上前，接過錦盒，打開先驗過沒有異常，才將之遞給了雲遲。

雲遲見錦盒裡放著半塊令牌，他拿起來瞅了一眼，揚眉：「南疆勵王軍虎符？為何不是完整的？只有一半？」

葉香茗凝重地說：「本來是完整的，但是一個時辰前，父王想到近日太子殿下要對外運兵，父皇如今倚仗太子殿下平定西南亂局，所以，權衡再三，還是想無所保留地幫助殿下，也算是幫了我們自己。但拿出虎符時方知，這虎符被人盜走了一半。」

雲遲瞇了瞇眼睛，沒說話。

葉香茗看著他說：「父皇隸屬直編營的虎符只有五萬兵馬，但這勵王軍虎符有二十萬兵馬。歷來由勵王叔掌軍，南疆兵制的規定，父王若是拿出一半虎符送去給勵王叔，就是對他調兵。如今虎符失了半塊，也就是說，有人私自盜走虎符，去調勵王叔的勵王軍了。二十萬兵馬一旦得用，恐怕這是大禍，所以，父王才命我急急來找殿下。」

雲遲聽罷，眉眼一瞬間沉了下來。

葉香茗繼續道：「昨日，父王就在猶豫想給殿下虎符，曾拿出來看過，那時是午時，虎符還是完整的，但今日一個時辰前，當父王下定了決心，再拿出虎符時，便失了一半，父王已經命人徹查了，但是一時半會兒怕是也查不出什麼，所以，還請殿下儘快定奪。」

雲遲捏著虎符，涼聲問：「王上和公主覺得，什麼人有本事從王上身邊盜走這個虎符？」

葉香茗搖頭：「自從西南境地起了動亂，父王都隨身帶著虎符。這幾日，未曾有妃嬪侍寢，身邊都是信得過之人，實在想不到是何人有此本事。」

雲遲不再言語。

葉香茗看著他：「當然，除了太子殿下您有這個本事外，但我想，定然不是您所為。畢竟，您若是要用勵王軍，定然會直接找父王拿虎符，您犯不著如此費力氣。」

雲遲淡淡地看了她一眼，涼涼地一笑：「王上和公主倒是瞭解我。」

葉香茗心下微緊，說：「父王與我不是十分瞭解太子殿下，但就事論事來說，相信殿下不會如此作為。」

雲遲點頭：「你說對了，南疆的勵王軍，我是要用的，但不是現在，只是我沒想到王上這般沒用，竟然在決定將虎符送與我之前，先丟失了。」

葉香茗垂下眼瞼：「父王在太子殿下來到南疆後，一切都指望太子殿下了，想著連蠱王宮您都派了人看護，便放鬆了警惕，不成想，出了這事兒。」

雲遲看著她不再說話。

葉香茗盯著雲遲道：「如今說什麼也晚了，還是儘快追查虎符下落要緊，做最壞的打算，殿下要想辦法控制勵王叔的二十萬勵王軍萬不可被人利用。否則，南疆就危矣了。」

「此事我知曉了，公主回去吧！」雲遲冷然地擺手。

葉香茗一怔，沒想到雲遲只一句知道了便要打發她，立即問：「不知殿下打算怎麼做？」

雲遲淡漠地說：「本宮怎麼做，公主不需要知道，公主回宮後，只需與王上看顧好自己就好，別連自己也丟了。」

葉香茗面色染上羞愧之色：「父王與我是沒用了些，敢問殿下，如今我們可能做些什麼？」

雲遲寡淡地說：「守好蠱王宮，看顧好自己，其餘的不需要你們。」話落，見葉香茗還要再說，他已經不耐地站起身，對小忠子吩咐，「送公主出行宮。」

說完，走進了內殿。

葉香茗立了半晌，咬唇轉身出了殿門。

小忠子想著這麼美的公主，也不能讓殿下稍稍的假以辭色，從小到大，唯十三歲時一個趙清溪，偏偏被殿下棄了。唯如今的臨安花顏，偏偏棄了殿下。

他暗暗地歎了口氣，送葉香茗出行宮。

走到行宮門口，葉香茗停住腳步，轉身問小忠子：「小公公，那臨安花顏是何模樣？」

小忠子一驚，看著葉香茗：「公主怎麼問起了她？」

葉香茗面色隱在暗影裡，說：「太子殿下來南疆都城已經有十多日了，未見其笑過，我想知道，那臨安花顏是他親自選的太子妃，他對著她時，是否笑過？」

小忠子想著太子殿下對著臨安花顏時何止笑過？雖然相處的時日不多，但殿下在她面前，就如換了個人一般，哪裡和如今這樣？

但是他怎麼能說？他可以與陸之凌嘀咕幾句，但是面對葉香茗，卻是不能了。

他模棱兩可地說：「奴才也不知，太子殿下平日裡朝事繁忙，與前太子妃相處時日不多。」

葉香茗恍然道：「是了，我聽聞那臨安花顏有不育之症，南楚的太后下了悔婚懿旨，她與太子殿下已經沒瓜葛了。」

小忠子不吭聲。

葉香茗追問：「你還沒說她是何模樣？」

小忠子琢磨了一下，說：「花家小姐不拘禮數，行止隨意，行事任性張揚，不像是閨閣小姐，是以不得太后喜歡。再加之有不育之症，自然就引得太后下了悔婚懿旨了。」

葉香茗聞言，頓時笑了：「這麼說來，也不見得多得殿下喜歡了？」

小忠子不知該怎麼回答，憋了憋，說：「殿下是頂尊貴的人，素來以江山為重。」

葉香茗抿了下嘴角，霎時有一抹異樣的風情：「既然如此，我就放心了。」說完上了馬車。

空氣中還彌留著嫋嫋香風，小忠子看著公主鳳駕走遠，半晌匆匆轉身折了回去。

陸之凌和梅舒毓出了行宮後，便在南疆都城的大街上溜達。

二人也沒什麼目的，轉轉茶樓、逛逛酒肆、進臨街的店面裡瞧瞧瞅瞅，時間過得快，轉眼便天黑了。

陸之凌往前走了幾步，忽又停下搓搓手，極為手癢地說：「咱們應該先去賭坊裡溜一圈，這一路走來，銀子花的差不多了，得去賺點兒喝花酒的錢。」

梅舒毓眨眨眼睛，忽然福至心靈地說：「你說，她會不會也去了賭坊？」

陸之凌知道他說的她是誰，果斷地搖頭：「不會，她有要事兒，斷然沒心情玩樂，如今指不定怎麼愁呢。」

梅舒毓想想奪蠱王何其難，點頭：「也是。」

二人一起沿街找賭坊，走出不遠，便見一隊護衛駛來，車馬配置極為華麗，兩旁行人見到車輦，連忙避讓在一旁。

陸之凌本不欲理會，聽旁邊有人細語說是香茗公主，他頓時好奇地停住腳步，低頭在地面上找了半天，撿了兩顆小石子，攥在了手裡。

梅舒毓看著她的動作問：「你要做什麼？」

陸之凌吊兒郎當地說：「瞧瞧南疆第一美人。」

梅舒毓頓時也好奇起來，跟著他站在一處等著那車隊走近。

車隊來到近前，中間一輛華貴的馬車彩帶飛揚，香風熏得人心醉。

陸之凌扔出手裡的小石子，打向了車廂的紗簾。

葉香茗正在想著事情，乍然感到有人襲擊，當即猛地側身，小石子穿透了紗簾，「啪」地打在了車廂上。

她面色一厲，當即揮手挑開了紗簾，嬌喝：「什麼人？」

陸之凌就站在道邊，手中留著另一枚石子，見葉香茗探出頭，一張臉容顏嬌麗照人，他不適地眨了兩下眼睛，笑嘻嘻地揚了揚手中的石子，說：「在下想一睹公主容姿，得罪之處，公主海涵。」

葉香茗看著陸之凌，一身藍袍，俊秀挺拔，瀟灑風流，看著不像是壞人，但這副模樣也著實囂張，她揮手：「停車！」

車隊當即停下，護衛隊也明白發生了什麼事兒，當即圍上了陸之凌。

葉香茗坐在車中，居高臨下地質問陸之凌：「你是何人？好大的膽子！險些傷了本公主。」

陸之凌笑著說：「小小一枚石子，焉能傷得了公主？公主的本事，在下雖未親眼所見，但也有所耳聞，你真是太謙虛了。」

葉香茗盯著陸之凌：「我問你是何人？」

陸之凌偏不告訴她，笑著說：「在下今日剛剛來京，暫且居住於使者行宮。拿著朝廷的俸祿，偶爾為太子殿下做一二小事兒的小官而已。」

葉香茗一怔，當即收了幾分凌厲，瞇起眼睛：「本公主剛從行宮見過太子殿下回來，你一個小小官員，這般對本公主擲投石子，實屬不敬，本公主可以治你的罪。」

陸之凌不以為意地笑：「敢問公主如何治我扔一枚小石子的罪？」

葉香茗薄怒：「抓起來，押入府衙大牢。」

陸之凌笑著掃了一眼護衛隊說：「公主帶的這些人，怕是還奈何不了在下。」

葉香茗本來沒多大怒氣，聞言卻被他的囂張激了起來：「是嗎？來人！給我將此人拿下！」

陸之凌本也想試試這南疆公主的本事，所以才這般大膽不顧忌地對她投石子，如今見她對他動手，正合心意，當即與湧上前的南疆護衛打了起來。

梅舒毓摸摸鼻子，自發地不摻和，躲去了一旁，當不認識陸之凌。

這些公主護衛自然奈何不了他，不多時，護衛們丟劍的丟劍，倒地的倒地，一片混亂。

葉香茗見她的護衛竟然兵敗如散沙，她面色更是沉怒難看，惱怒地嬌喝：「你們都退下！」

說罷，她飛身出了馬車，手中拿了一個金缽，似乎是她的武器，與陸之凌對打起來。

陸之凌有心想探她底牌，對於她的出手十分樂意奉陪。

二人你來我往過了幾十招，陸之凌十分留神她的出招和武功路數，不得不承認，這公主還真不是空有美貌的花架子，手下還真是有幾分本事，因知道南疆人擅長用蠱毒，所以，他十分謹慎，不敢離她太近，免得著道。

花顏一覺睡醒，聽聞安十六說公主葉香茗出宮前往使者行宮了，她也想探探她的本事，以求謀取她的血引。所以，也出來逛街守株待兔等著想製造個機會試試水。但沒想到陸之凌先一步對她進行了試探。

陸之凌這個幫忙的人幫得十分上道，試探得十分深入，竟然激得葉香茗與他動起手來，一旦動手，難免會受傷，一旦受傷，就難免會流血。

她覺得機不可失，今日便是她對葉香茗取血的機會。

於是，她當機立斷，折回了阿來酒肆，快速地拾掇出易容的衣物物品，轉眼便折騰出了一個鬚髮花白的大夫模樣，然後拎了藥箱子，直奔打鬥現場。

幸好陸之凌不負所望，依舊在與葉香茗纏鬥得緊。

她拎著藥箱子，顫顫巍巍地躲在人群裡看熱鬧，等待著機會。

她的機會沒等多久便來了，眼見陸之凌的劍刺向葉香茗的胳膊，她瞬間出手，渺無聲息地給他本來用了五分力道的手腕推了一把氣勁。

瞬間，陸之凌的劍陡然地快了一倍，葉香茗躲閃不及，只聽「嗤」地一聲寶劍刺破皮肉的聲響，陸之凌的劍刺破了葉香茗的胳膊。

葉香茗痛呼一聲，身子猛地倒退了數步。

有人驚駭地大喊：「公主！」

有人睜大眼睛大呼：「公主受傷了！」

陸之淩也愣住了，停住身形，拿著劍看著葉香茗胳膊鮮血直流，他愣了一會兒，猛地轉頭去找背後出手的人。但天色昏暗，難能看得清楚是何人所為？

他本來出劍只用了五成力道，葉香茗功夫不弱，定然是能躲得過的，但是有人隔空將他手中寶劍的力道陡然地推送加快了一倍，他收勢不住，葉香茗躲不開，他真的傷了人了。

他若只是當街攔著公主胡鬧也就罷了，頂多被她找點兒麻煩，可是如今傷了人家，這便不止是一點兒小麻煩了。他雖然想幫花顏試探人，但也沒想著要傷人啊！

他心下暗恨，想著小爺也是混過來的人，沒想到今日竟然吃了這等暗虧。

葉香茗捂住胳膊，感覺胳膊傳來鑽心的痛，她想著這條手臂怕是要廢了。

她身邊貼身侍候的兩名婢女急得大喊：「快，快去請太醫！」

葉香茗臉色發白，一雙眼睛死死地瞪著陸之淩，怒喝：「來人，去稟太子……」

她剛開口，人群中一名鬚髮花白的老者竄了出來，手中提了一個藥箱，大聲截住她的話：「公主，小老兒會些醫術，幫公主治傷可好？」

葉香茗話語頓住，看向那老者。

那老者走路顫顫巍巍，因走得急，一步三晃，來到葉香茗面前，看著她的胳膊說：「公主這劍傷應該極為嚴重，等太醫來了怕是就晚了，若是胳膊廢了，可就是一輩子的事兒啊！」

葉香茗一聽，立即問：「你是何人？」

那老者連忙一拱手，自報家門：「小老兒是回春堂的坐診大夫，不久前剛出完診，正要歸家。」

葉香茗一聽是回春堂的人，立即說：「好，你幫我看看。」

那老者上前，枯瘦的手拿過葉香茗胳膊，看了一眼，面色大駭地說：「公主這胳膊，傷勢太重，需要縫針。」

葉香茗咬牙：「你只說，能不能保住我的胳膊？」

那老者點頭，肯定地說：「幸而小老兒就在這裡，十分及時，現在就治傷止血縫針，一定能保住公主的胳膊。」

葉香茗緊抿了嬌唇，果斷地說：「那就快治吧！保住我的胳膊，重重有賞！」

老者再度拱手，快速地打開藥箱，將裡面一應物事兒都拿了出來，快速地幫葉香茗處理傷口，止血、上藥、縫針、包紮。

她動作很麻利，在眾目睽睽之下，不消兩盞茶，便給包紮好了。

他做完最後一個動作，抹了抹額頭的汗，對葉香茗說：「公主這胳膊算是保住了，接下來需要仔細養傷，不可牽動傷口，不可沾水，每日換一次藥，三五日便可結疤，半個月左右傷口便可癒合，王宮中應是有御用的玉肌膏，待傷口癒合後，塗抹玉肌膏半年，應是不會落疤。」

葉香茗一一點頭。

老者又報名姓：「小老兒是回春堂的坐診大夫賀言，公主以後但有需要，派人去回春堂請小老兒即可。」

葉香茗面色雖然依舊蒼白，但聽聞胳膊已保住，心落了地痛快地說：「好，你且回去，明日本宮派人前往回春堂，重重賞你。」

老者拱手道謝，收拾起藥箱子，告退出了人群，離開時，依舊顫顫巍巍。

葉香茗又看向陸之凌，見他一直等在一旁，勃然大怒：「你竟然敢傷本公主！」

陸之凌一直在人群中觀察有無可疑之人，觀察許久，也沒發現早先是何人對他動的手。這時見葉香茗質問，他只有鬱悶的對她拱手，道歉地說：「在下陸之凌，性喜貪玩，久聞公主大名，想與公主討教一二，卻沒想到一時手滑，不小心傷了公主，實在抱歉得很。」

葉香茗聽他終於報出了名姓，頓時一怔，脫口說：「你竟然是陸之凌？」

陸之凌誠然地道：「如假包換。」

葉香茗打量了陸之凌片刻，揚起下巴說：「你就是那個南楚四大公子之一的敬國公府世子陸之凌？據聞前太子妃喜歡的人是你？」

陸之凌聞言險些掉頭就走，花顏利用他弄出的那麼點兒風流韻事竟然都傳到這裡來了。他一時有苦沒處訴，有氣沒處發，忿忿地說：「傳言而已，做不得真。」

葉香茗看著他：「這麼說，不是真的了？」

陸之凌搖頭：「不是真的。」

葉香茗頗有興趣地說：「我怎麼聽說是臨安花顏親口說喜歡你的呢！」

陸之凌眉心狠狠地跳了跳：「她說說而已，鬧著玩兒的。」

葉香茗更有興趣了，對他道：「這我倒好奇了，既然她說喜歡你，哪怕是說著玩兒，想必也是因為你與她極為相熟。你與我說說，她如何模樣？」

陸之凌一怔，見她顯然對花顏極其好奇有興趣，他頗有些不解地問：「公主，你的傷……不疼嗎？竟然還有閒心問這個。」

言外之意，她不是該揪著他不放，對他問罪嗎？

葉香茗的胳膊自然是極疼的，但心裡更想知道那個曾經與雲遲有過一年多婚約的臨安花顏到底是什麼樣兒？

「你不必管我的胳膊疼不疼，只需要告訴我，臨安花顏什麼樣兒，你實話實說的話，我今日就放過你，不將你傷了我之事拿去太子殿下面前對你問罪了。」

陸之凌心想還有這等好事兒，和著他只要說說花顏什麼樣兒，他刺傷了她胳膊的事兒就能免追究之責了？他覺得這筆買賣划算，立即問：「公主此言當真？」

「自然當真。」葉香茗點頭。

陸之凌立馬不客氣地出賣花顏：「臨安花顏，長得跟公主一樣美貌，你倆擱在一起比的話，難分秋色，你是麗色無邊，她是淡靜清雅，可以說不分伯仲。」

「哦？」葉香茗有些意外地揚了揚眉，「還有呢？」

陸之凌想也不想地說：「她喜好玩樂，下賭坊，逛青樓，喝花酒，但凡一切能玩的事物，她都可以不顧身分地去玩。行止不拘，為人隨意，不講求禮數規矩，別人也約束不了她。她不喜皇宮、東宮這種高貴的地方，喜歡市井，待人和善，脾氣也還好，只要別人對她和顏悅色，她基本上也是笑臉相迎。」

他一口氣說了不少，發現她對花顏原來還挺瞭解的。

「還有嗎？」葉香茗顯然覺得不夠。

陸之凌想了想，補充道：「哦，還有，她喜歡挖了坑讓人跳，十分會坑人。」

「嗯？」葉香茗挑眉。

陸之凌咳嗽一聲，趁機為自己正名：「公主之所以聽到她喜歡我的事兒，其實是她故意為之，就因為她一句話，把我坑慘了。」

葉香茗不解：「她為何故意為之？」

陸之凌心想她為了不嫁雲遲，千方百計悔婚唄，只不過這話關係到太子殿下的面子問題，還是不說的好。於是，他打了個哈哈說：「我得罪過她。」

葉香茗似乎接受了這個說法，問：「聽聞她有不育之症？」

陸之凌想著他見到花顏後還真忘了問這件事兒的真假，他斟酌了一下，搖頭：「此事我也不知，據說是神醫谷的人與武威侯府的大夫診脈診出有此症。」

葉香茗點點頭，又問：「據我所知，即便她這樣不羈世俗，不守閨訓，太子殿下依舊沒有取消婚事兒的打算，對她極上心，若非太后下了悔婚懿旨，太子殿下定然是不會取消婚約的，可是如此？」

陸之凌撓撓腦袋：「這公主就問錯人了，我將我知道的已經都告訴公主了。」

葉香茗覺得她的確是問出了不少關於花顏的事兒，胳膊這會兒疼痛更劇烈了，點點頭，便放過了陸之凌，擺擺手，上了馬車，起駕回宮。

陸之凌沒想到這公主還真是說一是一的脾性，他說了花顏的事兒，她說不追究，當真不追究了。他摸摸鼻子，讓在一旁，看著她車輦離開，浩浩蕩蕩而去。

梅舒毓湊回陸之凌身邊，拽拽他袖子，大舒了一口氣地說：「你怎麼就對人家公主下了狠手了？幸好她不追究了，否則豈不是麻煩死了？」

陸之凌想起這就氣不打一處來，但是又不想說出來丟面子，只恨恨地說：「一時手滑。」

梅舒毓點點頭：「那就走吧！回去吧！」

二人說著話，便折回使者行宮。

陸之凌走了幾步，聽到耳邊傳來一個極細且熟悉的聲音：「陸世子，多謝你手滑，葉香茗的血引，我方才得到了。」

陸之凌腳步猛地一頓，睜大了眼睛。

梅舒毓敏感地轉頭，對他問：「怎麼了？」

陸之凌只覺得耳膜嗡嗡地響，對一旁問：「你聽到有人說話了嗎？」

梅舒毓仔細地聽了聽，道：「聽到了，街上的人都在說香茗公主寬宏大量呢。」

陸之凌剛想說不是這個，但見梅舒毓再沒別的神情，只得壓下，暗自驚異地琢磨起剛剛的話來，想著難道剛剛是花顏對他暗中出的手？

她瞅準了機會，趁機傷了葉香茗？取了血引？

天！眾目睽睽之下，她是怎麼做到的？

另外，她剛剛對他用的是傳說中的傳音入密？

以他如今的功力，不能做到傳音入密，自然無法順著聲音對她傳回去。他站在原地，等了半晌再無聲音傳來，他心下好受了些，想著若是她出的手，他今日手滑得也不冤。

畢竟他答應幫她，那麼這個暗虧，也不算是暗虧了。

梅舒毓見他站在原地許久不動，納悶：「怎麼不走了？」

陸之凌回過神來，挪動腳步，步子輕鬆了些，臉上也有了笑模樣，說：「真沒想到啊，這剛來南疆都城，才落了腳，便有了收穫。」

梅舒毓不解：「什麼收穫？」

陸之凌見他人有點兒傻氣，也不點破告訴他，笑著與他勾肩搭背地說：「見了西南境地的第一美人公主唄。」

梅舒毓嘴角抽了抽，扒拉開他的手：「這也算是收穫？」

陸之凌揚眉：「怎麼不算？你覺得這公主如何？這美貌你可欣賞得來？」

梅舒毓認真地想了想說：「太扎眼了！」

陸之凌哈哈大笑：「與我想的一樣，這容貌刺目得很，反不如花顏那張臉看著令人舒服。」

梅舒毓誠然地點頭：「可見女子美貌有千萬種，美人也不是都適合觀賞的。」

陸之凌捶了他肩膀一拳：「你小子也還是有眼力的嘛。」

梅舒毓撇嘴：「自然！」

二人說著話，回到了使者行宮。

陸之凌琢磨著他手滑傷了葉香茗之事應該對雲遲說一聲，踏入行宮的門後，便與梅舒毓一起向正殿走去。

雲遲自然收到了消息，眼睛瞇了瞇，問雲影：「當真是手滑？」

雲影恭敬地回話：「未曾發現異常，是陸世子自己動的手無疑。」

雲遲捏著半塊勵王軍的虎符道：「陸之凌這是多長時間沒舞刀弄劍了？還能手滑了！」

雲影琢磨地說：「難道是有什麼內情屬下沒發現？」

雲遲看了一眼天色，道：「天色太黑了！」

雲影心神一醒：「殿下，屬下可要去徹查一番？」

雲遲沉默片刻，搖頭：「不必了。」

雲影不再多言，渺無聲息地退了下去。

陸之凌來到之後，見內殿燈火輝煌，小忠子站在門口，見到他，立即說：「陸世子，殿下正在等著您呢。」

陸之凌湊近他，悄聲問：「太子殿下是不是知道我失手傷了南疆公主的事兒了？」

小忠子點點頭：「陸世子，您怎麼能出手傷人呢？」

陸之凌苦下臉：「我也沒料到啊，一時手滑。」

小忠子歎了口氣說：「幸好那位公主沒追究，您快進去吧！」

陸之凌點頭，回身想拽上梅舒毓，梅舒毓對他擺手，一溜煙地跑去了住處，陸之凌咬了咬牙，想著這小子不仗義，邁進了門檻。

雲遲正站在案桌前，案桌上擺著西南境地的地形圖，聽到動靜，抬頭向陸之凌瞅去，一雙溫涼的眸光深邃：「別告訴本宮你真的手滑傷了葉香茗。」

這先聲奪人實在是有氣勢。

陸之凌覺得若非他自小識得雲遲，如今非露餡不可。他與他也算打交道已久，自詡在他面前還是能藏得住點兒事，他面色不改，腳步未停地一笑，揉揉手腕說：「還真是手滑了。」

「嗯？」雲遲漆黑的眸子盯著他，「別人手滑也就罷了，你手滑，本宮不信。」

陸之凌歎了口氣：「太子殿下，我糊弄你做什麼？若是往日，遇到別人，還真不會手滑，可是今兒不是與南疆公主過招嗎？她手中拿著的兵器是金缽，那裡面裝的定是蠱毒。她當時對我使了一招極其詭異的招式，我生怕沾染了蠱毒那玩意兒，一時駭然之下便失了準頭才失了手。」

「果真如此？」雲遲瞇起眼睛。

陸之凌舉起手：「果真如此。我本來以為我傷了她，她定然不會善罷甘休。誰成想，比起受傷，她更好奇殿下和臨安花顏的事兒，盤問了我一番，便以此為賠禮，揭過了此事，著實讓我大感意外啊！」

雲遲聞言沉了面色。

陸之凌瞧著他臉色，似笑非笑地說：「看來這南疆公主對殿下頗有些心思，如今殿下婚約已經解除，如今有美人可觀可賞還心儀於殿下，對殿下十分上心，殿下若是娶她為妃，那麼也是一樁好姻緣。」

雲遲冷眼看著陸之凌，眼底忽然染上一望無際的黑色。

陸之凌咳嗽了一聲，不自覺地後退了一步，擺手說：「我就說說而已，殿下何必動怒？」

雲遲冷笑：「陸之凌，你以為誰都能做本宮的太子妃嗎？」

陸之凌睜大眼睛：「殿下的意思是……」

雲遲收了眼中的冷意，將手中的半塊勵王軍的虎符扔給他，溫涼地道：「你拿著這個，立即啟程去找安書離，告訴他，有人盜走了南疆王手裡的另一半勵王軍虎符。」

陸之凌伸手接過，似乎拿了個燙手山芋，直覺不妙地說：「安澈不是在這裡嗎？殿下讓他送去就是了，何必用我？」

雲遲看著他：「他不如你得用，有你去助安書離，我放心得很。總之，你們合力，勵王軍二十萬兵馬，務必給本宮收服了。」話落，盯著他，一字一句地道，「做不好此事，我就讓你娶了葉香茗。」

陸之凌心下一哆嗦：「殿下，你這不厚道啊！你不能這樣威脅我。」

雲遲對他一笑，目光涼得徹底，「你不做這件事情可以，那你告訴本宮，蘇子斬在哪裡？」

陸之凌立即搖頭：「我若是知道他在哪裡，自然會與他在一起了，一路追他到南疆，根本就沒見到他的人影，我如今還在找他呢。」

「陸之凌，本宮不信你不知道，你若是不說自然也可以，那麼就拿了勵王軍的這半塊虎符，乖乖地去做本宮交代的事兒，否則，你人在這裡，我押了你娶葉香茗。」

陸之凌額頭突突地跳，暗罵雲遲不是人，這心怎麼就這麼黑呢，他今日可是剛剛到這兒，屁股還沒坐熱呼，就被他派遣了這麼一樁難事兒：「那半塊虎符被盜走多久了？」

雲遲道：「據說昨日午時還在。」

陸之凌算了一下：「也就是說，一天一夜了？我的天！」

雲遲面無表情地說：「若是不出本宮所料，盜走半塊虎符的人便是勵王本人，這個勵王，手下能人輩出，私下裡十分看不慣南疆王的懦弱做派，早就想讓南疆脫離南楚掌控。如今趁著西南境地動亂，他不想本宮鉗制住南疆，想趁機作為罷了。你與安書離想辦法，儘快收服他手中二十萬兵馬。」

陸之凌愕然：「竟是這樣！」

雲遲涼薄地說：「他若是不降順，殺了也可。」

陸之凌聞言覺得有目標就好辦多了，比無頭蒼蠅地不知如何行事強。他揣好半塊虎符說：「行，我這就去。不過殿下得答應我，辦成此事，不要再給我安排事兒幹了，我是來玩的。」

雲遲深深地看著他，吐出一個字：「好。」

當夜，陸之凌便帶著半塊勵王軍的虎符，在安澈的陪同下，離開了行宮。

梅舒毓沒想到雲遲將陸之凌派走了，他得到消息時，人已經出了城，他頓時覺得自己住在這使者行宮更需要千小心萬謹慎了。他可沒有陸之凌能耐，剛到南疆都城就敢惹事兒傷了南疆公主，陸之凌不在的日子裡，他只能夾著尾巴做人了。

他這樣想著，便睡著了。

不想第二日一早，小忠子便過來喊他，說太子殿下請他過去。

梅舒毓直覺雲遲找他沒什麼好事兒，但也得過去，於是立馬去了正殿。

雲遲扔給他一份卷宗，吩咐他：「這是南疆王室宗親的卷宗，限你一日閱覽完畢。」

梅舒毓捧著厚厚的卷宗不解地說：「太子表兄，你讓我閱覽這個做什麼？」

「從明日開始，與南疆王室宗親周旋走動宴請之類的事情，都歸你負責了。」

梅舒毓頓時覺得手裡的卷宗滾燙，苦著臉看向雲遲：「這……我做不來啊！」

雲遲不容拒絕地說：「做不來也得做，難道你想一輩子鬥雞走狗無所事事？」

梅舒毓想說自從他見過了花顏聽了她一席話後，覺得一輩子沒什麼出息混吃等死也不錯。

他掙扎了片刻，說：「我覺得，無所事事也挺好的。」

雲遲挑眉：「你不是想娶趙清溪嗎？」

梅舒毓頓時驚嚇地看著雲遲，脱口驚呼：「你怎麼知道？」

雲遲不答，只淡淡地看著他。

梅舒毓三魂丟了七魄後又勉強拉回來六魄，想著南楚京城有哪一樁事兒能瞞得過眼前人？

他後退了一步，咳嗽一聲，在雲遲淡淡的目光下，有些憋屈地說：「我不想娶了。」

雲遲冷嗤一聲：「出息！」

梅舒毓想反駁說我就是沒出息了！

他揉揉鼻子，小聲說：「我出來這一趟，就是與陸之凌一起來玩的……」
雲遲看著他：「陸之凌這些年可不光會玩，會做的事情多了，每年有那麼兩三樁朝廷派下的事情，他都做得很好。你既要向著他學，便不要只學了皮毛。」
梅舒毓眨眨眼睛，這他是知道的，早就知道。
雲遲挑眉：「即便你如今不想娶趙清溪了，若是有朝一日，梅府倒了呢？難道你去乞討不成？」
梅舒毓頓時冒出了冷汗：「太子表兄，你……你不會是要對梅府下手吧？」
雲遲淡漠涼薄地說：「梅府一代不如一代，大浪淘沙，若是後繼子孫沒有出息，用得著我對梅府出手嗎？」
梅舒毓抹了一把額頭的汗說：「你的意思是，也不會護著梅府了？」
雲遲道：「自然！我護的是天下百姓，梅府不過是外戚而已。」
梅舒毓雖覺這話說得很對，但雲遲當著他的面這般說出來，未免也太過涼薄無情了些。
他心中的確是裝的江山天下，黎民百姓，梅府還真不能得他護著，只能靠自己。
他無言了半晌，才小聲說：「梅府子弟多的是，未必非要我有出息啊，我大哥不會不管我的。」
雲遲似乎懶得再與他多言，擺擺手：「你既來了南疆，站到了我面前，我正值用人之際，我交代給你的事情，你就必須做好，不做或者做不好的話，你就一輩子留在這裡好了。」
梅舒毓聞言連忙抱緊了卷宗，他可不想一輩子留在這裡，不敢再磨嘰，立即說：「我這就回去閱覽，一定把表兄交代的事情做好。」
雲遲臉色稍霽，點了點頭。

梅舒毓立即抱著卷宗出了正殿。邊走邊腹誹地想著，怪不得花顏不想嫁入東宮，就他這副脾性和黑心的手段，每日與他相對著，該是多麼累人啊！

花顏的選擇是對的，他還真不如蘇子斬適合做個好夫君。

想到花顏，他又想著，陸之凌被打發出京了，不知她可知道？如今只剩下他了，他接了這差事兒，從明日起就得開始與南疆王室宗親打交道了，也不知道能不能幫得到她？。

也許能幫得到忙呢！

他想著，便不那麼鬱悶了，乖乖地回去仔細地閱覽卷宗了。

第三十四章 唯她能入心

花顏沒想到得手得那般順利，真是要好好感謝陸之凌。

她回到阿來酒肆後，捏著盛滿了滿滿一瓶鮮血的玉瓶，心下感慨地想著多虧了那些年偶爾偷看天不絕給哥哥治病，多虧了這些年秋月跟在她身邊，第一次動手給人治傷，還挺像模像樣的。

安十六和安十七坐在她對面，敬佩地看著她，也覺得這事兒順利得恨不得讓他們一同去給佛祖燒幾炷香。

本來以為取南疆公主的血引是一件大麻煩事兒，沒想到，這出師便大捷了。

花顏捏著玉瓶端詳了片刻，將玉瓶遞給安十七：「先將這個仔細地收起來，好好保管著，待我們取蠱王那一日有大用，屆時這血是要喂那蟲子做引的。」

安十七小心地接過：「少主放心，務必保存好。」說完，嘖嘖了兩聲，「真沒想到，陸世子這人委實是個人才，多虧了他找那公主的麻煩，否則還真不好神不知鬼不覺地成事兒。」

花顏點頭：「嗯，多虧了陸之凌，讓他背了傷人的黑鍋，以後要多謝謝他。」

安十六笑嘻嘻地說：「這公主的血取了，接下來就差取南疆王的血了，不過，南疆王在王宮，可不會如公主一般隨意出行，這機會怕是不好找。」

花顏笑著說：「明日我便摸進王宮去，離得近了，總有機會的。」

安十六道：「方才我得到消息，南疆王丟失了一半勵王軍虎符，公主就是為了此事前去找太子殿下的。勵王軍虎符丟失，這可不是小事兒，南疆王宮從今日起怕是不比蠱王宮戒備少，您若是進王宮，怕是要謹慎再謹慎。」

從安十六調查的資料裡，花顏自然知道了西南境地如今的情形。

南夷與西蠻如今鬥到了白熱化的程度，西南七八個小國各有所向地都站了隊，雙方爭奪不下。唯南疆被雲遲捏在了手中，目前還算是一塊淨土。

這些年，南楚對於掌控西南境地附屬國的政策雖然十分溫和，但兵制卻是嚴格。南疆兵制不超過三十萬兵馬，其餘各小國不超過十萬兵馬。

南疆王隸屬直編營有五萬兵馬，南疆都城五門守衛有三萬兵馬，禁衛軍和御林軍各有一萬兵馬。剩下的二十萬兵馬便在五百里外的勵王手中。

勵王是南疆王一母同胞的兄弟，十分得南疆王信任器重，如今，半塊虎符被人盜走，這二十萬兵馬若被人所用，還當真不是小事兒。

花顏正琢磨時，又有人遞來了消息，雲遲派陸之凌離開了南疆都城。

花顏聞言笑道：「咱們南楚的太子殿下，真是人盡其用，派走陸之凌，估計是為了勵王軍虎符。」

安十七在一旁說：「沒想到他還沒在南疆都城歇一晚這麼快就被派離了，這樣的話，他一時半會兒怕是回不來。接下來少主要取南疆王血引，沒辦法讓他幫忙了。」

花顏不以為意：「走了一個陸之凌，還有一個梅舒毓呢，雲遲定然也不會讓梅舒毓閒著。」

說完，她吩咐安十六，「再派人去打探消息，看看雲遲這兩日會給梅舒毓什麼差事兒。」

安十六點頭，招來一人，吩咐了下去。

花顏又拿出西南境地的地形圖，研究半晌，對安十六道：「取南疆王血引還是小事兒，得想個辦法將雲遲調離南疆都城，有他在，我們奪蠱王怕是一絲機會也難尋。」

安十六也看著地形圖：「太子殿下坐鎮南疆都城，哪能輕易離開？要想弄出點兒亂子，怕是不容易，一不小心就會被他盯上，我們來南疆的目的便難以掩蓋了，奪蠱王便更難了。」

花顏凝眉沉思，片刻後說：「眼前倒是有一個機會。」

安十六立即看著花顏，福至心靈地說：「少主所說的眼前的機會難道是勵王軍虎符？」

「正是。」花顏點頭。

安十六當即道：「陸世子正是為了勵王軍虎符離京，我們若是也插手此事，那陸世子豈不是又要被我們所害？」

花顏笑了笑：「陸之凌離京，定然是為了配合安書離，若是出了事端，也怨不到他一人身上，畢竟他剛剛來西南境地，對這塊土地瞭解甚少，處置不當也情有可原。」

安十六一聽，立即問：「既然如此，少主打算藉此如何行事？」

花顏收了笑意：「少不了我們要先一步劫了勵王和勵王軍了。若是我所料不差，能盜走了虎符而不被察覺，應該就是勵王本人。所以，雲遲也定然能猜到，他在知曉勵王軍虎符有失後，為了速戰速決，不出大事兒亂了計畫，給陸之凌下的命令定然是殺了勵王。」

安十六點點頭。

花顏纖細的手指叩了叩桌面，平靜地說：「雲遲要殺勵王，奪勵王軍，那麼，我們就保勵王，保勵王軍，然後，讓勵王和勵王軍為我們所用，反過來鉗制他。」

「如何鉗制？」安十六又問。

花顏眯了眯眼睛，盯著西南境地的地形圖說：「擇南夷與西蠻任何一方，白送二十萬勵王軍，這樣一來，戰事便會頃刻間逆轉，這樣一來，雲遲定然再坐不住，少不了要親自干涉此事，只要他一走，我們的機會就來了。」

安十六聞言大讚：「少主此計甚妙。」

花顏笑著看了他一眼：「要從安書離和陸之凌的手下先一步奪勵王和勵王軍可不容易，你親自帶著人，調動西南境地所有暗人，助你全力成就此事。一旦事成，你便帶著臨安花家所有人，撤出西南境地，在臥龍峽等我。」

安十六看著花顏，面色凝重下來：「少主的意思是奪蠱王不需要我？」

花顏頷首：「此事也是極難辦，甚是重要，關係到調走雲遲，生生地從鐵板一塊的南疆撕開一道口子，讓我能趁機闖進蠱王宮奪蠱王。所以此計，只能成功不能失敗，還是你親自帶著人去辦的好。畢竟，蘇子斬的寒症耽擱不起。」

安十六覺得有理，鄭重地頷首：「好，我去。」說完，看向一旁，「十七就留下幫助少主吧！您身邊不能無人照應。」

花顏看了安十七一眼，點頭：「十七跟著我就夠了，再加上我們臨安花家在南疆都城的暗人，我一旦得到你事成的消息，便會悉數調出，屆時，闖入蠱王宮，得手蠱王後，我便帶著所有人撤出，去臥龍峽與你會合。」

安十六立即站起身：「既然如此，事不宜遲，我這便啟程。」

花顏伸手入懷，將蘇子斬在順方賭坊給她的那塊玉佩遞給安十六，對他說：「若是不能渺無聲息地奪了勵王和勵王軍，你便帶著這塊玉佩去見陸之凌，就說讓他鬆手，我再承他一個人情，否則他和安書離聯手，我們臨安花家在西南境地的根基即便深，恐怕要想成事也難免有所損傷。」

有他暗中放行，你們定會順利很多。」

安十六接過玉佩，揶揄地笑了笑：「少主，你求陸世子幫忙，亮出子斬公子的玉佩，這好使嗎？」

花顏不理會他的取笑，點頭：「陸之凌與蘇子斬交情深厚，蘇子斬的玉佩給了我，他是知道的，我手中沒有陸之凌的信物，所以，你拿著蘇子斬的這塊玉佩前去見他，他便知道是我派你去的。憑他答應過我幫忙奪蠱王，一定會暗中照顧你們行事的。」

安十六將玉佩揣進懷裡，拍著胸脯保證：「少主放心，我一定將此事辦成。」

花顏對他擺擺手。

安十六當即帶著人手悄無聲息地離開了南疆都城。

花顏在安十六離開後，便抽空讓賀十教她梵文，打定主意，這幾日要想辦法拿到南疆王的血，然後在安十六事成後，第一時間闖進蠱王宮。

轉日，她得到消息，雲遲令梅舒毓閱覽南疆王室宗親的卷宗。

她聽到消息後，頓時笑了。

她索性也不急著進南疆王宮，而是等著梅舒毓什麼時候能見到南疆王，她再渺無聲息地去他身邊，藉機取南疆王的血引。

她正這般想著，有人稟告說葉香茗派了人來，請回春堂的坐診大夫賀言進宮。

安十七在一旁說：「少主，是您易容進宮，還是讓真正的賀言進宮？這也許是個見南疆王的機會。」

花顏想了想，搖頭：「不能操之過急！雲遲的眼線這幾年在南疆王宮埋得也很深，我萬一露出馬腳，便會是個出師未捷身先死的下場，讓真正的賀言去吧！」

安十七應是，立即前去找賀言叮囑了一番。

於是，真正的賀言拎著藥箱，顫顫巍巍地出了回春堂，進了南疆王宮。

南疆王唯一的寶貝女兒被陸之凌所傷，南疆王知道後，十分惱怒，想派人去請雲遲對陸之凌重處，給葉香茗要個交代，可是他的人還沒出宮，便聽聞陸之凌被雲遲派離了京城。

他打探之下，知道陸之凌離京是為了勵王軍虎符之事，他自知理虧，沒有護好虎符而造成了如今的後果，所以也就不好再去找雲遲說道此事了。

於是，南疆王只能一邊心疼女兒，一邊暗暗記著等陸之凌再來南疆都城，他一定要見識一番敬國公世子有多囂張，在南疆都城竟然敢傷他的公主。

不料，南疆王他沒找雲遲，轉日雲遲卻進了南疆王宮。

雲遲的車輦在宮門正巧遇到了被葉香茗的人接進宮的賀言。

賀言鬚髮花白，提著藥箱子，見到了太子的儀仗隊，顫顫巍巍地避在了一旁。

雲遲下了馬車，溫涼的眸光掃了一眼南疆王宮的宮門，之後，目光定在了賀言的身上。

賀言頓時感受到了一股無形的壓力向他襲來，本來站著的身子顫巍巍地跪在了地上。

這才符合一個普通大夫見到雲遲的情形。

雲遲溫淡的聲音詢問：「這是何人？」

小忠子連忙上前，問向賀言：「你是何人？」
賀言顫著聲音恭敬地回話：「小老兒是回春堂的大夫。」
葉香茗的人立即說：「回小公公，這位老丈是回春堂的坐堂大夫賀言，昨日公主當街受傷，恰巧他在，為公主包紮了傷，今日公主宣他進宮，一為看診，二為賞賜。」
小忠子又打量了賀言一番，是個大夫模樣，不明白怎麼就惹了殿下注意了。
雲遲頷首，移開視線，淡淡地說：「走吧！」
小忠子連忙跟在雲遲身後，進了南疆王宮。
雲遲離開後，賀言心中暗想慶幸少主有先見之明，讓他這個真正的賀言來了，這位太子殿下不是尋常人，難保不會被看出什麼惹出風波。
他顫巍巍地從地上起來，拎著藥箱子，跟著人規規矩矩地進了王宮。
公主葉香茗正在南疆王的正殿，葉香茗昨日失血過多，臉色有些白，神色有些懨懨，聽人稟報雲遲進宮了，眼睛終於亮了些。
南疆王將葉香茗的神色看盡眼底，微微一笑，溫聲說：「香茗，你可是喜歡太子殿下？」
葉香茗不好意思地垂下頭，嬌聲說：「父王，我喜歡太子殿下又有什麼用？他見了我不假辭色。」
南疆王捋著鬍子笑：「我的女兒豔冠天下，姿色無雙，試問這普天之下，四海之內，還有誰配得上太子的傾世姿容？非你莫屬。」
葉香茗咬著唇說：「我昨日問陸之凌，他說臨安花顏與我難分秋色，可見您的女兒也不是豔冠天下的無雙姿色。」

「唉，她已經不是太子妃了，你還與她比較什麼？」南疆王不贊同地說，「她無才無德，且有不育之症，只有一個美貌的空架子。如今太子殿下正在我們南疆都城，正是你的好時機。」

葉香茗看著南疆王問：「父王也覺得太子殿下極好？贊同女兒嫁去南楚？」

南疆王歎了口氣：「父王無能，太子殿下不同於南楚歷代君王，西南境地這些小國，早晚都會被他徹底蠶食，成為真正的南楚領土。屆時，西南境地各小國沒了，我們南疆也一樣覆滅不存。若是你能嫁給他，入主東宮，將來他登基，你是國母，母儀天下，那便又會不同，他總能顧忌著你些，也許讓我們留下南疆國號也不一定。」

葉香茗聞言直起腰板：「父王說得是，女兒便試上一試。」

南疆王頷首：「娶你，不止我們有利，對太子殿下來說也有益。你是我南疆的公主，嫁給南楚太子，無異於兩邦相交，對於他徹底收復西南境地，會省事不少。唯一的要求，便是留我南疆一個國號而已，太子殿下未必不會答應。」

葉香茗露出笑意：「宜早不宜遲，今日太子殿下主動進宮，父王不若提一提此事。」

南疆王點點頭：「好。」

父女二人就此說定後，便等著雲遲前來。

不多時，雲遲進了王宮，由內侍領著來到了正殿。

南疆王連忙從座位上起身，對雲遲見禮寒暄，十分熱絡。

葉香茗一手扶著胳膊，也對雲遲盈盈下拜。

雲遲看了二人一眼，溫涼的眸光淡笑：「陸世子性喜貪玩，不小心手滑傷了公主，本宮在這裡代他賠罪了。」

南疆王雖然心裡對陸之凌不滿，但沒想到雲遲代之賠禮，他連忙說：「小女無礙，讓太子殿下掛心了，陸世子既然不是有意，那此事自當揭過。」

雲遲淡笑：「本宮手中有凝脂膏，比玉肌膏要好上一些，帶來了兩瓶給公主治傷。」

小忠子連忙拿出凝脂膏，奉給葉香茗：「公主請。」

葉香茗面上一喜，當即接過，笑容明豔地說：「多謝太子殿下。」

雲遲看著她明豔的笑容，眼前恍惚地映出另外一張臉，那一張臉笑語嫣然時，明媚如陽光，沒有這麼豔麗奪目得刺人眼眸，而是令人舒適至極。

他移開眼睛，淡而涼地說：「公主不必謝，陸之凌他傷了公主，兩瓶凝脂膏不算什麼。」

葉香茗看著雲遲，覺得一陣心顫，她握緊手中的凝脂膏，壓下霎時的心悸，笑著說：「即便如此，還是多謝太子殿下了，昨日我不曾怪陸世子，被他所傷，是我本事太差。」

雲遲淡淡頷首：「公主不怪就好，他被我派出都城了。」

南疆王這時開口試探地問：「太子殿下，你派出陸世子，可是為了勵王軍虎符一事兒？是否有了眉目？」

雲遲深深地看了南疆王一眼：「王上與勵王手足情深，便從未想過他會背叛你嗎？」

南疆王面色一變。

葉香茗看了南疆王一眼，咬了一下唇，低聲說：「我昨日便猜測是勵王叔自盜虎符，父王偏偏不信，如今太子殿下也這樣說，可見是勵王叔無疑了。」

南疆王臉色白了白，須臾，歎了口氣：「我是不願承認罷了，既然太子殿下也這樣說，由不得我再自欺欺人了。當年，先父王是要將王位傳給他的，他不喜宮廷，拒授王位，只能立我為王。

先父王臨終遺言，由我在朝統領南疆百官，他在野執掌二十萬勵王軍，南疆當無憂。」

雲遲一笑：「可惜，勵王他要的不是南疆無憂，而是要脫離南楚掌控。」

南疆王聽著這話，只覺得心裡一涼，看著雲遲道：「太子殿下，勵王弟大約也是一時糊塗。西南境地百年來，一直是南楚附屬國，未起動亂之前，西南百姓安居樂業，孤也甚是喜歡這份安穩，孤也從未有脫離南楚反叛之心，請太子殿下明鑒。」

雲遲頷首，目光溫淡：「我相信王上，但是勵王……卻難以讓本宮相信。今日本宮進宮，是想告訴王上一聲，勵王若是不服順，他的命本宮要了。」

南疆王絲毫不懷疑雲遲的能力，這位南楚的太子殿下，少年時便名揚四海，早已經監國執掌了南楚朝野四年，他的本事，在來到南疆都城這數日裡，他清清楚楚地領教過了。

南疆王心下膽寒，張了張嘴好半晌，才說：「太子殿下手下留情。」

雲遲寡淡一笑，目光一涼到底：「勵王若是服順，本宮自然會手下留情。」

換而言之，勵王若是不服順，那麼，他便不會手下留情。

南疆王看著雲遲的眸光，只覺得涼到心裡，揪著心試探地說：「孤這便派人去勸說王弟可好？孤只這一個同胞兄弟，實在捨不得他一時糊塗，葬送了自己。」

「也可，本宮今日進宮便是為此事，若是王上能勸回勵王，本宮也少費些力氣。」

南疆王見他同意，心下一鬆，當即招來心腹之人，命令快馬加鞭離京前去見勵王。

那人離開後，雲遲也起身告辭。

南疆王心裡壓著事兒，連忙起身：「太子殿下且慢，孤還有一事。」

雲遲聞言又坐下，淡淡道：「王上請說。」

南疆王看了一眼葉香茗，葉香茗的臉頰頓時紅了紅，嬌羞地低下了頭。

雲遲將二人神色看盡眼底，容色不見變化。

南疆王收回視線，低咳一聲，對雲遲試探地問：「太子殿下，你看小女如何？」

雲遲目光清淡平靜：「公主在王上眼裡是掌上明珠，自然是極好的。」

南疆王一愣，立即說：「孤的意思是，小女在太子殿下眼中如何？」

雲遲淡淡看了一眼葉香茗：「公主在本宮眼裡是南疆公主。」

南疆王又一怔，再度試探地問：「孤是說，除了公主的身分，太子殿下如何看待小女？」

雲遲淡淡道：「若沒有公主的身分，她便不會這般坐在這裡，本宮不見得會識得她。」

南疆王一噎。

葉香茗坐不住了，她抬起頭，看著雲遲，一雙眸子明亮地說：「還是我來說吧，父王別與殿下繞彎子了。」

南疆王頓時覺得自己沒用，住了嘴，算是贊成了。

葉香茗她盯著雲遲，直白地說：「我對殿下一見便傾慕不已，殿下可願與我結兩姓之好？」

這話是直白大膽的，不該是一個女兒家直接問出口的，但是葉香茗她生來便是南疆公主，不止受南疆王寵愛，在南疆朝野也是參政的公主，且也受南疆百姓追捧。

她不僅容貌豔麗無邊，且與生俱來便尊貴無比，這般問出口，也不會讓人有輕視之感。

雲遲聞言溫涼清淡的容色多了一抹寡然，嗓音平靜無波：「多謝公主厚愛，本宮不願。」

她問得直白，雲遲便也回的直白。

南疆王心下一緊，暗道此事壞了，因為雲遲拒絕得太明白乾脆。

葉香茗臉上的羞澀頃刻間褪去，她騰地站起身，追問：「殿下為何不願？是看不上我？」

雲遲坐在原處，目光落在她臉上，似蒙了一層輕煙，他眼神越發地涼薄：「本宮曾經對一人説過，今生只娶她，公主極好，但不是本宮想娶之人。」

葉香茗一呆，沒想到雲遲説出這般話來，她心裡陡然升起的好奇之心讓她顧不得羞惱，再次追問：「太子殿下可否告知，何人如此有福氣？」

「臨安花顏。」雲遲也不隱瞞，嗓音淡淡地說出答案。

葉香茗頓時周身僵硬，不敢置信地看著雲遲：「太子殿下何出此言？臨安花顏她不是已經與太子殿下沒有婚約了嗎？據聞南楚太后下了悔婚懿旨，難道是假的不成？」

雲遲搖頭，神色淡漠：「太后懿旨不是作假，只是本宮說出的話也不會收回。」

「那……」葉香茗不解了。

雲遲緩緩起身，如玉的手輕輕地拂了一下雲紋水袖，嗓音平靜得如在湖水中扔一塊千斤重的大石也不會激起波瀾：「此生若不能娶臨安花顏，本宮願終身不娶。」

葉香茗霎時驚得睜大了眼睛，駭然地看著雲遲，一時間說不出話來。

南疆王也坐不住了，騰地站起身，看著雲遲：「太子殿下，萬萬不可說如此戲言。」

雲遲淺淡一笑：「本宮從不說戲言。」

南疆王一時呆立，看著雲遲，也說不出話來。

葉香茗驚駭半晌，才找回自己的魂。這位太子殿下，是她生來至今，見過的最出色的男子，無論是傾世的容貌和風采，還是卓絕的能力與本事，普天之下，她覺得，恐怕無人能出其右。

可是這樣的一個人，從他的口中說出唯一來，實在讓她難以接受。

古往今來，不論是身為儲君，還是身為帝王，從不會有誰為了哪個女子空置後宮。

沒有，從來沒有。

她從驚駭中找回自己的聲音：「太子殿下，那臨安花顏，我聽人說，她唯容貌拿得出手而已，你為何……偏偏非她不娶？」

雲遲平靜地說：「在世人眼裡，她的確唯容貌拿得出手，但在本宮心裡，世間千千萬萬的女子，唯她能入本宮的心。這一生，她便是本宮的劫數了。」

葉香茗更驚駭，盯著他說：「太子殿下，她有不育之症，你也不在乎？」

雲遲扯了扯嘴角，不見笑容：「不在乎。」

葉香茗又追問：「太子殿下尊貴無比，心裡怎麼會只放一個女子？竟然還讓她成了你的劫數？據我所知，太子殿下昔日曾喜歡趙宰輔府的小姐，為她做一幅美人圖，有人傳言殿下後來毀圖斷情。既然情能斷，可見對太子殿下來說，情之一事，不必如此執著的，殿下心裡最當有的是千秋功業，今日又為何要說出這般話來？」

雲遲目光沉了沉：「彼情非此情，本宮不想斷，也斷不了。」

葉香茗聞言，徹底沒了話。

雲遲轉身，對南疆王說：「本宮這便出宮了，王上和公主不必再想本宮與公主聯姻之事，此事自今日始，便今日止。」話落，又補充，「至於南疆和西南境地，本宮目前還不想徹底蠶食，所以，王上和公主放心。」

說完，轉身出了正殿。

葉香茗一屁股坐在了地上，喃喃地說：「這天下真有這般人，且還是太子之尊，未來的天下之主，竟如此專情一人？」

南疆王也緩緩地坐回椅子上，耳鳴聲聲，半晌也喃喃說：「不該啊！」

任何一人都可以專情到非一人不娶，但那個人唯獨不該是太子雲遲才是！

雲遲離開後，等候在殿外的賀言由人領著進了南疆王的正殿。

葉香茗依舊坐在地上，這一刻，她忘了形象，整個人的所有神思都處於嗡鳴中。她不能接受的不是雲遲看不上她，而是他那樣的人，竟然說出非臨安花顏不娶的話來。

且言之鑿鑿，鏗鏘有力。

南疆王最先鎮定下來，長歎了一口氣：「茗兒，起來吧，地上涼。」

葉香茗坐在地上沒動。

內侍領著賀言進來後，走到葉香茗身邊小聲稟告：「公主，回春堂的大夫賀言來了。」

葉香茗慢慢地點了點頭，拉回驚悚的思緒，看向賀言，見他顫顫巍巍地要跪拜見禮，她擺擺手：「不必見禮了，你過來再給我看看傷，太醫院的太醫笨手笨腳，不如你昨日給我包紮傷口時乾脆俐落。」

賀言心想從沒給人包紮過的少主竟能得如此評價！果然是少主，做什麼都是極好的！

他顫顫巍巍直起跪了一半的身子，見葉香茗坐在地上不起來，自己便走上前來，蹲下身，給她查看傷處。

不得不說，花顏包紮得極好，縫合的也極好。

他俐落地給葉香茗換了藥，重新包紮好，又依照規矩言簡意賅地囑咐了幾句。

葉香茗沒發現昨日的大夫與今日的大夫並非同一人，看著包紮完的手臂，心情說不上好，對一旁的內侍說：「賞百金。」

內侍連忙應是，取來一百兩黃金遞給賀言。

賀言連忙顫巍著身子道謝。

葉香茗揮手：「你明日還來給我換藥。」

賀言應是，內侍見公主再無吩咐，將賀言送了出去。

賀言顫顫巍巍地走出殿門口，聽到裡面傳來南疆王的話：「茗兒，既然太子殿下無意你，你便收了心思作罷吧！憑你的美貌才智，父王定然給你擇一個不比太子殿下差多少的駙馬。」

葉香茗慢慢地從地上站起身，小聲說：「見過了太子殿下，何人還能入女兒的心？」

南疆王長歎：「即便如此，也得放下，不能讓他毀了你。聽父王的。」

葉香茗只能點頭：「女兒儘量。天下人都說那臨安花顏不好，真不明白，她怎麼就入了太子殿下的心了……」

賀言腳步猛地一頓，驚詫不已。

內侍偏頭瞅了他一眼：「賀大夫，怎麼不走了？」

賀言不敢再耽擱，連連喘氣說：「小老兒老了，走走停停，才能累不著。」

內侍想想也是，便不再催促，送著他慢慢地出了皇宮，一路送回了回春堂。

花顏今日無事，醒來後，便在院中的躺椅上曬太陽，對比南楚如今已經入夏的酷熱，這裡的氣候還算得上是春日。春風和煦，陽光也不毒辣，她躺在椅子上，閉著眼睛想著事情。

賀言來的時候，便看到花顏被春風吹起淺碧色的衣衫，寧謐得如一幅畫。他揉揉老眼，顫顫巍巍地來到近前，恭敬地拱手見禮：「少主。」

花顏睜開眼睛，微笑：「辛苦賀伯了，讓你跑了一趟皇宮。」

賀言搖頭，笑著道：「不辛苦，難得一把老骨頭還能讓少主有用得著的地方。」

花顏眉眼彎起，驕傲地說：「我們臨安花家哪裡有無用之人？即便老了，也老當益壯。」

賀言頓時樂得眼睛都瞇成了一條縫：「少主誇獎了。」話落，瞅著他說，「今日小老兒聽了幾句南疆王和公主的話，尋思之下，還是應該告訴少主一聲，畢竟隱約事關少主。」

「嗯？說說。」花顏笑著點頭。

賀言便將他在南疆王宮門口遇到了太子雲遲，以及後來出了南疆王正殿在門口聽到南疆王和葉香茗說的話與花顏複述了一遍。

花顏聽罷，秀眉擰了擰：「這麼說，今日雲遲進宮，是與南疆王和葉香茗說過什麼了？」

賀言頷首：「小老兒覺得正是，太子殿下離開後，我進正殿時，公主還在地上坐著，看那模樣，臉色發白，有些魂不守舍。」

花顏聞言，臉色有些難看，但很快又雲淡風輕地一笑：「得不到的，總是最好的，若我一開始就乖乖巧巧地順從他，安安分分地做東宮的太子妃，他這會兒哪還會在南疆王與公主面前說些不著調的話？」

非她不娶嗎？她真是謝謝他了！

賀言忍不住地說：「小老兒一直聽說太子殿下是人中龍鳳，今日一見，比傳言還要令人心折。」一話落，他打量花顏的臉色，「這樣的太子殿下，少主竟然……」

花顏知道他想說什麼，笑了笑，眸光如天水相接的那一片清風明月，淡得無痕：「他千好萬好，唯一個身分，在我們臨安花家便抹殺了。面對他那樣的人，若想不被網住，唯有一條路可走，難以固守本心，那麼便移花接木。」

賀言頃刻間懂了，他活了一輩子，這等事情本就好懂，他笑著說：「少主有大智，無論怎樣做，都是沒錯的。」

花顏輕輕地笑：「賀伯說這話卻是把我抬高了，我其實是有自知之明罷了。我臨安花家累世千年，不能毀在我手上。」

賀言敬佩：「當年，公子生下來後有怪病，大家都覺得我們臨安花家要完了，幸好後來少主您出生，這麼多年，花家的一切都是您在頂著，小老兒兩年前見到公子，公子也說，您是花家的福星，也是他的福星。花家有少主，這一世百年，便又無憂了。」

花顏抿著嘴笑：「原來哥哥在背地裡這般誇我的，聽了這話真讓人舒服。」

賀言也笑了，鬍子隨著他的笑在胸前飄：「如今公子痊癒，少主終於可以輕鬆些了。」

花顏笑著點頭，望天道：「是啊！此次來南疆奪了蠱王，便是我此生要做的最後一件轟天動地的大事兒了。我琢磨著，奪了蠱王，救了蘇子斬後，我便安心地待在桃花谷陪著他治寒症，一年、兩年……幾年也無所謂，待此事了，那一半的擔子也給哥哥，誰讓他是嫡子嫡孫呢，我一個女兒家，少操點兒心，操心多了，受累多了，是容易老的。」

賀言捋著鬍鬚問：「看少主這神色，似是極喜歡子斬公子了？」

花顏毫不臉紅地承認：「是啊！他是一個很容易讓人喜歡上的人。」

賀言道：「但願少主此行順利。」

花顏點頭：「會順利的。」

二人閒聊了片刻，賀言離開，花顏又閉上眼睛。

過了一會兒，花顏喊：「十七。」

安十七立即現身：「少主，可有吩咐？」

花顏睜開眼睛，眼眸清冽，對他說：「即刻斷了與回春堂的所有往來，雲遲今日在宮門口遇到賀言，決計不是偶然，這個時候，任何一人出現在南疆王和公主面前，他都不會放過查探。」

安十七頓時一凜：「是，我這便去安排。」

花顏不再言語，重新閉上了眼睛。

果然如花顏所料，雲遲出了南疆王宮後，揮手招來雲影，低聲溫涼地吩咐：「派人去查查回春堂和那名大夫。」

「是！」雲影應聲。

第三十五章 香囊

梅舒毓閉門鑽研了兩日，終於將南疆王室宗親的卷宗閱覽完畢，且記了個八九不離十。他拿著卷宗，去找雲遲交差。

雲遲隨意地看了他一眼，便埋手批閱南楚快馬送來的緊要奏摺，淡淡說：「小忠子的手裡有一堆帖子，你既閱覽完了卷宗，即日起便代我擇帖子赴宴吧！」

梅舒毓還是不太明白雲遲要理這些南疆的王室宗親做什麼？他覺得以自己這個笨腦袋，雲遲不明說，他是不會懂的，所以，不怕被訓斥地小聲詢問：「太子表兄，你給我一個準確的目的，這些人，為什麼要理他們？以你的身分，不是南疆王和公主，那些南疆的宗室皇親，可以不必理的。」

雲遲頭也不抬地說：「我想看看有多少是南疆王的人，多少是勵王的人。」

「嗯？」梅舒毓還是不懂，冒著冷汗不恥下問：「太子表兄，我腦子太笨，你說明白點兒。」

「勵王必要殺，勵王的人也不能留，留就是禍害。」

梅舒毓眨眨眼睛，懂了些，但犯難地說：「我從來沒辦過差事兒，這藉由宴席查探之事，我怕我眼拙心瞎，看不準啊！」

雲遲合上奏摺，「啪」地一聲將筆放下：「拿出你在京中混的本事來，從小到大，豈能是白混的？」

梅舒毓咳嗽地說：「那是混玩，和這個不同。」

雲遲眉目溫涼：「你在梅府敢得罪我，又不怕被你祖父開宗祠立家法，跑去蘇子斬那裡避難，這等識人心目，做起來嫻熟順暢得很，還怕做不好此事？」

梅舒毓頓時覺得後背涼了涼，冷汗直冒，暗暗想著這是秋後算帳，立即表態：「知道太子表哥的目的我就明白自己該做什麼了，我必定全力以赴。」

雲遲「嗯」了一聲，對他擺了擺手。

當日，梅舒毓便從高高的一摞帖子裡擇選出了一張帖子，南疆王的王叔勐王。

這位勐王，平生只愛好一樣，便是以王爺之尊擅彈劾之事，封賜也由此而來。年輕時除了喜歡搶言官的風頭，還有一樣，對南疆的蠱毒之術，半絲不學。

梅舒毓選他出來後，稟了雲遲，便梳洗打扮一番，穿的花裡胡哨地去赴宴了。

儘管不是太子親自出席宴請，但是太子殿下的表弟代為接帖子赴宴首選他，也甚是給勐王面子了。所以，勐王見到梅舒毓十分高興。

因西南境地正值動亂，宴席擺設得不奢豪，但貴在精心精緻。

南疆美人的歌舞也是大膽奔放，讓梅舒毓大開眼界。

梅舒毓覺得幸好他不是浪蕩子，從小跟著陸之凌胡混，也混得有格調，潔身自好倒是有的。

所以，梅舒毓無論喝了多少酒，心裡一直很清明。

勐王見宴席過半，湊近梅舒毓耳邊，笑著說：「本王已年近七十，梅公子正值年少，從中挑一個如何？」

梅舒毓覺得他今日首次代表雲遲赴宴，他的一言一行都是個風向標，會給後面的宴席和邀請人指明一個路數。

送美人是慣用的試探伎倆，收與不收，他都會定下一種風向。這風向，自然關係到他辦雲遲交代給他的差事兒。

他心念轉了兩圈，笑嘻嘻地端著酒杯扭過頭，對劾王笑問：「依我看，這些美人都是極美的，我若是挑一個，豈不是傷了其餘美人的心？我是一個不捨得讓美人傷心的人，王爺總不能將所有的都送我吧？」

劾王一怔，隨即哈哈大笑，端著酒杯的手直晃：「梅公子原來是個胃口大的。」

梅舒毓也跟著大笑：「正是，我生來便胃口不小，一頓飯慣常比別人吃得多的多。」

劾王放下酒杯，拍拍梅舒毓肩膀，大笑著說：「梅公子既然都喜歡，本王便大方一回，都送你了。」

梅舒毓也放下酒杯，不客氣地勾住劾王肩膀，笑著道：「那就多謝王爺了。不過，我太子表兄勤勉政務，慣不是個會近女色的，我若是帶這些人回行宮，一準遭我太子表兄嫌棄，少不得也會訓斥我荒唐，不若王爺幫我想想主意？有沒有什麼兩全其美之策？」

劾王深深地給了梅舒毓一個瞭解的表情，尋思了片刻，笑著一拍大腿：「這容易，梅公子若是不嫌棄，便住在本王府上就是了。太子殿下既然勤勉於政務，斷然不會來本王府上抓人。」

梅舒毓眼睛一亮：「即然如此，那我就厚顏無恥地應下王爺的邀請了。不會叨擾到王爺吧？我這人吃穿用度倒是不講究，就是喜好鬧騰，萬一吵著了王爺休息……」

「無礙無礙！人老了，就喜歡熱鬧，把這裡當自己家，隨意就好。」劾王連連保證。

梅舒毓暗想既然他這樣說，那麼，他就不客氣地住下來了，有什麼會比待在宗室府邸的圈子裡更能查探得切實呢？

他端起酒杯，一飲而盡，笑得見眉毛不見眼睛。

勀王也很高興，又一個勁兒地與梅舒毓推杯換盞，直說他平生喜好除了喜擅彈劾之事，還喜歡美人，今日遇到梅舒毓，似乎又回到了年輕時。

酒過三巡，菜過五味，梅舒毓醉了，勀王也醉了。

勀王叫來管家，醉著吩咐：「給梅公子安排一處獨立的院子，把這些美人都送過去。」

管家連忙應是，立即去了。

勀王府很大，管家給梅舒毓安排的院落也是極大，房間極多。

二十多個美人走進去，院落霎時彌漫起脂粉香。

梅舒毓搖搖晃晃地跨進院子，從一眾美人中隨手指了一個，醉醺醺地說：「你，願不願？」

那美人極明豔嬌媚：「奴家願意得很，公子真俊秀。都說南楚的公子們比我們南疆的漢子們好看，今日奴家見了，果然如是呢。」

梅舒毓湊近她，身子搖晃了兩下，臉一轉，歪倒了。

美人伸手扶住梅舒毓往屋裡走：「看著公子清瘦，卻原來這麼沉。」

梅舒毓輕笑一聲，貼在她耳邊：「一會兒……」

美人頓時嬌笑連連。

進了裡屋，美人將搖搖晃晃的梅舒毓扶去榻上，梅舒毓剛要抱美人，胃裡一陣翻滾，一把將她推開，轉頭便吐了。

他這一吐，終於讓床上的美人皺起了柳葉眉，眉目裡染上了嫌棄之色。

梅舒毓吐完了，似乎舒服了，又轉過頭，重新看著美人。

美人伸手一擋，嬌笑著說：「公子，奴家陪您沐浴可好？」

梅舒毓伸手拿開她的手，搖頭：「沐浴不急，我們先……」

美人終於忍不住，手臂在他後頸一點，他頓時人事不知，軟在了床上。

美人伸手捅了捅他，喊了兩聲公子，沒有動靜，她終於露出惱意，嫌惡地看了一眼地上的汙穢，捏著鼻子氣沖沖地衝出了房間。

「郡主。」見美人從屋中衝出來，門外有人低喊。

美人惱怒地說：「進去把汙穢清了，爺爺做什麼灌他喝那麼多酒？好好的一個俊俏公子，讓我沒了享用的心思。」

奴婢們應是，進了屋清除梅舒毓嘔吐的穢物，美人站在門口，並沒有離開。

梅舒毓一動不能動地仰躺在床上，保持著美人推開他的姿勢，心中卻是氣歪了鼻子……什麼叫她沒了享用的心思？

小爺是來給她享用的嗎？

小爺壓根就沒打算失身。

小爺的身子金貴著呢。

不過外面的人稱呼她為郡主，倒是讓他意外了一下，他看出了這美人特別，沒想到卻是劾王的孫女。

不多時，奴婢們將屋中清掃乾淨後，美人又重新走了回來，看著梅舒毓，喃喃地說：「真是俊俏，可惜酒味太大了。」

梅舒毓一動不能動，只能保持著昏睡者的最高境界。

美人站著盯著梅舒毓又看了一會兒，轉身又走了出去，對外面吩咐：「將他給我看好了，別讓別的女人有機可乘，本郡主定下他的清白了。」

僕從們連忙應是。

美人抬起手臂，聞了聞袖子上的酒味，這才又嫌棄地快步走了。

梅舒毓在她走了之後，黑著臉睜開了眼睛，暗自地運功想要解除鉗制，發現竟破解不開，他頓時急白了臉。

他正想著，窗子無聲而開，從外面飄進一個人來。

梅舒毓睜大眼睛，仔細地看了又看，瞧了又瞧，才認出是花顏。

他脫口就想問你怎麼來了？又想到他帶了雲遲給的兩名護衛，她這般定然是避著人來，而且不曾易容，若是聲張被人知道把她暴露了可就不好了。

他張了張嘴，才無聲地用求救的眼神看著她。

花顏落地後，掃了一眼房間，滿室酒氣，她站在原地，似笑非笑地看著僵白了臉躺在床上的梅舒毓，壓低聲音說：「劾王的孫女，小郡主葉蘭琦，被譽為西南境地的第二美人。據說她練採陽補陰之蠱術，得她青睞者，如被鬼採了元陽，少則三日，多則一個月必死。你可真敢入虎穴住到這劾王府裡來。」

梅舒毓的臉唰地更白了，胃裡又一陣翻滾，險些又大吐起來。

他看著花顏，咬牙低聲說：「你說的當真？」

花顏伸手輕巧地解開了他被鉗制住的穴道，懶洋洋地說：「我騙你做什麼？自然是真的。」

梅舒毓終於能動了，騰地坐起身，憤恨地說：「太子表兄給我的卷宗裡，沒提到劾王府裡這位郡主是這般，只說妖嬈難纏得很，我今日覺得一群舞姬裡她最特別，才想試試她身分。」

差事兒雖然重要，但他的清白更重要，若非他不是那等好色之人，今日還不得被她玩死？

花顏好笑地瞅著他：「你不覺得雲遲對你焉能有什麼好心嗎？器重磨練你不假，但他自然是等著機會收拾你呢，虧你還一心一意為他辦差，真是太天真了。」

梅舒毓的臉霎時青了又白，白了又青，一時間無話可說。

梅舒毓頓時垮下臉，求助地看著她：「你既然來了，快幫幫我。」

花顏走到桌前倒了盞茶，聞了聞茶水，笑咪咪地放下：「這茶中加了東西，是南疆最有名的王室祕藥點絳紅，也就是最厲害的催情藥。勐王本來應該是等著太子殿下來的，沒想到等了一個你來赴宴。你是太子殿下的表弟，身分也尊貴，葉蘭琦會顧忌你的身分，應該不會讓你死的。」

梅舒毓聽完，一下子跳下了床：「我那日是因為娶不著趙清溪對祖父不滿，胡鬧了些，沒想那麼多才得罪了太子表兄。你可不能不管我，更何況，你來奪蠱王，我也答應幫忙的。」

花顏微笑：「既然被我知道了，自然不會不管你。說吧！要我怎麼知恩圖報你？。」

梅舒毓自從聽了她的話，是一刻也不想在這裡待了，立即說：「我要立刻回行宮。」

花顏搖頭：「回行宮是不難，你現在立馬衝出去就好。但這樣一來，雲遲就會知道有人指點你了。他給你的卷宗裡可沒提到葉蘭琦採陽補陰的蠱毒之術，區區一頓宴席下來，你是不會知道的，除非吃了虧。但偏偏葉蘭琦被你給噁心走了，所以……雲遲見你跑回去勢必會追查。你以為你還能在他的追查下為我守得住祕密？」

梅舒毓心顫了一下：「那怎麼辦？」

花顏從懷裡掏出一個香囊，遞給他：「只要你帶著這個，別讓這個東西離身。」

梅舒毓接過香囊，捏了捏又聞了聞，什麼味兒也沒有，不覺納悶：「這裡面裝的是什麼？」

花顏笑著說：「克制她身體裡采蟲的藥粉，是一種類似於迷幻人神智的迷幻香。只要她靠近你的身體，她體內的蟲子就會聞到這香味，會立刻讓她陷入幻覺。」

梅舒毓頓時來了精神：「什麼樣的幻覺？」

「心裡想什麼，便會做什麼樣的夢，她體內的采蟲，應該會做魚水之歡的春夢。」

梅舒毓看著花顏的臉一紅，結巴地說：「這……這麼小小一個香囊，真的管用？」

花顏揚眉：「不信？」

梅舒毓咳嗽一聲：「我實在怕啊！她剛剛點我穴道的手法十分奇詭，若非你來了，我是無論如何也解不開的。」說完，他後悔起來，「我就不該為了迷惑劾王收女人。」

花顏笑著說：「不收女人，你一味地端著君子的做派，便完不成雲遲交代的差事兒。雲遲給你這個差事兒，就是為了懲治你的同時，讓你把差事兒給他辦妥當了。」

梅舒毓狠狠地磨了磨牙：「太子表兄可真狠！」

「他從來就不是個心軟手軟的人。」花顏站起身，「葉蘭琦去而復返，又折回來了，估計是看你長得俊俏，還是忍不住來對你下手了。你快躺回床上吧，我走了。」

她說著，將那一盞茶水重新地倒進了茶壺裡，足尖點地，窗子無聲地打開，如她來時一般，又無聲地走了。

梅舒毓膽顫地寄希望於手裡的香囊，聽到外面的腳步聲，連忙將香囊繫在腰間，轉眼又躺回了床上，保持著原來的姿勢，閉上了眼睛。

心中又氣又恨，想著以後打死他也不敢得罪太子表兄了，下黑套收拾起人來真是不聲不響，多虧花顏提點幫助他，否則他今日就栽在這裡了。
葉蘭琦來到門外，有婢女連忙見禮：「郡主。」
葉蘭琦問：「我走後，可有人進屋？」
婢女們搖頭：「回郡主，我們一直守在門口，沒有人進屋。」
葉蘭琦滿意，對婢女說：「打一盆清水來，我給他擦擦臉和身子，否則他一身酒味，實在是讓我吃不下。」
婢女們立即應是。
梅舒毓緊張起來，想著花顏給她的香囊若是不管用，他今日就跟這個女人拼了。
葉蘭琦吩咐完，推開房門，進了屋。
梅舒毓果然如她走時一般，一動不動地昏睡著，滿室的酒味讓她皺眉，她將窗子打開，任夜晚的風吹進來，消散濃郁的酒味。
婢女們打來清水，又無聲地關好房門退了下去，並且退得離房門很遠的地方。
葉蘭琦沾濕了帕子，給梅舒毓擦臉，又解開他衣領給他擦身子。
梅舒毓心中暗急，呼吸都快停了，暗罵這個死女人，等她進入了幻覺，他就掐死她。
他剛罵完，果然葉蘭琦手一頓，身子一軟，便倒在了他身上。
梅舒毓耐心地等了一會兒，發現她跟他一般，一動不動，但是神情與他不同，臉龐嬌羞，如染胭脂色，無限舒服和迷醉的模樣。
他嫌惡地一把推開了她，任她身子軟軟地躺去了一旁，坐起身就伸手要去掐她的脖子。
他從不知道世上還有練採陽補陰之術的女人，今兒掐死她，以後就不用出去禍害人了。

他下手用力，真是半點兒沒客氣。

窗子又無聲地打開，花顏從外面進來，衣袖輕輕拂動，便拉開了梅舒毓的手，好笑地說：「你掐死她，差事兒也別想完成了。南疆王室宗親以勐王為首，她雖然是勐王府的一個小郡主，但深得勐王寵愛，南疆王也甚是看重，她死在你這裡，你的麻煩會很大。」

梅舒毓鬆開手，黑著臉磨牙：「那你說，我該怎麼辦？」

花顏伸手入懷，拿出一個金缽：「將她體內的采蟲引出來，明日她發現采蟲有失，功力盡廢，定會去找勐王。勐王知曉後，必然會進宮去找南疆王。我如今需要一個見南疆王的機會，不知皇宮裡有多少雲遲的人，怕生出事端，如今恰巧你來了勐王府，也許能藉此得到他的血引。」

梅舒毓不解地問：「你這個金缽，就能引出采蟲？怎麼引？引出來後我又該怎麼辦？」

花顏對他微笑：「有這個金缽，裡面放著引蟲香，再加上公主葉香茗的血引，引出她體內的采蟲不是太難。引出來後，我將之放入你的體內。」

梅舒毓睜大眼睛，頓時後退了一步，驚恐地說：「我不要。」

花顏好笑地看著他：「你怕什麼？一隻小小的蟲子而已，吃不了你。」

梅舒毓堅決地搖頭：「我不要變成採花賊。」

花顏大樂，搖頭：「你身上繫著我給你的香囊，就是克制采蟲的，采蟲進入你身體後，就會安安分分地待著，不會有事兒的，相信我。」

梅舒毓依舊不想要蟲子入體，皺著眉看著花顏，懷疑地問：「你不會如太子表兄一樣，也想整我吧？」

花顏又氣又笑：「他整你是因為你得罪他了，你又沒得罪我。雖然，我不算好人，但是對待自己人可不壞的。我既然請你們幫我奪蠱王，就是拿你們當自己人的，自然不會害你。」

梅舒毓聞言微微鬆了一口氣，提著心問：「你引出她體內的蠱子放在金缽裡就是了，為什麼非要放入我身體裡？」

花顏為他解惑：「因為此事必定會驚動南疆王，勐王與他知道葉蘭琦身上的采蟲有失後，首先會找上你，在知道她自小便養著的采蟲跑到你身體裡後，肯定會幫葉蘭琦引出來，就會用到血引。」

「然後呢？」梅舒毓問。

花顏道：「引出采蟲不像引出蠱王那般困難，只需要南疆王或者公主葉香茗其中一人血引即可。畢竟葉香茗是女兒家又受了傷，估計南疆王捨不得寶貝女兒再流血，多半會親自上陣。只要他放血做引，就能趁機拿到他的血引，我奪蠱王的事情就成了一半了。」

梅舒毓懂了，用欽佩的眼光看著花顏：「你竟然能在這麼短時間就定下了拿南疆王血引的計謀，真是厲害啊！」

花顏含笑看著他：「所以，你到底幫不幫？」

梅舒毓揉揉鼻子：「若是他們問起采蟲是怎麼跑進我身體裡的，我該怎麼說？」

花顏道：「你就說你也不知道，你是太子的表弟，這個時候，雲遲把持南疆，有他罩著，誰敢逼問你將你如何？況且，你今日不是醉死了嗎？自然是與你無關。」

梅舒毓想想也是，看著她，又問：「這事兒也會驚動太子表兄吧？別人問起我不怕，若是他問起，我該怎麼說？」

花顏琢磨了一下，對他道：「你就說應該是這個香囊幫了你，他若是問你香囊的來歷，你就說是蘇子斬給你的。」

「這……我若是這樣說，他再問起子斬表兄呢？我該怎麼回？」梅舒毓一怔。

花顏散漫地說：「你就直接告訴他，你避難住在武威侯府時，有人拿了無數世間難得的藥材找上了他，之後他就離開了武威侯府。那一日，他離開武威侯府，你應該隱約知道一點兒。」

梅舒毓點頭：「是知道一點兒，一個樣貌普通扔在人堆裡不起眼的少年，身上背了一個大包裹，是他自己找上門來找他的，我隱約見著了。」

花顏微笑：「這就對了，你就這麼說，真真假假。你不知道他去了哪裡，臨走前扔給了你一個香囊，估計是猜準了陸之凌隨後會找上門，拉著你一起追來南疆，正巧這香囊派上了用處。」

梅舒毓咧著嘴問：「他會信嗎？」

花顏看著他：「你也不是個不聰明的，真真假假地說話，他一時半會兒分辨不出你說的哪句是真哪句是假，等事情揭過去了之後，他後知後覺地回過味來，也不怕什麼，反正你已經得罪過他一樁事兒了，也不怕再多得罪一樁。」

梅舒毓抽了抽嘴角，苦兮兮地說：「若是把他得罪死了，我也不用活著了。」

花顏伸手拍拍他肩膀：「你放心，我奪了蠱王，破壞了他的大業計畫，他估計會恨不得殺了我。」

梅舒毓想想也對，大不了還有她擋在他前面的，於是，又問：「那我如今該如何？」

花顏拿著金缽，伸手一指：「你將她和你自己胸口前的衣服都扒開，我這便引她體內的采蟲。引完之後，你挨著她睡覺就行。」

梅舒毓頓時護住胸前，臉色紅白交加地看著花顏。

花顏無語地瞅著他：「你一個大男人，做什麼小白兔的做派？不就露一點兒胸前的肉嗎？又不是什麼了不得的事兒。」

梅舒毓無語的嘟囔：「你到底是不是女人？還有別的辦法嗎？」

花顏搖頭：「只這一個辦法，心口是距離心最近的地方，采蟲最喜歡待在那裡。」

梅舒毓一時沒了話。

花顏見他怯怯不前，好笑地說：「枉你紈褲的名聲，不知道是怎麼混的，這般事情都做不來，青樓畫舫，秦樓楚館都白去了嗎？」

梅舒毓覺得她被花顏鄙視了，心一橫，一把扯了自己的外衣，露出胸前一小小塊肌膚，躺在床上，閉上眼睛，大義凜然地說：「來吧！」

花顏失笑，也不耽擱，扯開葉蘭琦胸前的衣服，將金缽放在她心口，又拿出那一瓶葉香茗的血引，打開瓶塞，在她心口處滴了一點，果然，很快便有一隻通體紅色的小蟲子破體而出，嗅著味道進了金缽裡。

花顏快速地拿著金缽，放在了梅舒毓的心口處，那小蟲子又出了金缽，似乎不太情願，但在花顏以血引為引下，刺進了梅舒毓的心口，進了他身體裡。

梅舒毓感覺心口如針扎了那麼一下，他心下一緊，再感受，卻全無感覺了。

花顏收好金缽和那瓶血引，滿意地笑，對梅舒毓說：「成了，你睡吧，最好好地睡一覺，明日醒來才能有足夠的精力應付此事。」

梅舒毓摸摸心口：「這麼簡單就完事兒了？」

花顏笑著說：「有血引，自然是簡單的，沒血引，你若是想要這蟲子，就得挖葉蘭琦的心了。」

說完，她打了個哈欠，「我走了。」

梅舒毓還要再說什麼，窗子無聲無息地打開，花顏足尖輕點，出了房間。

梅舒毓實在不想讓花顏走，奈何他留不住人，只能撇撇嘴，任她走了。

他收回視線，看了眼身邊躺著的葉蘭琦，真想一腳將她踹地上去，忍了忍，誠如花顏所說，明日要有足夠的精力應付此事。於是，閉上了眼，迷迷糊糊地睡了去。

他剛睡沒多久，葉蘭琦就醒了。

葉蘭琦睜開眼睛後，先是迷惑地看了看自己，然後，又迷惑地看了看身旁躺著呼呼大睡的梅舒毓，似乎覺得哪裡不對勁，她坐起身，怔怔地愣神。

她愣神半晌，伸手摸向自己的胸口，緊接著，面色大變，騰地跳下了床。

梅舒毓被她弄出的動靜吵醒，暗想她怎麼這麼快就醒了？不是說明日才醒嗎？恍然想起她體內的采蟲跑到了他體內，本來克制采蟲使她置幻的香囊自然也就沒用了。

這樣一來，她可不是很快就醒來了嗎？

他暗暗祈禱花顏能想起來這事兒，可別扔下他不管，他心裡沒底，不敢動作，只能先裝睡。

葉蘭琦試著運功感應，發現體內真沒了蟲蟲，且功力盡失，她臉色發白，伸手去推梅舒毓：「喂，你醒醒。」

梅舒毓自然不想這時候醒來，他還沒做好心裡準備，怕一個不小心露出馬腳，他身子一動不動，睡得很熟，雷打不動的樣子。

葉蘭琦推了半晌，不見梅舒毓醒來，她又氣又急，轉身衝出了門外，大喊：「來人！」

「郡主。」有人立即跑到她面前。

葉蘭琦臉色極差，又怒又驚恐地說：「快，去告訴我爺爺，讓他立即來一趟，就說我丟失蠱蟲，武功盡失。」

那人聞言面色驚變，不敢耽擱，連忙慌慌張張地去了。

葉蘭琦站在門口，夜裡的冷風吹到她身上，清清涼涼的，讓她的腦袋清醒了些，但依舊不明白這是怎麼回事兒。

她體內的蠱蟲怎麼會不見了？

她思索半晌，也不得其解，想起屋內呼呼大睡的梅舒毓，她又大聲吩咐：「來人，去拿醒酒丸。」

有人應是，立即去了。

不多時，有人拿來了醒酒丸，葉蘭琦回轉裡屋，見梅舒毓竟然打起了鼾聲，她扒開他的嘴，將醒酒丸硬塞了進去。

梅舒毓心裡暗罵，還是吃下了醒酒丸。

葉蘭琦一屁股坐在床上，靜靜地等著勍王前來，同時也等著梅舒毓醒來。

兩盞茶後，勍王帶著一群人匆匆地來到，古稀之年的勍王健步如飛，當先衝進了屋，見到葉蘭琦，立即急迫地問：「聽說你丟失蠱蟲，武功盡失，怎麼回事兒？」

葉蘭琦站起身，臉色蒼白驚恐地說：「爺爺，我也不知是怎麼回事兒。」

話落，她將她進了這處院落後的事情詳細地說了一遍。

勍王聽完臉色也極差，看著依舊呼呼大睡的梅舒毓：「這房中，可是只有你們二人？」

葉蘭琦點頭：「婢女僕從們都未曾進來，護衛們在外面守著，應該只我們二人。」

勠王道：「將梅公子弄醒。」

「剛剛給他吃了醒酒丸。」葉蘭琦惱怒地轉身又去推梅舒毓。

梅舒毓這回哼哼一聲，似乎睡得正香，不耐煩被打擾，翻了個身，又繼續睡去。

葉蘭琦怒喝：「別睡了，快醒來。」

梅舒毓被吵得煩躁，騰地坐起身，迷迷糊糊眼睛睜不開眼，壞脾氣地喝道：「吵什麼吵？再吵本公子就封了你的嘴。」

葉蘭琦惱恨，揮手就要打梅舒毓。

勠王伸手攔住她的手，暗想這位是太子殿下的親表弟，可打不得。他開口出聲：「梅公子，你快醒來，出了點兒事情，本王有話要問你。」

梅舒毓迷迷糊糊地皺眉：「王爺？」

「對，是本王。」勠王鬆開葉蘭琦的手點頭。

梅舒毓費力地揉揉眉心，看著眼前人影幢幢，帶著無限醉意地說：「王爺，什麼時辰了？」

勠王暗想梅舒毓這酒量真差，立即說：「酉時三刻了。」

梅舒毓「哦」了一聲又躺回床上，睏意濃濃地說：「酉時三刻，不是正該好夢的時候嗎？我好睏啊！」說完，閉上眼睛，伸手一撈，將葉蘭琦撈進了自己懷裡抱住，就要睡去。

葉蘭琦徹底惱了，抬手就給了他一巴掌。

這一巴掌清脆，十分的響亮。

梅舒毓是個不吃虧的人，被打了一巴掌，他立即鬆了手，騰地又坐起身，似乎懵了懵，不敢置信地看著葉蘭琦，瞪圓了眼睛：「你打我？」

葉蘭琦剛想說什麼，梅舒毓揮手，左右「啪啪」兩巴掌，比剛剛葉蘭琦打他的聲音還響。

女子的力道自然不如男子，尤其是沒有武功的女子。

葉蘭琦被打得嘴角頓時出了血，兩邊的臉霎時腫了起來。

勍王看著這一幕，也驚得懵了。

梅舒毓似乎徹底醒來了，咬牙切齒地看著葉蘭琦：「你是什麼東西？竟然敢打小爺，我從出生至今，從沒挨過誰的巴掌！你是不是找死？」說著，一抬腳，就將葉蘭琦踹到了地上。

他早就想揍她了，如今終於給了他一個光明正大的機會，他自然要揍她個爹娘不認識。

葉蘭琦痛呼一聲，滾落到了地上，「砰」地一聲。

梅舒毓說完，又跳下床，還要再補一腳。

勍王驚醒，連忙攔住他：「梅公子，有話好說！」

梅舒毓猶自氣怒，眼睛都瞪圓了，瞪著勍王：「什麼叫做有話好說？是這個女人先打我的！我今兒個非要打死她！」

「你敢！」葉蘭琦從小到大可只有她玩男人打男人的份，從沒人敢動她一根手指頭。

梅舒毓立起眉毛：「你看我敢不敢！」說完，他伸手推勍王，「王爺，你躲開。」

「梅公子息怒！」勍王一邊說著，一邊死命地攔住跳腳的梅舒毓，一邊惱怒地怒喝葉蘭琦，「琦兒，不准對梅公子不敬！」

葉蘭琦臉痛身子痛，委屈得不行，落下淚來，哭道：「爺爺，他打我，你竟然不護著我！我可是您的孫女！」

勍王看著葉蘭琦的樣子，自然心疼不已，但心疼歸心疼，他可沒忘了梅舒毓的身分，他繃起臉，說：「是你先打梅公子的！還不快給梅公子賠禮！」

葉蘭琦坐在地上哭得更厲害。

梅舒毓這時嫌惡地瞥了葉蘭琦一眼，心下解了恨，聞言裝作驚詫地問：「王爺，她說什麼？她是你的……」

「哎，梅公子，她是本王的孫女。」劾王覺得很沒面子。

梅舒毓更是驚了：「她……她不是歌姬嗎？」

劾王知道梅舒毓初來南疆，很多事情怕是不曉得，很多人也不識得，否則豈能不知道他有一個練採陽補陰之術的孫女？早先他為了讓自己的孫女拴住梅舒毓，刻意隱瞞了她的身分，混做歌姬，沒想到卻弄出了這般事端來。

他憋了半晌，才不得不說：「這個孩子自小便貪玩，混入了歌姬中，梅公子見諒。」

梅舒毓暗罵這劾王不是人，分明就是想讓他的孫女採了他，順便練功的同時還能讓他負責。

他雖然紈褲沒出息，但總歸是太子雲遲的表弟，這身分他們看的上眼。

他竟不知道他來辦差，想從中查探，反倒被他們給算計了。

他也憋了憋，臉色不好陰陽怪氣地說：「原來是王爺的孫女，這倒怪我有眼不識了。」話落，他瞪著那哭得沒半分美感的女人質問，「你為何打我？」

葉蘭琦恨恨地看著：「怎麼喊你都不醒，不打你怎麼會醒來？」

梅舒毓一噎。他就是故意不醒的，怎麼著？不醒就活該被她打嗎？

他惱怒地說：「王爺灌了我那麼多酒，我理應宿醉睡覺，醒什麼？」話落，他看了一眼窗外，「外面黑漆漆的，不是正睡覺的時候嗎？」

說完，像是想起了什麼，看向𠠎王納悶地問：「王爺，你們這麼多人，都在這裡做什麼？」

梅舒毓他這麼多年，最會的本事就是糊弄人，此時裝瘋賣傻自然是做得十分流暢。

𠠎王看著梅舒毓，打量半晌，實話實說：「梅公子，我孫女體內的蠱蟲不見了，她武功盡失，你可知道是怎麼回事兒？」

梅舒毓不懂地看著𠠎王：「什麼蠱蟲？」

𠠎王不能說是采蠱，覺得若是說了，梅舒毓定然會跳腳，哪個男人樂意被女人採？只說：「你知道，我們南疆以蠱傳世，以蠱練功，琦兒體內自小便養有一隻蠱蟲，如今不見了。」

梅舒毓聞言納悶，瞅著地上的葉蘭琦說：「她體內的蟲子不見你們找就是了，打擾我睡覺做什麼？」

𠠎王一噎。

葉蘭琦腫著兩邊臉，幾乎看不出本來的模樣，恨恨地看著梅舒毓說：「這個房中，早先只有我和你，我不找你找誰？」

梅舒毓翻了個大白眼：「我一直醉著怎麼知道？誰知道我沒醒之前，你自己在搞什麼鬼。」

葉蘭琦一噎，頓時又恨怒，看向𠠎王：「爺爺？」

𠠎王瞅了她一眼，她一張姣好的容貌已經看不出來，眉毛與眼睛被兩邊的腫臉擠於一處，他也暗怪梅舒毓竟然手勁這麼大，一點兒也不憐香惜玉，偏偏是琦兒先動的手，也沒法討公道。

他一時間頭疼得很，說：「別吵了，先找蠱蟲要緊。」

葉蘭琦閉上了嘴。

𠠎王看向梅舒毓：「梅公子，你仔細地想想，你與琦兒在這間屋子裡，可發生了什麼事兒？」

梅舒毓臉色奇差：「能發生什麼事兒？我一直就醉著了。」

劾王看著他神色，知道他心情也不好，任誰睡得正香被吵醒還挨了打的確都會心情不好。他只能說：「梅公子，琦兒體內的蠱蟲確實不見了，你伸手過來，本王給你把把脈。」

梅舒毓防備地看著劾王：「她蠱蟲不見了，你給我把脈幹什麼？你要對我下手？」話落，他眉頭豎起，張狂地說，「你別忘了，我可是太子殿下的親表弟。」

劾王看著梅舒毓道：「蠱蟲自小就養在琦兒體內，若是不出什麼事兒，是不會輕易有失的，早先這房中只你們，總要查看一番。你放心，本王自然是時刻記得你的身分，不敢造次的，只對你把把脈而已。」

梅舒毓聞言似乎放下了防備，對他伸出手，一臉不情願地說：「你把吧！」話落，又說，「早先是誰說住在你府裡隨我的便，無人敢怠慢我的，如今住頭一晚上就給我找事情，煩死了，你趕緊把完，我不住這裡了。」

劾王只能任他絮叨指責，十分無奈地伸手把脈，這一把頓時驚駭地說：「蠱蟲在你體內。」

梅舒毓「啊」地慘叫了一聲，似乎驚嚇得就要厥過去。

劾王連忙扶住梅舒毓，緊張地看著他：「梅公子！」

梅舒毓臉色唰白，驚懼地看著劾王：「你……你沒開玩笑吧？你……你說我體內有一隻……蟲子？」

他的模樣，真是又驚又駭，又恐又怕。

劾王覺得他身子晃得他幾乎都快扶不住了，連忙說：「一隻小蟲子而已，不怕的。」

梅舒毓聽完更怕了，伸手死死地扣緊劾王的肩膀，臉上惶恐不安。

劾王又伸手探他的脈，片刻後，疑惑地說：「這蠱蟲怎麼會進入到你體內呢？」說完，看著梅舒毓渾身發抖的模樣，寬慰地說：「梅公子別怕，這蟲子不吃人。」

梅舒毓額頭大滴地冒汗，鬆開劾王的手，不停地抖皺巴巴的衣服。

劾王無奈地說：「蟲子在你體內，抖不出來。」

梅舒毓又一把抓住劾王：「那你快些把它弄出來啊！快，快幫我。」

劾王更無奈地瞅著他：「梅公子，稍安勿躁，我們先弄清楚到底是怎麼一回事兒。」

梅舒毓煩躁地鬆開他：「那你快查清楚。」

劾王連忙轉向葉蘭琦，繃起臉：「琦兒，怎麼回事兒？你體內的蠱蟲，怎麼會進入到梅公子體內？」

葉蘭琦哪裡知道？她聽聞體內的采蟲竟然跑去了梅舒毓體內，也是驚住了，不敢置信地說：「爺爺，我也不明白，這……自小就養在我體內的蠱蟲，怎麼會跑去他體內？」

「你做了什麼？好好想想。」劾王沉聲凝重地問。

葉蘭琦想起她早先與梅舒毓翻雲覆雨地享受魚水之歡：「我……我與他……做了些事兒。」

劾王自然懂得她說的做了些事兒是什麼，疑惑地說：「做那等事情，也不該丟失你體內的蠱蟲，你還做了什麼？」

葉蘭琦仔細地想，想破腦門也再想不起來了，搖頭：「再沒了，我醒來就發現沒蠱蟲了。」

梅舒毓這時不解地問：「你做什麼事兒了？」

葉蘭琦咬著嘴唇不答話。

劾王看著梅舒毓，問：「梅公子忘了？」

「忘了什麼？我喝醉後一直在睡覺。」梅舒毓沒好氣地說，「然後你們便將我吵醒了。」

劾王沒想到他忘了，看著他的模樣，不像說假，他咳嗽一聲：「你與我孫女，做了男女同房同床魚水之事。」

梅舒毓頓時眼睛瞪得溜圓：「不可能！」

葉蘭琦大怒：「你敢不承認？」

「我一直在睡覺，沒做的事情怎麼承認？」他橫眉怒目，咬牙切齒，「你這個惡女，少誣陷我，別將我當成什麼也不懂的男人，我喝得人事不省還怎麼行男女魚水之事？」

葉蘭琦又噎了噎，憤怒地說：「我記得清楚，就是你與我……」她話音未落，忽然覺得不對，低頭看自己的衣服，除了胸前有些凌亂，其餘的都完好地穿著，腰間的綢帶束腰束得也很緊，沒有半絲鬆動的跡象，又自我感覺了一番，不像是行過男女之事的樣子，臉色有些驚異。

梅舒毓抓住她不放，怒道：「你記得個屁！你少誣陷我！做沒做過事兒，小爺我能不知道？」

這次，葉蘭琦不言語了。

劾王也看出了葉蘭琦不對，沉著臉問：「琦兒，怎麼回事兒？」

葉蘭琦抬起頭，立即說：「爺爺，不對，我明明記得我們似乎做過了事兒，但是……似乎又沒做過，我身體無異樣，但……我腦中為何這般清楚的記得畫面？」

梅舒毓冷哼一聲，他自然清楚是怎麼回事兒，沒想到花顏的置幻藥真厲害，讓她到如今還記得清楚。想到她腦中的畫面是他，就又氣歪了鼻子。

明明什麼也沒做，他看著這個女人，就覺得是被他給侮辱玷汙了。

劾王也驚異了：「這是怎麼回事兒？」

葉蘭琦自然也不懂，盯著梅舒毓。

梅舒毓被她的眼神看得不舒服，怒道：「醜女人，你再看我，挖了你的眼珠子。」

葉蘭琦目光倏地落到他腰間的香囊上，問：「你那是什麼東西？」

梅舒毓低頭一看，伸手抓住香囊，死死地攥在自己的手裡：「你眼瞎嗎？這是香囊！」

「你那香囊裡裝了什麼？」葉蘭琦問。

梅舒毓惱怒：「香料唄！」

這時勀王也覺出了不對，對梅舒毓伸手：「梅公子，煩請將你手中的香囊給本王看看。」

梅舒毓不想給：「你看這個做什麼？」

勀王歎了口氣：「本王看看就給你，如今蠱蟲跑你體內去了，本王也想知道原因。」

梅舒毓不情不願地鬆手，將香囊給了勀王。

勀王伸手接過，聞了聞，雖然在尋常人聞來沒什麼味道，但在以蠱蟲立世的南疆人聞來，自然能聞得出來，他立即說：「這裡面裝的是蠱幻香，正巧是克制采蟲的一種香料。」說完，他老眼幽深地看著梅舒毓，「梅公子，你怎麼佩戴這種香料。」

梅舒毓繃起臉，驕傲地冷哼一聲：「來南疆這地方，我身上自然要帶著點兒防範不讓蠱蟲近身之物。」

勀王看著梅舒毓，想著你這香囊何止是防範不讓蠱蟲近身？根本是專剋采蟲之物。怪不得太子殿下放心讓梅舒毓住在這府裡，原來是給他準備了這個。

他將這香囊歸功在了太子殿下愛護他這個親表弟上，將香囊遞回給梅舒毓，說：「按理說，梅公子即便帶著這個香囊，蠱蟲也不該跑進你體內才是，這本就是克制蠱蟲之物，蠱蟲怎麼會甘願進入你的身體？梅公子身上可還帶有別的物品？」

梅舒毓接過香囊，重新繫回腰間，冷著臉說：「沒有了！除了這香囊，我身上只有些碎銀子。」

葉蘭琦此時從地上站起來，惱怒地說：「一定還有，否則我體內的采蟲不會無緣無故到你身體裡。」

「采蟲？」梅舒毓看向葉蘭琦。

葉蘭琦惱怒地看著他。

勍王實在不想與梅舒毓探討采蟲為何物，連忙開口問：「梅公子，你身上當真除了這香囊，再無別物了？」

梅舒毓看二人一副不信的模樣，他伸手入懷，掏出了一塊玉佩和碎銀子：「你們看，就是這些。不信的話，本公子准你們搜身。」

葉蘭琦立即道：「我不信，就要搜你的身。」

梅舒毓黑著臉看著她：「別人搜身可以，你休想！」

勍王揮手攔住葉蘭琦，板起臉說：「琦兒，不准無禮。」話落，對梅舒毓說，「此事甚是稀奇，梅公子身上既然再無別的東西，本王信你，便不搜身了。不過，還請梅公子在這裡等上些時候，本王必須進宮一趟稟明王上。當年琦兒體內的蠱蟲是王上親手養入的，如今蠱蟲不明緣由地進入了你的體內，在我南疆，算是一樁鮮有耳聞的大事兒了。」

梅舒毓怒道：「我一刻也不想在這裡待了。」

葉蘭琦惱怒：「你體內有我的蠱蟲，自然不能走。」

梅舒毓寒了臉。

勁王立即說：「煩請梅公子在這裡忍耐些時候，本王這就進宮，此事雖然在梅公子看來事小，但在我南疆來說算是大事兒。王上想必能明白蠱蟲是怎麼進入梅公子體內的，你既不想要蠱蟲，王上也許有辦法將蠱蟲引出來。」

梅舒毓想著花顏猜得真準，知道葉蘭琦失了蠱蟲，勁王立馬就想到了進宮去找南疆王。他佯裝臉色難看地煩躁的說：「那你快去快回。」

勁王連連點頭，對葉蘭琦說：「琦兒，你與我一起去。」

葉蘭琦恨恨地瞪了梅舒毓一眼，點點頭。

二人說走就走，立即出了院落，備了馬車，出了勁王府。

房中無人之後，梅舒毓輕輕地喊：「花顏？」

花顏無聲無息地從窗外跳進了屋內，好笑地看著他誇讚：「行啊，挺有本事兒嘛，連我在房頂上聽著都覺得你裝得很像那麼回事兒。」

梅舒毓得意地揚起脖子：「我總不能一無是處不是？我還以為你走了。」

花顏笑道：「我是想走來著，還沒出勁王府，便想起采蟲既然入了你體內，那小郡主估計等不到明日便會醒來，便又折了回來。」

梅舒毓悄聲問：「南疆王真的會來嗎？」

「會的。」花顏肯定地說，「采蟲在南疆來說，是十分難養的一種蠱蟲，葉蘭琦出生後，擇選蠱蟲時，她的身體自動擇選了采蟲。采蟲除了會讓女子在葵水來了之後輔助練習採陽補陰之術外，還有一種隱祕的作用，便是可以換血換髓永駐青春。所以，南疆王十分重視。」

「嗯？什麼叫換血換髓永駐青春？」梅舒毓不解。

花顏為他解惑：「就比如說，南疆王垂垂老矣後，可以利用葉蘭琦體內的采蟲換血換髓，重拾韶華，白髮變黑髮。」

梅舒毓驚奇：「竟然可以這樣？」

「是啊！」花顏點頭，「葉蘭琦練的是採陽補陰之術，試想，該是用了多少男子的元陽精氣？一朝得用，換血換髓救人，焉能不讓一個老人重拾少年？」

梅舒毓唏噓：「這……南疆的蠱蟲之術果然厲害！這個妖女練此功，不知會死多少男子？這也太造孽了。」

花顏頷首：「所以我奪了南疆的蠱王，讓萬蠱覆滅，也是善事一樁。」

梅舒毓說：「若是這樣說也沒什麼不對，畢竟蠱毒害人歷來已久，被蠱毒所害的人，數不勝數。我小姑姑就是被寒蟲蠱所害，子斬表兄也是。」

花顏道：「南楚數百年來吞不下西南這塊土地，最根本的原因就是蠱王。蠱王一動，萬蠱皆出，若是都放去南楚，後果不堪設想。這是一塊好土地，但也是一塊有毒的土地。」

梅舒毓小聲說：「太子表兄是有將西南境地吞下之心的，只不過在他看來，要徐徐圖之，以求不傷根本。」

花顏點頭，淡淡地說：「蘇子斬命在旦夕，我卻容不得他徐徐圖之，所以，這蠱王勢必要奪，西南這塊毒瘤，我也要給他切開。」

梅舒毓歎了口氣：「這樣一來，他就真正棘手了。」

花顏道：「他是有這個能力的，棘手是會的，但不至於要命。」

梅舒毓想想也是：「如今這個屋子，四處都沒辦法藏人，南疆王來了之後，會不會立即對我用血引引出蠱蟲？若是這樣，眾目睽睽之下，你該如何取血引？」
花顏四下看了一眼，這間屋子確實沒有藏人之處，除了房頂上，但是距離得太遠了。她看著梅舒毓，從懷裡拿出一個空玉瓶，對他說：「你來。」
梅舒毓一哆嗦，伸手指向自己：「我？我能行嗎？」
花顏對他微笑：「你手快點兒，應該能行的，到時候以血引為引，南疆王定然不喜人多圍觀，估計只你和他兩個人進行，只有你適合在他睜眼閉眼時動手。血引不需要太多，只一小瓶就可，你動作俐落的話，彈指間的事兒。」
梅舒毓心裡有些沒底：「我沒見過南疆王啊！」
「你放心，他雖然不昏庸，但也不是什麼英明睿智之人，否則雲遲掌控南疆不會這般輕易。到時候他來了，我會在離你最近的地方，暗中對他運功，讓他晃神那麼一下，你就趁機動手，只要動作快，他發現不了。」
梅舒毓一聽花顏會相助，頓時放下了一半心，接過空玉瓶，咬牙說：「好，我試試！」
花顏對他微笑：「你一定能行的，相信自己。」
梅舒毓撓撓腦袋，奇異地看著她：「我發現了一件事兒，即使覺得不可能做成的事兒，因為有你在，能擁有無限信心，很容易地就將事情做成了。」
花顏好笑，伸手拍拍他的肩膀：「你先去床上休息睡一會兒，采蟲入體再被引出，總歸對你身體會有些影響，這一番折騰之下，你會體虛力乏，吃不消的。」
梅舒毓點點頭，叮囑她：「你不要走啊，萬一我手不俐落拿不到血引，還是要你出手的。」
花顏頷首：「好。」

梅舒毓他躺下後，發現就在這轉身的功夫，花顏又無聲無息地走了，他暗想她武功該是何等的高深莫測，這般來去自如，不知太子表兄與她相比的話，是否能勝過她？

他想了些有的沒的，便揣著空玉瓶睡了過去。

花顏坐在房頂上，想著不知道敬王和葉蘭琦會不會請來南疆王，若是請不來，讓梅舒毓進宮的話，事情就有點兒難辦了，宮裡有雲遲布置的暗樁，不如這敬王府，沒有幾個他的人。

她靜靜地等了大半個時辰，遠處傳來動靜，似是南疆王的車馬儀仗，她側目看去，不由得露出笑意。

看來南疆王十分重視采蟲，應該如她所料，想有朝一日利用葉蘭琦養成的采蟲重返韶華。

既然他有這個心，那麼，她就不客氣地取血引了。

第三十六章　果然是你

劾王府所發生之事，自然不可能瞞得住雲遲。
雲遲聽到雲影稟告，如畫的眉目微蹙：「竟有這事兒？」
雲影頷首：「屬下打探了，確有此事，如今南疆王急急出宮了。」
雲遲琢磨了片刻，溫涼地一笑：「南疆王想活個千年萬載嗎？也不掂量掂量自己幾斤幾兩，即便有采蟲，有朝一日能讓他返老還童，又能如何？用不了幾年，本宮就會讓西南境地盡數納入南楚版圖，南疆沒有了國號，他年輕一百歲也是枉然。」
雲影試探地問：「這事兒是有些稀奇，毓二公子怎麼會莫名得了劾王府小郡主的蠱蟲？據屬下所知，蠱蟲不是輕易能捨了養蠱人進入別人身體的。」
雲遲點頭：「自然，否則南疆多少養蠱人白費心血做什麼？本宮讓梅舒毓辦差，他卻將人家蠱蟲奪進了自己體內，倒是好本事。」
雲影立即說：「從劾王府打探的消息來看，毓二公子也不知道是怎麼回事兒。他被劾王灌多了酒，醉得很沉，若非小郡主的醒酒丸，還不會醒來。據說他身上只有一只克制蠱蟲的香囊，再除了代表身分的玉佩以及碎銀子外，無別物了。」
雲遲若有所思：「是什麼樣的香囊？」
雲影搖頭：「普通的一只香囊，據說繫在毓二公子的身上。」
雲影想了想，說：「梅舒毓來南疆時，我未曾看到他身上繫有香囊。」

雲影頷首，猜測道：「興許是他一直妥貼地收著，未曾得用。」

雲遲放下手中的卷宗，長身而起，溫涼地說：「少不得要走一趟去看看了。」話落，對外面吩咐，「小忠子，備車去勠王府。」

雲影悄無聲息退了下去。

小忠子應了一聲，連忙吩咐了下去，不多時，雲遲的馬車出了行宮。

行宮距離勠王府有些遠，待雲遲到時，已經將近亥時。

太子儀仗隊停在勠王府門口，小忠子扯著嗓子喊：「太子殿下駕到！」

勠王府守門人不敢怠慢，連忙去稟告勠王，不等勠王出來接駕，雲遲已逕行進了勠王府。

勠王聽到消息，匆匆迎到半途，氣喘吁吁地對雲遲拱手施禮：「不知太子殿下駕到，有失遠迎，還望恕罪！」

雲遲停住腳步，對勠王擺手：「王爺不必多禮，本宮聽聞表弟在勠王府出了事端，特此趕來看看。」

勠王暗想太子殿下果然與他這位表弟很是親近，連忙說：「是出了點事兒，不過是小事兒，本王已經稟告了王上，便沒敢前去行宮打擾殿下。」

雲遲淡淡一笑：「能讓王上深夜出宮，豈是小事兒？我這位表弟自小便頑劣不服管束，本宮聽聞他出事兒，放不下心。」

勠王連忙說：「此事不關毓二公子的事兒，實在是本宮的孫女不知怎麼回事兒，使得她體內的蠱蟲跑進了毓二公子體內，不過太子殿下放心，王上來到之後，立即便著手幫毓二公子引出蠱蟲，想必不一會兒，蠱蟲就會出來了。」

「哦？」雲遲挑眉，「王上親自為表弟引蠱蟲？」

勐王點頭：「這蠱蟲有些特殊，只有王上和公主能引出，別人不能，公主幾日前受了傷，王上捨不得公主再動血引，是以自己親自動手了。」

雲遲眼底波紋湧動：「引這個蠱蟲，需要用王上的血引？」

勐王頷首：「正是。太子殿下放心，毓二公子不會受傷，頂多一番折騰之下，他體虛力乏罷了。」

雲遲點點頭：「帶我過去。」

勐王不敢怠慢，連忙引路。

南疆王來到勐王府後，當即就請閒雜人等都退出去，說要動手幫梅舒毓引采蟲出來。

梅舒毓正求之不得，嫌惡體內住著一隻蟲子，自然是點頭答應。

於是，南疆王也不耽擱，便與梅舒毓對坐，拿了南疆王室御用的金缽，取自己的血引，從梅舒毓體內引出蠱蟲。

花顏渺無聲息地揭開了房頂的瓦片，在他取血時，若有若無地飄出一絲氣息對準了南疆王，同時對梅舒毓傳音入密：「快動手。」

梅舒毓不敢耽擱，見南疆王晃神，快速地拿出空玉瓶，對著他接住流出的血。

南疆王似乎急迫地想要將采蟲從梅舒毓體內引出，所以，對自己下手不輕，血流得很快。

梅舒毓得手後，趕緊擰緊瓶塞，提著心收起來。

這時，花顏聽到遠處的動靜，當機立斷地以傳音入密說：「雲遲來了，你立馬將玉瓶拋上你頭頂，我得趕緊帶著它離開，否則他會發現你我做的事兒。」

梅舒毓當即將玉瓶拋上了自己的頭頂。

花顏快速地用手腕挽著的絲絛將玉瓶捲住，得手後，蓋上瓦片，片刻也不耽擱，渺無聲息地從後院翻牆離開了敨王府。

梅舒毓大鬆了一口氣，生怕南疆王察覺，死死地閉上了眼睛，裝作很怕見到體內蟲子出來的模樣，渾身都繃得緊緊的。

南疆王怔了一會兒，眨了眨眼睛，晃了晃頭，想著自己果然不再年輕了，放這麼點兒血，就有些頭暈承受不住，他見梅舒毓死死地閉著眼睛，渾身都透著股懼怕的樣子，又不由好笑，開口說：「梅公子別怕，一隻小蟲子而已，很快就好了。」

梅舒毓閉著眼睛結巴地說：「王上，你快點兒，我要……暈過去了。」

南疆王暗想太子殿下何等的本事，沒想到他的表弟卻是個窩囊的，想必這采蟲真不是他動的手腳，大約是他的體質和葉蘭琦的體質相似，吸引采蟲罷了。

但他決計是不能任由這采蟲待在他體內的，將來有朝一日，葉蘭琦養成，他可是有大用處的。

聞到南疆王的血，梅舒毓體內的采蟲再待不住，很快就又破體而出了。

南疆王大喜，拿過金缽，將它裝入了金缽內，又對外面喊：「琦兒，快進來！」

葉蘭琦就等著南疆王喊她，聞言立即衝了進來。

梅舒毓臉色難看地瞅了葉蘭琦一眼，快速穿好外衣一刻也不想待在這，立即走了出去。

南疆王將采蟲如法炮製地放入了葉蘭琦的體內，對她鄭重地叮囑：「以後小心些，再不得有失了。」

葉蘭琦歡喜地點點頭，有了采蟲，她的武功也就回來了，定然要讓梅舒毓這個混帳好看。

梅舒毓快走出了房間後，便看到了正被劾王引進院落的雲遲，他知道雲遲難對付，若是用對付劾王、葉蘭琦、南疆王這一套來對付雲遲，怕是行不通一下就會被他看出破綻。

他唯一的辦法，是曾和花顏說的話做的事兒通通地摒棄掉，如白紙一樣地什麼也不懂什麼都不知道地面對他，才能過了他這一關。

他見到雲遲緩步走進院落後，面上盡顯委屈和憤懣地找雲遲主持公道：「太子表兄，我不要住劾王府了，幸好你來了，我要跟你回去，以後再也不來了。」

雲遲看著他，目光沉靜，將他臉上的表情一覽無餘，半晌後淡淡地問：「怎麼了？」

梅舒毓忿忿地說：「不知怎麼回事兒，那個死女人體內的破蟲子跑進了我體內。」他說著，腳步有些踉蹌，體虛力乏渾身沒力氣，不用裝，自身就帶了三分被欺負的樣子。

雲遲見他臉色蒼白，腳步踉蹌，很是體虛隨時就要摔倒，微擰了眉目，對身後沉聲吩咐：「小忠子，扶住二公子。」

小忠子小忠子看他一副被人糟蹋了的樣子，立即上前扶住了梅舒毓，擔心地問：「二公子，您還好吧？」

梅舒毓沒好氣地說：「不好。」

雲遲對梅舒毓問：「你既然出來，也就是說體內的蟲蟲引出去了？」

梅舒毓點頭，似乎一刻也不想待：「表兄，我想立刻就回去。」

雲遲盯著他看了一會兒，吩咐小忠子：「送他回行宮。」

小忠子連忙應是，見雲遲沒有要走的意思，試探地問：「那殿下您……」

雲遲沉聲道：「本宮既然來了，便見見王上。」

小忠子點頭，不再多言，扶著梅舒毓出了院子。

梅舒毓也暗暗鬆了口氣，今日的事情真是心驚膽戰，好歹成功令花顏拿到了南疆王的血引，等等上馬車再來好好想想要怎麼面對太子表哥的審問。

雲遲在梅舒毓離開後，便由勼王引著進了廳堂。

南疆王收拾妥當，臉色發白地從內室走出來，見到雲遲，對他笑道：「此事竟然也驚動了太子殿下。」

勼王連忙告罪：「都是本王的過錯。」

雲遲淡淡一笑：「本宮還不知內情，煩請王上和王爺告知。如今西南境地局勢緊張，即便是小事兒，也不能等閒視之。」

南疆王坐下身，頷首：「太子殿下說得是。」話落，對勼王說，「你便將事情如實告知太子殿下吧，不得隱瞞。」

勼王點頭，轉向葉蘭琦：「琦兒，你來說。」

葉蘭琦重新地拿回了蠱蟲，恢復了武功，心中十分的高興，乍然見到雲遲，雙眸霎時湧上了驚豔之色，腳步頓住，癡癡地看著雲遲。

雲遲自從來南疆後，除了在南疆王宮露了少數幾面外，其餘時間都待在行宮。是以，葉蘭琦並沒有見過他，這是第一次見到他。

她一時間移不開眼睛，沒聽到勼王的話。

雲遲微微蹙眉，臉色微冷了些，端起茶盞，以袖遮面，周身彌漫上一層寒意。

「琦兒，本王跟你說話呢。」勼王連忙咳嗽一聲，繃起臉大聲訓斥。

葉蘭琦被喝醒，腫著的臉一紅，移開視線，垂下頭，喊了聲：「爺爺！」

劾王又重複了一遍：「太子殿下想知道今日事情的內情，你如實說來吧！」

葉蘭琦連忙應是，定了定神，給雲遲見禮，斟酌地將今晚的事情說了一遍。當然，她隱瞞了與梅舒毓顛鸞倒鳳的那些畫面，私心裡不想讓雲遲知道她因為練採陽補陰之術，放浪形骸。

雲遲聽罷後，淡淡地揚眉，溫涼地問：「郡主所言全部屬實？可是半絲不差？沒有絲毫隱瞞？」他的聲音不高不低，但是偏偏給人一種無形的壓力。

葉蘭琦有些受不住，只覺得頭頂上罩下了一座大山，壓得她透不過氣來。

劾王尷尬地咳嗽一聲，接過話說：「回太子殿下，是這樣的，據琦兒早先說，她與梅公子似乎是有過肌膚之親……」

「不是的爺爺。」葉蘭琦立即打斷劾王的話，連忙解釋，「我腦中是有些與梅公子相親的畫面，但是事實上，我們什麼也沒做，我身體並無不適，而且梅公子醉得人事不省，是做不了什麼的……」

劾王聞言有些恨鐵不成鋼地看著葉蘭琦，他想趁此機會讓孫女嫁給梅舒毓，她卻說什麼也沒有做，這副樣子擺明了是傾慕上太子殿下了，可是太子殿下是什麼樣的人？豈能看得上她？他一時有些惱怒。

雲遲「哦？」了一聲，淡淡一笑，「這樣說來，今日蠱蟲之事，確實是一筆糊塗帳了？」

葉蘭琦立即點頭，迷惘地說：「我也不知是怎麼回事兒。」

這時，南疆王開口，緩緩道：「也許孤知曉是怎麼回事兒，應該是梅公子的體質與琦兒的體質一般，蠱蟲甚是喜歡，再加之梅公子的香囊有些特殊，所以，蠱蟲便棄了琦兒，進入到了梅公子的體內。」

雲遲聞言點點頭，站起身：「既然弄明白此事便好說了，夜深了，本宮先回行宮了。」

南疆王和勐王連忙起身相送雲遲。

雲遲很快就出了勐王府。

南疆王目送著雲遲的車輦離開，對勐王叮囑：「只要梅公子在南疆一日，就不要再讓琦兒見他了，免得再出了差錯。」

勐王連忙說：「王上放心，從今日起，我將她禁足。」

南疆王頷首，上了車輦，啟程回了王宮。

勐王在南疆王走後，看著葉蘭琦，臉色奇差地說：「你今日弄出來的好事兒！」

葉蘭琦委屈不已：「爺爺，我哪知蠱蟲會跑去他的體內？這麼多年，從沒出過這等事兒。」

勐王冷哼一聲：「從今日起，你閉門思過吧！」

葉蘭琦看著勐王：「爺爺，我不要被禁足。」

勐王瞪著她：「你必須禁足，別以為我不知道你在想什麼？你傾慕太子殿下是不是？你別忘了，你體內的可是采蟲，你這麼多年練的可是採陽補陰之術。太子殿下方才沒有細究你體內的蠱蟲，但是以他的本事，定然早已經知曉。這樣的你，他會看得上嗎？別做夢了！」

葉蘭琦臉色頓時一灰。

勐王憐憫地看著她：「你知道老一輩的王爺死的死，傷的傷，流放的流放，為何本王依舊能待在這南疆京城嗎？你知道勐王府榮華多年，為何至今不衰嗎？那是因為有你和你體內的采蟲。王上才由得勐王府門楣鼎盛。你好好想想吧，別去追求得不到的東西，害了整個勐王府。」

葉蘭琦自然是明白些事情的，默默地垂下頭，如霜打了的茄子，從內到外都透著蔫吧之氣。

劾王見此，不忍心地寬慰道：「琦兒，想想你自小便被王上和本王看重，比起公主葉香茗，你的待遇不差她什麼，凡事有利有弊。你因為采蟲，不能如正常女子一般活著，但是也因為采蟲，給了你多少人羨慕的錦鏽生活。不要去追求太高的夠不著的東西，對你有害無益，你應該擺正自己的身分，才能過得好些。」

葉蘭琦點點頭：「爺爺，我曉得了。」

劾王見她乖巧，擺擺手：「回去吧！好好休養，你體內的采蟲經過這一番折騰，定然受損了些精氣，必須要養回來。」

葉蘭琦頷首。

雲遲回到了行宮，對等在門口的小忠子詢問：「梅舒毓呢？」

小忠子連忙回話：「回殿下，毓二公子實在疲累，還沒回到行宮便撐不住疲倦地睡著了，奴才帶著人將他安置下了。您要見他嗎？」

雲遲搖頭，淡淡道：「既然睡下，便不必驚動他了。」

小忠子點點頭，隨著雲遲往裡面走。

進了正殿，雲遲喊來雲影：「我令你查的回春堂和賀言，可有什麼眉目？」

雲影搖頭，「回春堂是百年的老字號在西南境地十分有名，東家姓賀，乃杏林世家，一代代傳承下來，屬下查探之下，沒發現任何異常。那賀言是賀家人，因喜愛醫術，即便人老體邁，每隔一日在回春堂坐診，那日遇到陸世子手滑傷了公主，確實是他趕巧遇上了，當晚街上動靜很大，圍觀的人很多。」

雲遲揉揉眉心，嗓音低沉：「難道是我多心了？」

雲影看了雲遲一眼，試探地問：「還是屬下再仔細地查看一番？」

雲遲思忖片刻，擺手：「不必了，既然沒查出來，再查也枉然。」

雲影聞言不再多言。

雲遲吩咐：「從明日起，派人暗中跟在梅舒毓身邊，看他與什麼人有接觸。他是與陸之凌一起來的，陸之凌手滑傷葉香茗，被我遣走，剩下個他被我派去効王府，本是試探，卻沒想到真試探出了事情，偏偏恰巧用的是南疆王的血引……」

他想到了什麼，頓住了口，眼底幽幽暗暗。

雲影心神一醒，垂首應是。

花顏回到了阿來酒肆後，安十七立馬迎了出來：「少主，您去了哪裡？」

花顏笑吟吟地揚起手中的玉瓶，在安十七面前晃了晃，心情極好地說：「去取南疆王的血引了。」

安十七睜大眼睛，驚道：「取到了南疆王的血引？」

花顏笑著點頭：「不錯。」

安十七大喜，好奇地問：「少主出去不過一晚上，如何取到南疆王血引的？您快說說。」

花顏坐下身，笑著將今日入劾王府之事說了一遍。

安十七聽罷，唏噓：「這也太順利了。」

花顏收了笑意：「幸好雲遲住的行宮距離劾王府太遠，他若是早到一刻，我怕是都不會這麼順利。從明日開始，必須斷了與梅舒毓的接觸了，今日事出之後，雲遲定然有了疑心。」

花顏覺得陸之凌和梅舒毓真的是她的福星，讓她能順利分別取得葉香茗和南疆王的血引，如今事情成了一半，接下來，她只需等著安十六的進展了。

只要安十六成功地按照她的計畫從安書離和陸之凌手裡奪了勵王和勵王軍，造成外面的局勢傾斜，將雲遲引出南疆都城，她就有把握帶著南疆都城內所有花家累世積累的暗樁，闖進蠱王宮，奪了蠱王。

只要得到蠱王，臨安花家所有人都會撤出西南境地。

等過幾年，雲遲平定了西南，平息了亂象，將西南境地治理得一片祥和後，若是花家還想重回這塊土地，再卷土重來就是了。

她心情極好地收起了南疆王的血引，對安十七說：「過兩日，找一個月黑風高夜，我想先獨自一人去探探蠱王宮，瞭解一番情況。」

安十七頓時緊張起來：「少主，您自己一人前去？不行不行，太危險了，您若是要去，也得我跟著您一起去。」

花顏微笑：「我去探探情況而已，你跟我前去不如我隻身一人俐落，如今雲遲還在南疆都城，你們所有人都不要輕舉妄動，一旦被他察覺，便會前功盡棄，還是能避他多遠避多遠的好。」

安十七還是不放心：「那您若是出了什麼事兒，沒有人照應怎麼成？」

花顏道，「我不會讓自己出事兒的，只是探探情況而已，等雲遲離京，再與我一起行動。」

安十七聞言只能點頭：「少主若是決定前去，定要小心點兒。」

花顏頷首。

梅舒毓回了行宮後累得睡著其實是裝的，他一直在等著雲遲回宮後找他質問，可等了許久都不見雲遲來找他，便放下了心地睡了過去。

這一覺他睡到日上三竿方醒。

醒來後，有侍候的人端來飯菜，他大吃大喝了一頓後，總算找回了些精氣神。

小忠子聽聞梅舒毓醒來後，便匆匆地找來，說太子殿下吩咐了，毓二公子醒來後去見他。

梅舒毓一聽，心又提了起來，暗想就知道他不會放過他，慢悠悠地理了理衣擺，暗暗地將要說的話琢磨著捋順了，才去見雲遲。

雲遲今日難得沒有看卷宗或者批閱奏摺，而是正在自己與自己對弈。

梅舒毓來到之後，見雲遲閒適地在自己與自己對弈，面色尋常，如一位富家公子，他心中敲起了警鐘。

他是聰明的，從小就知道，越是這般閒散隨意的姿態，越是不能小瞧，這種神態最是令人容易放下戒心。

他不傻，不會自掘墳墓，若是讓他知道他在暗中幫花顏，估計會一掌拍死他。

他堅決死活不能讓他知道，一定要守口如瓶。

「太子表兄。」梅舒毓在雲遲面前站定，喊了一聲。

雲遲不看他，淡聲道：「過來陪我下棋。」

梅舒毓眨眨眼睛：「您今日……沒有事情要處理嗎？怎麼這般清閒了？」

雲遲神色淡淡：「忙了數日，今日歇一日。」

梅舒毓「哦」了一聲，乖乖地坐下，將腦中亂七八糟的想法悉數摒除殆盡，心裡眼裡只剩下眼前的棋盤，因為他心中清楚，下棋最容易看出一個人的心境變化，無論是急躁，還是浮躁，還是心神不定，亦或者是心裡有鬼……

他如今就是心裡有鬼的那個人，所以他一定要事先將這鬼趕出去，否則落不了兩個子，他什麼也不用說，就會被雲遲看出來。

雲遲看了他一眼，重新打亂棋盤，說：「你執黑子，我執白子。」

梅舒毓點點頭。

於是，二人你來我往，對弈起來。

梅舒毓自小就被梅老爺子三天兩頭地訓斥動家法，覺得他是梅家唯一的一個敗類，勢必要將他糾正過來，可是梅舒毓從來不吃梅老爺子那一套，訓斥的輕了不管用，訓斥的重了動家法他就跑出去躲著不回府。管了多年，似乎沒什麼用處，他依舊我行我素，十分自我。

雲遲知道，梅舒毓其實是有許多的優點和長處。

今日這場棋，雲遲通過神態，情緒，下棋的手法，也沒能從中看出梅舒毓的心思來。不驕不躁，不急不迫，坦坦蕩蕩，不像是心裡有鬼的樣子。

也因為這樣，雲遲反而覺得，越是沒有破綻便是破綻，只能說他以前小瞧了這個表弟。

蘇子斬願意在梅老爺子對他大怒到開宗祠動家法時庇護他，定然不止是跟他作對，想必一半原因也是因為他這個人。

一局棋下完，梅舒毓儘管用了十二分精神，全力以赴，還是輸給了雲遲。他撇撇嘴，對著雲遲嘻嘻一笑：「太子表兄，我雖然輸了，但也不覺得丟人，能在你手裡對弈兩盞茶，也算是不窩囊了。」

雲遲「嗯」了一聲，深深地看了一眼：「你的確不窩囊。」話落，意味不明地說，「不止不窩囊，還很聰明，倒是令我意外。」

梅舒毓心下緊了緊，無辜地眨了眨眼睛，又是嘻嘻一笑：「我有自知之明，雖然從小愛跟陸之凌混在一起，但我心中清楚，我沒他聰明。」

雲遲隨手拂亂了棋盤，端起茶盞，抿了一口，清清淡淡地問：「你的香囊呢？給我看看。」

梅舒毓伸手入懷，摸出香囊，遞給了雲遲：「在這裡。」

雲遲伸手接過，左右翻看了一遍，放到鼻間聞了聞，忽然瞇起了眼睛，問：「你這個香囊，哪裡來的？」

梅舒毓看著他的表情，直覺不太妙，按照花顏所教，說：「子斬表兄臨出京前給我的？」

「哦？」雲遲眼眸沉了幾分，揚起眉梢，聲音不高不低聽不清情緒，「是嗎？」

梅舒毓點頭：「是啊！」

「他怎麼給你的？」雲遲淡淡詢問。

梅舒毓便將他那一日，在蘇子斬的院落裡見到那個十分普通的少年背著一個大包裹翻牆進了院落找蘇子斬的事情，真真假假地說了一遍。

雲遲聽罷，眉目微沉，問：「那個人是什麼人？」

梅舒毓搖頭：「子斬表哥沒說，我也沒敢問，不知道。」

雲遲捏著香囊，似乎用力地揉了揉，盯著他，目光十分的犀利：「你與我說實話，這個香囊，當真是蘇子斬臨出京前給你的？」

梅舒毓誠然地點頭：「不敢欺騙太子表兄。」

雲遲忽然放下香囊，一拍案桌，嗓音是前所未有的冷凜：「梅舒毓，你信不信，再不說實話，我就讓你一輩子留在南疆。」

梅舒毓一驚，面上露出驚慌，失措地看著雲遲，吶吶地說：「太……太子表兄，您動什麼氣？我真的沒有說假話……就是子斬表兄給我的。」

雲遲臉色陰沉，眉目攏著一層陰雲，整個人氣勢如六月飄雪，透骨的冷寒：「那麼你告訴我，蘇子斬如今在哪裡？」

梅舒毓暗暗地吞了一下口水，梗著脖子說：「我不知道子斬表兄在哪裡，不過，我猜他應該……是與臨安……花顏在一起……」

雲遲盯著他，眼神涼到底：「你是怎麼猜測的？」

梅舒毓艱難地撓撓頭，小聲說：「是陸之凌說的。」

「嗯？」雲遲又瞇起眼睛。

梅舒毓咳嗽一聲，揉揉鼻子說：「陸之凌說他早就找了子斬表兄，問他來不來南疆，他說不來，他也就打消了來南疆湊熱鬧的念頭。可是後來子斬表兄沒知會他，自己卻出京了，他猜測著一定是因為臨安花顏，說這普天之下，如今能請得動蘇子斬離京的人，也只有她……」

梅舒毓不能供出花顏，只能拉陸之凌下水了。於是，他真真假假地將在來的路上與陸之凌有一搭無一搭地說的話，說給了雲遲聽。

雲遲臉色似乎更沉了幾分，一言不發地坐在那裡，整個人似乎透出十分的孤冷和死寂。

梅舒毓看著他，心中捲起了驚濤駭浪，想著太子表兄對花顏這該是何等的在意？想必是那個香囊，讓他看出了什麼？或者聞出了什麼？可是花顏明明說裡面裝的是無色無味的東西啊！

而且他也聞了，的確是沒什麼味道！

難道他天生嗅覺太過敏銳？從中察覺出了花顏的氣息不成？

若是這樣的話，他也太……不是人了！

雲遲沉默地坐了許久，面容漸漸地恢復面無表情，看著梅舒毓，平靜地說：「你大約不知道，本宮天生嗅覺異於常人，你這香囊，除了有你的氣息外，還有一個人的氣息，但那個人不是蘇子斬。」

梅舒毓猛地睜大了眼睛，心瞬間提到了嗓子眼。

雲遲盯著他，扯動嘴角，溫涼地笑：「那個人是花顏。本宮與她打交道了一年多，同居東宮數日，對她的氣息，熟悉至極。你幫她瞞著，瞞不過我。」

梅舒毓頓時冒出了冷汗，看著雲遲，再也說不出話來。

雲遲對他肯定地說：「你很聰明，替她隱瞞得很好，但是想瞞得過本宮，卻是差了些。你不該還留著這個香囊，只要我見了這香囊，你說什麼都沒用，我都會識破迷障。」

梅舒毓頓時覺得通體冰涼，看著雲遲的目光，既讚歎又崇敬又驚恐。

這世上怎麼會有這麼厲害的人？大姑姑那麼溫婉端莊的一個人，怎麼會生出了雲遲這樣的兒子？他這樣還讓不讓別人活了？

他頓時頹廢地伸手捂住眼睛，洩氣地勸說：「太子表兄，何必呢？花顏不喜歡您，您便放手唄！早晚有朝一日，我們南楚會在您的手裡開闢萬里疆土，您會成就歷代南楚帝王都成就不了的千秋功勳基業。女人嘛，溫順乖巧更可愛可人疼些，您還是不要去抓太鬧騰的為好，人生百年，不能浪費在與女人鬥智鬥勇上。」

他暗想，這也算是他從小到大說得最有良心的話了。這話若是被他爺爺聽到了，一定會捋著鬍鬚誇他懂事兒了。

雲遲聞言卻嗤笑：「難得你也會勸本宮這樣的話。」

梅舒毓冷汗森森，我也不想勸啊，您這副要吃人的神態，不勸著點兒怎麼行？您不見得找得到她，但肯定有辦法先將我大卸八塊。

梅舒毓快哭了，怯懦地說：「太子表兄，您冷靜些，好好地想想，我雖然混不吝，但是有些事情還是懂點兒了的，您的身分，真沒必要在一棵樹上吊死。」

雲遲嘲諷地笑，眼神涼薄淡漠，寡然地說：「我便是這般執拗固執又如何？這江山皇位從我出生起便壓在了我的肩上，即然不能選擇出身，可我總能選擇自己的枕邊人。」

梅舒毓頓時覺得頭髮絲都是涼的，屏住呼吸聽著，生怕他說出什麼他接受不了的話來。

雲遲卻不理會他，淡淡地平靜地說：「無論是她喜歡我也好，不喜歡我也罷，只要再被我見到，抓住她，就休再逃離。她既成了我的心結，那麼，我雲遲這一生，到死，都解不開了。」

梅舒毓耳中頓時嗡嗡作響，忍不住脫口驚呼：「太子表兄！」

「她在哪裡？告訴我！」雲遲薄唇抿成一線。

梅舒毓哭喪著臉說：「我不知道。」

雲遲眼睛是一望無際的黑色：「到了這個地步，你還想幫她瞞著我？難道你真想一輩子待在這南疆？」

梅舒毓自然不想，但是他死活也不能說出花顏是來幫蘇子斬奪蠱王的，這是答應了花顏幫助她的道義和信義，他搖頭：「我真的不知道。」

「那這香囊她什麼時候給你的？」雲遲問。

梅舒毓垂下頭：「幾日前。」

「嗯？」雲遲又眯起眼睛。

梅舒毓咬著牙說：「我與陸之凌縱馬進入南疆地界後，聽聞南疆封鎖了九城，守城的人是安書離，她進不去城，又不想與安書離打照面，正逢我們遇到她，她估計看我們倆好說話，與她有些交情，所以請我們幫助，以此作為答謝，給了我這個香囊，說來南疆後，蟲蟲極多，防不勝防，這個香囊興許能派上用場，不想昨日便當真用上了。」

雲遲涼涼地看著他：「這麼說，她如今就在南疆都城了？」

梅舒毓模棱兩可地說：「也許吧！我也不知道啊！」話落，舉起雙手，保證地說，「太子表兄，我真的就只見過她那一面。」

雲遲盯著他的雙手，淡淡問：「她是一個人，還是與別人一起？」

梅舒毓倒不隱瞞，真真假假地說：「她身邊跟了兩個人，一個中年男子，一個少年。」話落，小聲補充，「沒有子斬表兄，我先前是騙您的，他們沒有在一起，反正我沒有看到他。」

雲遲「嗯」了一聲，似乎相信了，沉默半晌對他說：「行，你下去吧！」

梅舒毓沒想到他這樣輕易地就放他走了，估計……又要被他記下一筆了。他頭疼地腳步虛晃地走出了正殿，晌午的陽光照下來，他覺得整個人都發懵，想著他要怎麼告訴花顏，這香囊已經讓她洩露了身分呢？

早知道，他將那香囊毀了就好了！

即便他懷疑昨日有鬼，若是沒了香囊的證據，他死活不吐口，他也奈何不得，頂多心存疑慮地暗中徹查罷了。可是如今，目標已經確定，他實在不敢想像，花顏若是被他找到會如何？

被他找到她事小，若是被他知道她是為了子斬表兄來南疆奪蠱王……

一面是江山大業，一面是小小一條人命，即便他們也算是表兄弟，但還是情敵呢，都說情敵相見，分外眼紅，這話可是一句古話了。

他覺得，太子表兄若是知道，一定不會讓花顏奪蠱王救子斬表兄的。

誰輕誰重，連他都知道，若是被他知曉，奪蠱王定然就沒戲了！

他腳步虛浮的回到自己的住處，想找花顏，又不知道該去哪裡？只期盼著她能再找她一次，他也好告訴她，又想著若是她來，那麼豈不是正被太子表兄抓個正著？

他心裡如提了十五個吊桶打水，一時間七上八下的。

雲遲在梅舒毓離開後，靜靜地坐了足足有一個時辰，直到小忠子在外面輕喚：「殿下，已經過了晌午了，您該用膳了。」

雲遲一直盯著那只香囊，聽到小忠子的聲音，目光移開，閉上了眼睛，一言不發。

「殿下？」小忠子又小聲輕喚。

雲遲「嗯」了一聲，語氣有些說不清道不明的意味，將小忠子叫了進來

小忠子連忙走了進來。

雲遲閉著眼睛詢問他：「小忠子，你說，本宮若是不顧她意願，不顧太后已經懿旨悔婚，再見到她，將她強留在身邊，她會不會恨我？」

小忠子睜大眼睛看著雲遲，見他心情似乎極差，他憋了憋，半晌才說：「奴才也不知道。」

雲遲笑了笑，面上卻不見笑意，溫涼地說：「她應該會吧！但是那又如何呢？本宮已經對她說了無數遍了，這一輩子，非她莫屬了。無論是誰，都不能從我手裡將她奪去。蘇子斬不行，她自己也不行。」

小忠子看著雲遲，說不出話來。

他看得最是清楚明白，除了朝綱社稷，殿下的一顆心都撲在了花顏的身上。

他絲毫不懷疑，花顏是殿下的劫數。

自從太后懿旨悔婚，殿下便再也沒有真正地笑過，身上的氣息怕是連滅世都是夠了的。

他是準備一輩子侍候太子殿下的，不敢想像殿下這樣過一輩子該是多麼痛苦可怕。

既然殿下放不下花顏，那麼，他身為近身內侍，就理當為殿下分憂。他掙扎了片刻，堅定地開口：「既然殿下放不開太子妃，那就別管她恨不恨的，只要再見到她，就用盡手段將她拴在身邊好了。」

雲遲聞言笑了笑，心情似乎因小忠子的話稍好了些：「是啊！我以前一直捨不得逼迫她，只想讓她看明白我對她的寬容，即便我的身分不如她的意，但只要她做了我的太子妃，她想做什麼我都由著她。可偏偏，就是這個身分，她死抓著不放，既然如此，我就由不得她了。」

小忠子見雲遲笑了，暗暗地舒了一口氣，小聲說：「天下都在殿下的掌控之中，奴才相信，只要殿下用起手段來，太子妃定不會是殿下的對手的。」

雲遲搖頭：「也未必，這普天之下，若是說有誰能讓我將之視為對手，怕是還真非她莫屬了。臨安花家養的女兒，比天家的太子還厲害，也是令人稱奇。」

小忠子乍然聽到這話，驚得呆了呆：「這……臨安花家，也太厲害了吧！」

雲遲「嗯」了一聲，收了笑意，淡淡道：「臨安花家是很厲害，大隱隱於市，若是將天下分為明皇暗帝來說，天家是明皇，花家便是暗帝。」

小忠子驚駭地看著雲遲，脫口喊：「太子殿下！」

這話……可是要殺頭誅滅九族的，這世上，從來沒有這個說法，這也太可怕了！

雲遲看了小忠子一眼，淡淡輕嘲：「臨安花家累世千年，而南楚建朝不過幾百年。我這個說法，雖然聽著荒謬，但也沒有什麼不對。試問天下哪一家如花家一般，將自己隱入塵埃，卻偏偏不買天家的帳？」

小忠子無言以對。

雲遲又道：「自從懿旨賜婚，臨安花家任花顏折騰，雖表面上看來是花家人管不住花顏，可是真正的內情，卻是花家所有人都聽花顏的吩咐。她一人帶著名婢女上京，花家無其他人跟隨，可等她真正弄出了事端，悔婚迫在眉睫時，花家人卻乾脆地出手，將太后和東宮的人耍得團團轉，攔不住一紙悔婚懿旨。」

小忠子細思極恐，不敢吭聲了。

雲遲又揉揉眉心：「花家敢將太后悔婚懿旨臨摹萬張貼滿各州郡縣，便是有公然對抗天家的本事。如此作為，也是明擺著告訴我，若是再相迫，臨安花家不怕對上天家，鹿死誰手，還不一定了。天家在乎的是江山基業，而花家……隱在暗中太久，誰又知道真正在乎什麼呢？」

小忠子駭然得渾身發顫，哆嗦著嘴角說：「殿下，若是這樣說來，那……您就不能逼迫太子妃了，若是讓她真恨了您，那……花家定不會善罷甘休……那您……」

雲遲笑了笑，長身而起，站在窗前看著窗外明媚的陽光，風輕雲淡地說：「我生來是太子，自我記事起，就是要打破天下格局的。即便我對上花顏，天家對上花家，又怕什麼呢？」

小忠子看著雲遲的背影，忍不住又駭然地脫口喊：「殿下！」

雲遲對他擺擺手：「端午膳吧！」

小忠子應是，軟著腿腳走了出去。

第三十七章 狗鼻子難對付

用過午膳，雲遲喊來雲影：「你親自帶著人去一趟金佛寺，拿我的手諭，將蠱王書請來。」

雲影看著雲遲，試探地問：「殿下，金佛寺供奉的蠱王書不能輕易動之，若是金佛寺的住持和看護蠱王書的人不給，那屬下如何做？」

雲遲淡淡道：「那麼你就告訴他們，憑本宮的身分請不動蠱王書，金佛寺就不必存在了。」

雲影聞言垂首應是，不解地問：「殿下讓屬下親自前去拿蠱王書，是何用意？我親自帶著人前去的話，那殿下身邊……」

「無礙。」雲遲道，「你只管帶著人前去，行事隱祕些，別被人察覺了。」話落，他目光深邃，「先是南疆公主被陸之凌手滑傷了手臂，再是南疆王用血引引出了梅舒毓體內的采蟲，第一件事兒，我總覺得事有蹊蹺，而第二件事兒就不必說了，梅舒毓背後有花顏的手筆。」

雲影一怔：「太子妃？」

雖然太后已經懿旨悔婚，但是雲遲身邊的人，依舊遵從雲遲的心意，對花顏不改其稱呼。

雲遲頷首：「她如今就在南疆，也許就在這都城，若是沒有極重要的事兒，她是死活也不會來南疆的。如今她既然來了，那一定是有所圖謀，既然被我察覺，我是斷然不會放過她的。」

雲影似懂非懂：「這兩件事兒，與殿下派屬下去請蠱王書何干？」

雲遲道：「我記得當年姨母體內的寒蟲蠱，是父王和母后請了南疆王，用南疆王的血引出的。而昨日，劾王說要引出采蟲，一定要南疆王或者公主葉香茗的血引。」

雲影懂了：「那一日，公主葉香茗被陸世子傷了手臂失血，昨日南疆王主動放血引采蟲，也就是說，太子妃來南疆的目的，很可能就是針對南疆的蠱蟲了？」

雲遲頷首：「要知道她的目的，就要閱覽蠱王書。所以你此行不得有失，若是金佛寺的和尚不從命，你就請安書離調一萬兵馬，封了金佛寺。」

「是。」雲影鄭重應是。

雲遲擺擺手，雲影立即去了。

雲遲用過午膳後，對小忠子吩咐：「告訴梅舒毓，讓他歇一日後，明日繼續擇府邸赴宴，本宮交代給他的差事兒，務必辦好了。」

小忠子應是：「是，奴才這就去告訴毓二公子。」

梅舒毓回到住處，只覺得頭頂上罩了一大片陰雲，愁雲慘霧。他覺得，他還是太廢物，在雲遲面前，沒能兜得住事兒，若是陸之凌面對雲遲，他一定比他做得好。

小忠子來找梅舒毓，給他傳了話後，梅舒毓有氣無力地答應著。

小忠子瞧著他，覺得梅舒毓挺好玩，對他說：「毓二公子，您是太子殿下的表弟，殿下交給您差事兒，是器重您。您可不能有負殿下厚望。」

梅舒毓無言以對地想著，他是器重我嗎？是藉機報仇吧？不過這話他不能跟小忠子說，只能有氣無力地點頭，「自然，太子表兄將這麼重要的差事兒交給我，是看得起我。」

小忠子見他開竅，滿意地走了。

梅舒毓琢磨了半晌，覺得這樣乾等著不行，花顏一定不敢來行宮找他，他得出去。雖然不知道怎麼找她，但也要想想辦法，不能這樣坐以待斃，否則真就害了她了。

梅舒毓打定主意，趁著今日休息，便出了行宮。

暗衛在他邁出行宮宮門之時，對雲遲稟告：「殿下，毓二公子要出行宮。」

經過他那一番話，梅舒毓自然會坐不住，無論他知道不知道花顏在哪裡，今日出行宮，定然都是為了找花顏報信。他淡淡地說：「盯緊他，有蛛絲馬跡都不准放過。」

暗衛應是，立即去了。

梅舒毓雖然看不到暗中跟隨他的人，但他知道雲遲一定會派人盯著他。

他琢磨著，花顏在暗處，定然也會盯著都城這裡，他首先要讓她知道，他是有十分重要的事情找她，而且，必須要找到她告知她。

所以，他邁出行宮後，便做了一個決定，擇南疆都城最繁華的一條街轉悠。

他獨自一個人，什麼也不買，便從長街的這頭走到那頭，再從那頭走到這頭，來來回回地走了十幾趟，在腿都走軟了，天色已經將晚了的時候，擇了一處最熱鬧的茶樓，走了進去。

他不敢要包間，因為太安靜了，便於暗衛盯著，便選了廳堂裡的一個位置，擠在無數人中要了一壺茶，聽茶樓裡的先生說書。

他當然是無心聽書，喝著茶想著，不知道他是否引起花顏的注意了，若是來找他，該以怎樣的方式與她說話。

花顏昨日得了南疆王的血引後，心情十分愉快，一夜好眠睡到了日上三竿，連夢都沒做一個，醒來後，已經到了用午膳的時間。

安十七和賀十陪著她用過了午膳後，賀十便教她學梵文。

因花顏過目不忘的本事，賀十跟在她身邊的這些日子，她已經將梵文學個差不多了。

花顏想著再等兩日，她便去打探蠱王宮，憑著如今所學，蠱王宮有梵文設的機關，她應該不會如在金佛寺一般可憐，總會容易些。

學了兩個時辰，花顏在休息時，花家的暗樁遞進來消息，說毓二公子已經在街上走了十多圈，獨自一人，什麼也不看，什麼也不買，十分奇怪。

花顏聽罷有些詫異，按理說，昨日梅舒毓一番折騰之下，他即便歇了一晚，也會十分體虛乏力，雲遲應該會讓他休息才是，不該跑出來這般溜街。

她頓時覺出不妙來，對安十七吩咐：「十七，你出去看看，別靠近他，隱祕些，只需看看，然後回來告訴我是怎麼回事兒。」

安十七應是，立即去了。

不多時，安十七回來，對花顏說：「少主，毓二公子的確十分奇怪，在街上溜著，看起來漫無目的，但實則只在那一條街上走來走去。」話落，又補充，「在暗中，似乎有不少人盯著，不知是什麼人，我聽從少主吩咐，沒敢靠近。」

花顏腦中霎時敲起了警鐘，立即說：「定然是東宮的人。」

安十七也覺出不妙來，揣測地問：「難道毓二公子是太子殿下用來引少主的？他知曉少主來了南疆都城？少主暴露了行跡？」

花顏抿唇，思忖片刻，道：「我出去看看。」

安十七點頭：「少主小心些，易過容再出去吧！萬一毓二公子對太子殿下供出了少主，那麼少主就危險了。」

花顏應了一聲，又想了想說：「梅舒毓不會主動的供出我，他與陸之凌的品行都是極好的。不過他今日這般奇怪，應該是為了我。」說完，她便進了房間。

花顏易容後便出了阿來酒肆，如普通人一般地走在街上，看著梅舒毓似乎走得腿都軟了，進了一家茶樓，她便也隨著人流走了進去。

她擇了一個距離梅舒毓不遠不近的距離，要了一壺茶，聽說書先生說書。

茶樓內人聲鼎沸，說書先生說得極好，茶客們不停地爆發出叫好聲。

花顏喝了一盞茶，也跟著眾人叫了幾次好，才對梅舒毓傳音入密說：「你今日這般奇怪，是為了找我？可是出了什麼事情嗎？」

梅舒毓聽到熟悉的聲音，手一抖，茶水險些灑出，他眼角餘光四處掃著，不見哪個人看著他，不見誰有異，他暗自焦急自己無法回答。

花顏似是知道梅舒毓不會傳音入密，這種功法，除了花家有外，也就天家和南陽山有了。她又對梅舒毓傳音入密說：「我用的是傳音入密，別人聽不到，你今日這般奇怪若是因為要找我，握著茶杯的食指就動一動，若是因為東宮的隱衛盯著，不想被他們發現，有重要的事要告知我，那你就再動一動中指。」

梅舒毓聽得清楚，心下驚然，想著他知曉花顏武功深不可測，但沒想到用這般傳音入密竟然十分流暢，他當即動了動食指，緊接著又動了動中指。

花顏看得清楚，懂了，當下有了主意，又對他傳音入密說：「你放鬆自己，我隔空將內息進入你體內，掌控你體內脈息，用內功心法與你隔空相通，你若想要對我說什麼，就默默地在心裡說，我就會聽到。」

梅舒毓心裡愕然，想著世界上還有這種武功本事？他學的那些武功在這樣武功蓋世的人面前……簡直是三腳貓？

他從來不知道這世上竟然還有人可以將功法隔空渺無聲息地渡入別人的體內，以此掌控別人聽到內心話。這到底是什麼詭異的武功心法？

他連忙放鬆了自己，絲毫沒有猶豫，十分地相信花顏。

花顏在將內息流入他身體前，還是傳音入密鄭重地警告：「在我內息進入你體內後，你不要妄動內息，待我們說完，我撤出內息後，告知你可以時你再動，千萬不能嘗試與我內息碰撞。否則，輕則重傷，重則要命。」

梅舒毓聰明，自然明白別人的內息進入自己體內，若是弄不好會要命的後果，連忙微不可察地點了一下頭。

花顏放心了，便暗中無聲無息地將自己的內息隔空從他後背的穴道送了進去。

梅舒毓頓時覺得有一股暖流進入身體，周身霎時輕飄飄的，暖融融的。

他暗暗地想著，原來這就是花顏的內息嗎？

花顏真如他所言，聽得到他心中所想，對他傳音入密說：「嗯，這就是我的內息。」

梅舒毓大驚又大喜，他儘量讓自己鎮定，以免被暗中盯著他的東宮暗衛察覺。

他想著你怎麼這麼厲害呢！還那麼年輕，似乎比他還小一點兒吧？真是望塵莫及啊！

花顏似乎笑了一下，對他說：「趕緊說吧，簡短些，我很損耗功力的。」

梅舒毓當即打住亂七八糟的想法，心裡默默地說起：「昨日你給我的那個香囊，在太子表兄問起時，我便說是子斬表兄給的，可我那太子表兄……天生嗅覺異於常人啊，說他在香囊上聞到除了我的氣息外，還有一個人，那個人不是子斬表兄，而是你……」

花顏沒想到，僅憑一個香囊，雲遲就猜出了她，她也不敢置信。

雲遲？天生嗅覺異於常人？

她心裡暗罵，怎麼就忘了世界上是會有這樣一種人呢！有的人的確是天賦異稟，得上天的厚愛而有一種特殊異於常人的地方，但這種人極其的少有，就比如她和哥哥的過目不忘，但他們也是因為花家的血脈傳承。

她怎麼也沒想到雲遲會嗅覺異於常人。

她一時間悔得腸子都青了，她沒想到她已小心謹慎到了這個地步，卻還是被他知曉了。

雲遲是那樣一個，給他一絲蛛絲馬跡就能窺探到全部的人……她實在是不敢想像，他如今是否已經猜到了她來南疆的目的。

她磨著牙，覺得真是棘手至極。

梅舒毓將昨日的事情說完，沒聽到花顏的聲音，暗暗地問：「你還在聽嗎？」

花顏傳音入密的聲音僵硬陰沉得不行：「在聽。」

梅舒毓深深地歎了口氣，自責道：「都是我不好。」

「不關你的事兒，是我考慮不周，無論是葉香茗的血引，還是南疆王的血引，得手的都太過順利容易了，導致我忽略了這一點。」花顏有些無奈地道。

梅舒毓也暗罵：「太子表兄太不是人了，我從來沒聽說過他嗅覺異於常人，從小到大，他瞞得嚴實得很，若非此事，我還真不知道。」

花顏喝了一口涼茶，冷冷地說：「唉！誰能想到呢。行了，反正這件事我知道了，今日回去之後，他勢必會問你今日的緣由，你……」

梅舒毓斷然地說：「憑他再天賦異稟，也不見得能猜到你這般與我說話，他若是問起，我就說是想找你，可惜沒找到。反正，我死活不會跟他說的。我左右已經得罪他了，一筆帳是記，兩筆帳也是記。」

花顏點頭：「也好，沒有把柄的事兒，他也奈何不得你。」

梅舒毓立即問：「如今既然已經被他知道了你在南疆都城，怕是會查你，你想好怎樣奪蠱王了嗎？」

花顏清冷地說：「你不必管了，我自有辦法。你便安心地辦他交給你的差事兒吧！若是再想找我，在街上走三圈就是了，別走這麼多圈了。」

梅舒毓聞言覺得他的腿腳又疼起來，歇這麼一會兒似乎也歇不夠，他心裡冒苦水：「我實在是不知道該怎麼找你，也是沒辦法了的辦法，行，以後我知道了。」

花顏頷首：「今日你也累了，回去吧！」

梅舒毓「嗯」了一聲。

花顏渺無聲息地撤回內息，短短時間，她身上還是出了一層薄汗，這樣的確最耗費功力，今日回去後，怕是要歇上兩日了。

花顏又喝了一盞茶，見梅舒毓似乎歇著不想動彈，便先起身出了茶館。

梅舒毓一邊喝著茶，一邊看著門口進進出出的人，他至今也不知道花顏易容成了什麼樣？想著怪不得太子表兄不放手，這普天之下，他實在難以想像還有哪個女人會如她一般厲害。

梅舒毓喝了一肚子茶，總算歇過來幾分，見天已經徹底黑了，出了茶樓。

東宮暗衛早已將消息送回了雲遲耳中，他們跟了梅舒毓半日，什麼也沒跟出來，他沒有接觸任何人，就是奇怪地在街上走了十幾趟，又在茶樓裡坐了大半個時辰。

雲遲聽罷，瞇起眼，眼見天色徹底黑了，吩咐小忠子：「梅舒毓若是回來，讓他來見我。」

小忠子應是。

梅舒毓出了茶樓，徑直回了行宮，剛邁進門口，小忠子似早已等候多時，對他說：「毓二公子，殿下請您回來過去見他。」

梅舒毓渾身沒力氣，拖著沉重的腿腳，無精打采地點了點頭。

小忠子看著他一身疲憊的模樣，好奇地問：「毓二公子，您這是幹嘛去了？」

梅舒毓瞅了他一眼：「自討苦吃去了。」

小忠子抽了抽嘴角，想著這副樣子，的確是自討苦吃弄出來的。

梅舒毓來到正殿，見雲遲正閒適地喝著茶，他苦著臉見禮：「太子表兄！」

雲遲瞅了他一眼，神色溫涼：「可用過飯了？」

梅舒毓搖頭：「不曾。」

雲遲頷首：「正好我也不曾用晚膳，你陪我一起吧！」話落，對小忠子吩咐，「擺晚膳。」

小忠子應是，連忙去了。

很快，晚膳就逐一擺在了桌上。

梅舒毓見雲遲沒打算再跟他說話，便默默地開始吃飯，他的確是餓了，但下午才灌了一肚子的茶，卻是吃不下多少東西，所以吃得不多。

雲遲卻是胃口不錯，吃了不少，見梅舒毓先放下了筷子，對他挑眉：「我以為你今日應該是極餓的。」

梅舒毓癟了癟嘴：「喝了一肚子茶，吃不下什麼東西了。」

雲遲點頭：「稍後可以讓廚房給你準備些宵夜，免得夜裡餓。」

梅舒毓訝然，何時太子表兄這麼關心他了？他眨眨眼睛：「多謝太子表兄。」

雲遲笑了笑，也放下筷子，對他問：「你今日把自己折騰得這般疲累，可有收穫？」

梅舒毓暗想就知道他饒不了他，事關花顏，他這位好表兄可沒有處理朝務時的淡定沉穩，他也覺得害了人。這一日，也想明白了，我能力有限，就算幫不了誰，也不需太自責，畢竟，折騰自己還真是自討苦吃。」

「唔」了一聲，「今日我出門時，也是挺矛盾的，我若是有收穫，那麼就是害了人，若是沒有收穫，

雲遲失笑，深深地看了他一眼：「你成長的倒快。」

梅舒毓拱手：「承蒙太子表兄教導得好。」

雲遲似也不糾結他事情到底成沒成，誠如花顏所料，他沒拿住把柄，自然不會奈何他。而他也知道，這位表弟有時候聰明起來，也的確令人刮目相看。

他淡淡道：「你來西南境地歷練這一趟，待回去南楚京城，你爺爺再見你，定會覺得脫胎換骨。」

梅舒毓咳嗽一聲：「太子表兄這是誇大我了，成長些是必須的，但也不至於這般誇張。」

雲遲似笑非笑地看著他：「人能成長到什麼地步，是說不準的。」說完，對他擺手，「行了，你去休息吧！」

梅舒毓覺得他與雲遲的段數，簡直相差了一個天上地下，與他待在一起相處，實在是累得慌。

如今既然不逼問他了，自然得痲溜地站了起來，趕緊走了。

雲遲在梅舒毓離開後，如玉的手揉揉眉心，散漫地靠著椅子閉上了眼睛。

小忠子見雲遲許久不動，對他輕喊：「殿下，今晚您早些歇了吧！」

雲遲閉著眼睛不動，長歎一聲：「我真想全城搜索啊！」

小忠子試探地說：「殿下要找太子妃？既然殿下有此心，如今南疆都城都在殿下的掌控下，您既要找人，也容易得很，還猶豫什麼呢？」

「就怕我全城搜索也搜不出她來。以她的本事，如今定然知曉我已知她在南疆都城了，有了防備，便不好找她了。」

小忠子聞言小聲說：「殿下今日就不該放毓二公子出去送信。」

雲遲笑了笑：「我倒是小瞧了他，折騰半日，還真讓他折騰出了想要的結果，他面色雖苦，但是眉眼間卻無鬱氣，想必消息定然放了出去。只是我覺得奇怪，東宮暗衛卻沒發現什麼異樣，他到底是怎麼傳的話？」

小忠子覺得殿下都想不明白的事，他更是想不明白了，心疼地勸說：「您最近憂思勞累太過，既然想不通，便不要想了，您該好好休息一日了，否則這樣下去，怎麼能吃得消？」

雲遲放下擱在眉心的手，點頭：「你說得對，那今日便早些歇了吧！」

花顏回到阿來酒肆後，安十七見她臉色不好，連忙上前詢問。

花顏煩悶地一邊卸著易容，一邊跟他說了雲遲通過香囊已知曉她如今就在南疆之事。

安十七瞪大眼睛，不敢置信：「這太子殿下也太厲害了？僅憑一個小小的香囊，就能識出少主您的氣息，他是狗鼻子嗎？」

花顏本來心情糟透了，聞言「撲哧」一下子樂了：「可不就是狗鼻子嗎？狗鼻子怕是都不如他的鼻子靈敏。」

安十七立即緊張地問：「如今被他察覺，這可怎麼辦？會不會影響奪蠱王？」

「恐怕是會影響。雲遲怕是已經想到了南疆公主和南疆王的血引，應該也會想到了蠱蟲。」

安十七也頭疼起來：「那我們該怎麼辦？」

花顏已經琢磨了一路，搖了搖頭無奈地說：「只能給十六傳信，讓他動作快點兒。雲遲如今只是猜測懷疑，定然還會想辦法查實，最好在他弄清楚我真正的目的之前，十六就已經得手了，只要引他出都城，我們就立即動手，待他知曉，我們那時也已撤出南疆了，就不怕他了。」

安十七立即說：「我這就去給十六傳信。」

花顏點頭。

安十六本就沒敢耽擱，離開南疆都城後，帶著人一路快馬加鞭，他是在陸之凌之後離開的，動用了花家埋在城門的暗樁通關，又擇最近的路前往勵王和勵王軍所在地。所以，一路十分順利，自然跑在了陸之凌的前面。

臨安花家在西南境地的所有暗樁，在受南楚朝廷制衡的這百年來都不曾動過，如今花顏要奪蠱王，打著讓所有人撤出的打算，免得暴露之後被南疆活死人追殺反噬，所以，第一次，全面地啟動了所有暗樁。

安十六順利地通過安書離所在的城池後，趁著他還沒得到陸之凌帶來的雲遲吩咐之前，先調動了一半人馬暗中牽制安書離，然後再帶著其餘人，直奔勵王和勵王軍的所在地。

勵王比南疆王小五歲，卻比南疆王看起來要年輕上十歲。

誠如雲遲和花顏猜測，勵王軍的一半虎符確實是被勵王派人給盜了。勵王這些年受夠了南疆王的懦弱，受夠了南楚對南疆王權的制衡和掌控。南夷與西蠻兩個小國的動亂鬥爭，其中也有勵王的手筆推動。

他就是想要西南境地亂起來，藉此機會，統一西南境地，擺脫南楚掌控和制衡。

本來他的計畫是讓南楚使者有來無回。所以他暗中讓人策動了荊吉安，帶兵埋伏在臥龍峽，殺了安書離。

可是他沒有想到，不但安書離沒死，反策反了荊吉安降順雲遲，讓他順利地進入了南疆，掌控了南疆全域。

勵王心下暗恨，在得知南疆王猶豫要將勵王軍虎符交於雲遲之前，先一步果決地盜走了一半虎符。

沒有虎符調令，他與他的勵王軍便不受雲遲掌控了。

當他正想著下一步如何行動時，安十六先安書離和陸之凌之前，找上了勵王。

安十六無聲無息出現在了勵王府內，待勵王察覺要對他拔劍時，他已先一步地將劍架在了勵王的脖子上。

勵王以為他是雲遲派來的人，一下子面色慘白。

安十六聰明地當先開口：「王爺無須驚慌，在下不是為殺王爺而來，是想好好地與王爺坐下來談一筆買賣。」

勵王聞言勉強鎮定，盯著安十六貌不出眾的臉說：「你是何人？」

安十六微笑：「王爺不必管我是何人，王爺只需知道，我是來救王爺的人。若是王爺與我談成這樁買賣，王爺不但不會吃虧，反而還能避免一死。」

勵王盯著他怒問：「你是太子雲遲的人？」

安十六搖頭：「非也，在下不是南楚太子的人。」

勵王仔細地打量安十六，心下隱隱寬心了些，只要不是雲遲的人就好。「敢問壯士，與本王談和買賣？」

安十六動了動劍：「與太子殿下作對的買賣。王爺可有興趣？若是王爺有興趣，在下就收了劍，不過王爺不要喊人，此事還是越隱祕越好。」

勵王一聽，與雲遲作對，他正求之不得。他不同於他的王兄南疆王只求保存南疆國號，他要的是南疆自立，西南境地四海歸一，他當即點頭：「好，本王答應你。」

安十六收劍入鞘。

勵王沒了脖子上架著的劍，身上總算沒那麼僵硬了。近來他加強了勵王府的守衛，自以為已將勵王府打造成了銅牆鐵壁，沒想到這人武功之高，竟然沒驚動護衛，實在令他膽顫。

安十六如在自己家一般，自在地坐在了桌前的椅子上，不客氣地拿起茶壺給自己倒了一盞茶，反客為主地說：「王爺，我們坐下來談。」

勵王實在是好奇死了安十六的身分：「壯士，說說你的來意吧！你不向本王透露你的身分，卻與本王談買賣，本王也想知道你這筆買賣的價值。」

安十六放下茶盞，點了點頭：「這筆買賣的價值，一定不會讓王爺失望的。」將花顏策反勵王的謀策說了一遍，說完後，看著勵王道，「王爺暗中自盜了勵王軍虎符，太子殿下已經知曉了，他派出了敬國公府世子陸之凌和安書離一起來對付王爺和王爺手中的勵王軍。王爺要知道，這二人十分之厲害，我是先一步來了，他們定然隨後就會到。」

勵王臉色變化，一時驚懼不已，沒想到雲遲會這般快地就知曉了他自盜了勵王軍虎符。他雖然不知來者的身分，但能說出這一番話來，他已相信了他。

安十六看著他，又道：「王爺今日若是應我，便能得到我的幫助，制衡太子殿下對西南境地的掌控之權，不必將自己與手中的二十萬兵馬交出去。要知道，這二十萬兵馬一旦給了太子殿下，他是斷然不會再還給你的。」

勵王自然是知道這二十萬兵馬，一旦進了雲遲手裡，不可能再拿得回來，這也是他自盜虎符的原因。他抿唇，臉色不好地說：「若是本王不答應呢？會有什麼後果？」

安十六聳聳肩：「若是王爺不答應我，我敢保證，不出天亮，陸之凌和安書離就會帶著大批的暗衛找上王爺。他們帶著太子殿下的密殺令，你若是不乖乖地配合他們將勵王軍交出來，降順太子殿下，他們就會殺了你，鐵血地接收勵王軍。他們可不會如我這般溫和的與王爺商談。」

勵王恨道：「西南已經俯首稱臣，太子雲遲何必非要讓西南境地皮毛不存？」

安十六失笑：「西南境地本就是他囊中之物，王爺難道到如今還抱有幻想？」

勵王無言片刻，下定決心地說：「本王信你所言，聽你安排。」

安十六順利地說服了勵王，當即便依照與花顏商議好的計策，做出了安排。

勵王沒有意見，悉數聽從了。看著安十六的行事，心裡更是驚駭，他沒想到在西南境地竟然有如此勢力，一夜之間，就帶著他和勵王軍渺無聲息地撤退出了封地，隱匿了起來。

隱匿的地方，他這個土生土長的西南人竟從不知曉。

安十六安排後，便離開了隱匿之地，前往南夷與西蠻兩個小國打探情況。

陸之凌是遵從了雲遲的吩咐，路上未有耽擱，很快地就到了安書離駐守的城池，與他說了太子殿下的吩咐。

安書離聽罷，覺得此事必須儘快進行，便立即對城池內的部署做了安排，與陸之凌制定了策略，二人決定帶著人渺無聲息地進入勵王封地。

進入勵王封地，勵王若是降順雲遲，自然極好，順利地接手勵王軍；若是他不降順，就依照雲遲的吩咐，果斷殺了他，再拿出另一半南疆王送出的虎符，費些力氣，接手勵王軍。

做好一應安排後，在安書離準備與陸之凌啟程時，城內出了一樁事兒，荊吉安不知為何突然暈倒，昏迷不醒。

自從收服了荊吉安後，很多事情都由荊吉安出面安排，雲遲坐鎮南疆都城，安書離站在荊吉安之後，所以，荊吉安十分重要。

如今他與陸之凌要前往勵王封地，這城池的事務自然要荊吉安把控，他這時突然暈厥昏迷不醒，安書離自然不能不管，連忙請大夫看診。

一連請了幾名大夫，才查出荊吉安是中了一種十分罕見的毒。這種毒不會要人命，但是一時半會兒難找解藥。安書離在得知荊吉安中毒後，腦中瞬間敲起了警鐘，對陸之凌說：「我們必須儘快前去找勵王，在這個時候出了此事，恐怕不同尋常。」

陸之凌覺得有理，否則這荊吉安怎麼偏在他們要啟程時被人下了毒。

恐怕事情就是出在收服勵王和勵王軍這上面。

他對安書離說：「要不然我自己帶人前去？」

安書離搖頭：「勵王一定不會降順太子殿下的，你剛剛來西南境地，憑你的武功，要殺勵王容易，但因勢利導要收拾二十萬勵王軍怕是不會容易。我必須與你一起去。」

陸之凌聞言覺得有道理，自己確實對西南境地不熟，剛剛來就要獨自接手這麼一樁差事兒，還真沒有把握。

「那該怎麼辦？」

安書離看了一眼昏迷的荊吉安，說：「我留下一部分人給安澈，讓他帶著人徹查荊吉安中毒之事，同時守好城池。我們立即前去，一旦有變，讓安澈及時傳信給我們。」

陸之凌頷首：「這樣安排也好。」

因這一番耽擱，安書離與陸之凌帶著人星夜啟程，路上不敢有所耽擱。但當二人在第二日天明時趕到了勵王封地時，卻發現勵王府已人去樓空，軍營裡的二十萬勵王軍不見蹤影。

安書離面色大變：「自從來了西南境地，我一直關注著勵王軍，一日前我還收到消息，勵王軍安然無事，如今竟然不見了。」

陸之凌臉色也不太好，說：「太子殿下說，我若辦不好這差事兒，就讓我娶了南疆公主！那女人我可不想要，趕緊查吧！」

安書離也沒心情與陸之凌說笑，點點頭，二人皆派了暗衛出去查探一番。

在勵王府轉了一圈的兩人，見府中連個奴僕都沒有，傢俱等一應所用卻俱在。

安書離揣測道：「應該是剛離開不久，桌面上不見灰塵，地面也很乾淨，廚房裡有做好卻未動的飯菜，如今還不曾壞掉，估計這些人離開也就一日的時間。」

陸之凌點頭：「看起來的確如此，女眷的金銀首飾都不曾收拾帶走，應該是突然離開，且走得十分乾脆俐落。」

安書離抿唇：「看來是我們來晚了。你出京的消息，有何人知曉？路上可曾耽擱？」

陸之凌揉揉眉心：「我剛到京城，屁股還沒坐穩，想看看南疆公主葉香茗有多美，故意等在街上攔了她的路，誰知道，她那日出宮去找太子殿下，為的就是勵王軍虎符有失一事，因我不小心傷了葉香茗，太子殿下就將我派來了。當時走得急，他吩咐我之後，我除了自己的暗衛，只帶了一個安澈，連梅舒毓都沒知會一聲，路上也不曾耽擱。」

安書離道：「此事一定是被人所知，所以，勵王和勵王軍才在我們來之前便撤走了。」

陸之凌點頭：「定然是如此，否則不會這樣。」

二人正說著，有一隊人馬來到了勵王府，為首之人是南疆王的內侍，他雖然不認識陸之凌，但見過安書離，當即下馬，驚訝道：「安公子，您這是……」

安書離看了他身後帶著的人一眼，問：「公公不在王上身邊侍候，這是為何而來？」

那內侍連忙見禮，說：「奴才是奉了王上之命，前來勸說勵王爺。」

安書離聞言道：「你來晚了，在我來之前，勵王府早已人去樓空。」

那內侍大驚：「這是怎麼回事兒？奴才剛剛見到公子還覺得奇怪，公子怎麼站在這勵王府門口不進去呢？」

安書離搖頭：「我也正在查，不止勵王府沒有人了，連勵王軍也不見了。」

那內侍駭然，探頭向裡面瞅了一眼，臉色發白地說：「這……勵王爺無故不會離開勵王府，勵王軍也不會無故不見，想必是出了什麼事情。」

安書離點頭：「公公帶著人進裡面看看吧！你在王上身邊侍候多年，想必也極其熟悉勵王性情，進裡面看看也許能發現什麼線索也說不定。」

內侍聞言頷首，連忙帶著人往勵王府裡衝。

勵王府一切如舊，唯獨少了勵王和勵王府眾人，連僕從也不見一個。他帶著人轉了一圈，捧著一個金牛的擺件走了出來，對安書離說：「安公子，王爺連這個最珍視的擺件都沒有帶走，想必是出了大事兒，大約是被人劫持，或者是被害了。」

安書離瞅了一眼他手中的金牛擺件，問：「這擺件有什麼緣故？」

內侍立即說：「這是勵王爺及冠時，先王后送的，當日先王后就薨了，它是勵王爺對先王后的最後念想，多年來，王爺一直十分珍視，若沒出大變故，王爺一定是走到哪裡，帶到哪裡的。」

陸之凌這時開口：「這擺件極大，純金鑄造，定然是極沉。想必勵王爺和勵王府眾人不是被人所害，而是舉家離開了，且出的是遠門，需要輕裝簡行，所以才割捨了。」

那內侍看著陸之凌，這時才顧上問一句：「這位公子是……」

陸之凌自報家門：「陸之凌！」

內侍聞言恍然：「原來是陸世子！那一日是你傷了我們公主，王上十分惱……」說著，突然住了口，覺得這話不當說。

陸之凌看著內侍，一本正經地說：「不小心手滑，實在抱歉得很。」

安書離看著陸之凌，他是不怎麼相信陸之凌手滑的話，以他的武功，若是不想傷人，一定不會失手，看這樣子，估計是故意傷了南疆公主，至於為什麼，他如今沒心情探究。

於是，他對那內侍道：「公公帶來的人看來也不少，趕緊派人找找吧！」

那內侍連連點頭，也顧不得多言，將帶來的人一股腦地都派了出去。

安書離對陸之凌說：「必須傳信回去稟告太子殿下此事。」

陸之凌頷首：「你去傳吧！我去四處溜達，看看能否發現什麼蛛絲馬跡？」

安書離點頭。

南疆京城距離勵王封地五百里，飛鳥傳書，當日便到了雲遲的手中。

雲遲收到書信後，臉色驀地沉如水。

小忠子正給雲遲沏了壺茶，見此手一抖，小心翼翼地問：「殿下，可是出了什麼事情？」

「我真是沒想到，勵王和勵王軍竟然已經不在封地，無影無蹤，不知去了何處。」

小忠子大駭：「這可是大事兒。」

「自然是大事兒，西南境地的兵力本就少，二十萬勵王軍，若是不能被我掌控，便會出大禍。」

雲遲嗓音又涼又沉。

「那殿下……可怎麼辦？」小忠子連忙緊張地問。

雲遲抿唇，不言語。

小忠子見他不答，便不敢再問了，見雲遲沒有什麼吩咐，便渺無聲息地退了下去。

雲遲靜坐許久，對外喊：「小忠子，去請梅舒毓來見我。」

小忠子連忙應是，幾乎一路小跑著去找梅舒毓。

梅舒毓聽聞雲遲又要見他，他頭皮麻了又麻，頭疼地想著這次不知道找他又有什麼事兒，可別再事關花顏了，他實在是應付不起啊！雖然一百萬個不想見雲遲，但既得他召見，又不能不見，只能在小忠子的催促下，麻溜地去找雲遲。

梅舒毓見到雲遲時，清楚地看到他臉上涼沉之色，他連忙見禮，小心試探地問：「太子表兄，你喊我何事兒？」

雲遲隔著案桌瞅著他，一時沒說話。

梅舒毓心裡沒底，暗暗想著他是否又查出什麼關於花顏的事要來找自己算帳，越發地覺得自己的小心肝實在是受不住他的雷霆之勢……

雲遲盯著梅舒毓看了片刻，對他說：「你與花顏，在梅府時，才是初見吧？什麼時候交情這般深厚了？不惜自己折騰得走十幾趟街幾乎走廢了腿腳，也要給她傳遞消息。」

梅舒毓暗想果然是因為花顏，他想著該怎麼說才能不讓自己得這現世報受他懲治。

雲遲看著他，眯起眼睛：「嗯？」

梅舒毓硬著頭皮說：「有的人一見如故，便如我和她。她實在是一個很容易讓人與之相交的人。」

「哦？」雲遲揚眉，「你喜歡她？」

梅舒毓連忙搖頭，如撥浪鼓，嚇嚇地說：「不是，我不喜歡她。」

雲遲看著他。

梅舒毓咳嗽一聲，連忙說：「我說的相交，不是喜歡她，是引為知己好友那種。」

雲遲笑了一聲。

梅舒毓聽著這笑聲，總覺得溫涼如水，似乎沁到了心裡，驅散了僅有的那麼一點兒熱，他撓撓腦袋：「太子表兄，我說的是真心話。」

雲遲淡淡地看著他，「你在我面前，哪句話是真，哪句話是假，我自然能分辨得出來。」

梅舒毓聞言覺得他今天完了，他說的這麼清楚，這是擺明瞭要對他算帳。他是十分清楚他說的假話比真話多的。

雲遲看著梅舒毓生無可戀的模樣，心情稍好了些，果然自己的心情是要建立在他的痛苦之上才能稍微地好轉些。

他欣賞了梅舒毓的神情片刻，沉聲說：「本宮可以對你所作所為既往不咎，只要你辦成一件事兒。否則，你這一輩子，便等著我對你清算吧！」

梅舒毓頭髮根都豎了起來，連忙說：「太子表兄，您說，只要我能做到，不違背道義，一定完成。」

雲遲似笑非笑：「什麼是違背道義？」

梅舒毓頓時大義凜然地說：「朋友相交，貴在肝膽相照的道義。」

雲遲失笑，清清淡淡地道：「我竟不知，你們這交情都已經到了肝膽相照的地步了。倒是令我對你刮目相看。」

梅舒毓剛硬氣了這麼一下，聞言頓時又蔫了下來，不出聲了。

雲遲收了笑，對他說：「你放心，此事不關她。」

梅舒毓抬起頭，有了些精神：「太子表兄請說。」

「早先我交代給你的差事兒，暫且先擱下，今日立即啟程，我會命隱衛護送你，離開西南境地，回南楚調兵。」

梅舒毓睜大眼睛，脫口驚問：「太子表兄，出了什麼大事兒？怎麼要我回南楚調兵？」

雲遲道：「你不必管，只需即刻啟程，拿我的調令，在半個月之內，調來本宮駐紮在南楚邊境兩百里地的三十萬兵馬。不得有誤。」

「太子表兄是要對西南用兵力鎮壓？局勢已經嚴峻到這個地步了嗎？」要調三十萬兵馬，可不是小數目啊！

雲遲點頭：「是很嚴峻，調兵是為了防患於未然。」

梅舒毓覺有些心裡打鼓：「那個……太子表兄，你……真覺得我能勝任此事？」

雲遲點頭，淡聲道：「你在我眼皮子底下將與花顏聯絡互通消息之事都做得天衣無縫，調兵自然是能勝任的。」

梅舒毓……

那是因為花顏厲害，不關我的事兒啊！「太子表兄若是信得過我，我便去。」

雲遲點頭：「我派暗衛護送你，此事必須渺無聲息，你也別想著再與花顏傳遞消息了。洩露軍事機密，哪怕你是我親表弟，論律也要當斬。」

梅舒毓縮了縮脖子，連忙說：「不敢！」花顏又不是要兵馬作亂，她只是要奪蠱王，他做什麼非要想不開地再找她告訴她這個。只是這一離開，他是再幫不了她什麼了。

雲遲見他答應得心誠，便滿意地喊來暗衛，吩咐了下去。

梅舒毓在暗衛的護送下，拿著雲遲的調令，渺無聲息地出了南疆都城。

雲遲若是想護送誰暗中離開，自然是能隱瞞得住消息的。他當日沒對陸之凌離京做安排，是覺得憑安書離與陸之凌二人，即便勵王有些本事，也奈何不了這二人。

況且勵王其人，他也是調查瞭解得極深，覺得他雖然有勇有謀，也翻不出天去。萬萬沒想到，沒待安書離和陸之凌出手，勵王和勵王軍便演了齣人去樓空消失不見的戲，這樣一來，由不得他不慎重了。

定然是有人與勵王合謀了，憑勵王心智，不會做出此舉。

與之合謀的那人，定然有讓勵王聽從的本事。這時候出此一事，必是針對他而來。

往事情最壞處打算，西南境地的局勢怕是因此大廈一邊傾，他必須調南楚兵馬，在萬不得已時，出動兵馬鎮壓，掌控局勢。

第三十八章 竟是你來相救

花顏因動用臨安花家不傳之祕的功法與梅舒毓傳音入密，十分損耗內功，所以回到阿來酒肆後，老老實實地歇了兩日。

這兩日裡，除了吃就是睡，安分得很。

安十七給安十六傳出了消息後，又對臨安花家在南疆都城的暗樁下了一道命令，讓所有人都謹慎小心，沒有少主的吩咐，不要輕舉妄動，以免被太子殿下查出來，尤其是回春堂。

花顏歇了兩日後，收到了安十六傳回的消息，說勵王和勵王軍已經得手，如今依照少主的計畫，隱祕地安排了，正在進行後續謀劃，讓她放心，七日之內，定會成事兒。

花顏暗想七日的時間其實已經很快了，但是對付雲遲恐怕還不夠，她對安十七說：「給十六回話，就說五日。」

安十七看著花顏：「少主，五日太緊了，十六哥怕是要日夜不休了。太子殿下讓您如此忌憚，當真連這兩日也不能多嗎？」

花顏搖頭：「不能多，若是我所料不差，雲遲在得知我與葝王府郡主采蟲之事有關後，定會想到血引，怕是已經派人去金佛寺了，一旦他的人拿回蠱王書給他，怕是就會知曉我來南疆的目的了。哪怕外面亂塌了天，他一定不會離京，定會先保蠱王。那樣的話，我不拼個頭破血流，就沒有得手的機會了。」

安十七點頭：「好，我再給十六哥傳信。」

花顏頷首，收拾了一番，獨自一人去了蠱王宮。

安十六本來就不敢耽擱時間，儘快地加快進展，但得到花顏要縮短的五日期限時，還是有些欲哭無淚。

他曾與東宮的人打過交道，領教過東宮暗衛的本事，他雖然沒正面與雲遲打過交道，憑他僅以一只香囊就能猜出少主在南疆都城也十分忌憚，由不得他不遵從少主的吩咐。

他本來要躺下休息，又咬牙起來，擠著時間去進行安排。

三日後，他在南夷與西蠻之間，綜合考量後，選擇了幫南夷。做下決定後，便當即帶著勵王和勵王軍歸順了南夷。

南夷王十分激動與歡喜，本來要大擺宴席慶祝一番，但被安十六以時間緊迫，不能走露風聲為由攔住，當日便制定了攻打西蠻的計畫。

南夷王自然對安十六的要求有求必應。

於是，半日後，南夷大舉發兵，攻打西蠻。

因南夷多了二十萬勵王軍，又有安十六的指揮，這一戰勢如破竹。不過是一夜之間，西蠻連失三城，損失慘重。

安書離和陸之凌本來就在追查勵王軍下落，自然最先得到了消息。

安書離大驚，不敢置信地說：「怎麼短短時日，局勢就變成了這樣？勵王和勵王軍怎麼會歸順了南夷？」

陸之凌這幾日心裡似乎隱隱約約有個答案，應該是花顏為了奪蠱王在背後出手了，她若是不做些什麼，吸引雲遲的注意力，任憑雲遲繼續坐鎮南疆都城，要在他的眼皮子底下奪下蠱王，怕是機會微乎其微。

花顏……必會藉由攪動西南境地的局勢，來創造機會。

他雖然對花顏瞭解不多，但他卻深刻地知道，花顏但凡做一件事情，不出手則已，一出手必定驚人。

他越發地覺得自己猜測得對，但是即便猜對了，他也不能對安書離說。

於是他看著百思不得其解的安書離道：「局勢失控了，立即稟告太子殿下吧！此事既出，一定要儘快地想辦法制衡住，否則這局勢演變下去，西蠻很快就會被南夷滅了。如此，太子殿下的計畫和一直以來所做的事情就白費了。」

安書離點頭：「我立刻給太子殿下傳信。」

安書離運筆如飛，陸之凌走出房門，仰頭望天，覺得花顏這樣的女子，著實有些可怕，明明看起來不禁風雨，如一朵需要人悉心呵護的嬌花，偏偏卻做著攪動風雲的事兒，讓人又驚又歎。

怪不得她會喜歡上蘇子斬。

彼時的蘇子斬，在所有人的心裡，都覺得他生於富貴，長於富貴，得天厚愛。可是誰也沒想到，武威侯夫人故去，蘇子斬的青梅竹馬柳芙香嫁給了武威侯，蘇子斬隻身剿平了黑水寨，自此性情大變，一改德修善養，不再溫良，做出了許多驚心動魄之事，令人且敬且歎惋。

他也是從那時候，才覺得蘇子斬可深交，常跑武威侯府。

花顏某些地方，與蘇子斬真是異曲同工之妙。

如今花顏為蘇子斬，做到這個地步，他心驚駭然的同時，竟有些羨慕蘇子斬。

他想著，有朝一日，雲遲若是知道，一定會嫉妒蘇子斬嫉妒得發瘋。

一向淡定沉穩，泰山崩於前面不改色，出生後就將眾生踩在雲端下的太子殿下，是否還能淡定沉穩安然鎮靜？

想必，不可能吧！

他又想著，這樣的女子，怕是天下再也沒有了，不自覺地又惆悵了幾分。

安書離給雲遲傳完信函，看著飛鳥直沖雲端離開，他探究地看著悵然的陸之凌問：「陸兄，你是不是知道些什麼？」

陸之凌從天空收回視線，聳聳肩，吊兒郎當地說：「我能知道什麼？我只不過是想起子斬了。」

安書離聞言問：「聽說他先你一步離開了京城，但是未曾來西南境地，那是去了哪裡？」

陸之凌搖頭：「誰知道呢！這五年來，他做什麼事情，從不與人說。我與他相交五年，也猜不透他心中所想。」

安書離輕歎：「他體內生來有寒症，耽擱了他，否則他這些年，也不必一直糟蹋自己。」

陸之凌忽然一笑：「他不管將自己糟蹋到什麼樣子，都是值得的，畢竟從今以後有人疼了。」

「嗯？」安書離瞧著他，不解地笑問，「什麼意思？」

陸之凌笑道：「就是你聽到的意思，有人為他治寒症，且我相信，一定會治好的。不僅如此，還得上天眷顧，得到別人求都求不得的東西。」

安書離不太懂，看著他：「聽陸兄這話，他是有了什麼機遇了？」

陸之凌點頭：「有！且是誰也羨慕不來的機遇。」話落，他拍拍安書離的肩膀，「兄弟，別說他了，咱們還是先想想怎麼解決眼前這事兒吧！不能任局勢惡化下去啊！」

安書離無奈地說：「我從南楚帶來五萬兵馬，荊吉安近來又收服了五千兵馬，加上他原來那一萬五千兵馬，勉強有七萬兵馬。不如，我們先帶著這七萬兵馬支援西蠻吧！可不能再讓南夷將西蠻都打沒了，不然太子殿下收拾起來就難了。」

陸之凌點頭：「事不宜遲，走吧！咱們辦砸了太子殿下交代的差事兒，少不了要身先士卒為他打這一仗了。」

雲遲在得知勵王和勵王軍消失不見蹤影時，便預料到了可能會發生的禍患，所以，在收到安書離飛鳥傳書，得知勵王投靠了南夷，一夜之間使得西蠻失了三座城池時，並沒有震怒。他面無表情地捏著信函看了片刻，對小忠子吩咐：「去備車，我要進宮一趟。」

小忠子連忙應是。

不多時，馬車備好，雲遲出了行宮。

南疆王還不知曉南夷和西蠻兩國已經打破平衡，發生了天差地別的變化，他正在與葉香茗說勵王的事兒。

他已經得知勵王和勵王軍失蹤的消息，不知勵王將二十萬勵王軍帶去了哪裡？徹查之下，無跡可尋，實在是令他和葉香茗都十分驚異。

多年來，南疆王雖然覺得勵王對他對南楚俯首稱臣，頗有微詞，但也沒想到勵王會與雲遲作對到這種地步。

在南疆王看來，西南境地早已經是雲遲砧板上的魚肉，早晚都會被他蠶食，若是他反抗雲遲，估計早已經沒命了，他十分清楚雲遲不是個心慈手軟的人，不反抗他，他就還是南疆王，即便將來他剝奪了南疆的國號，南疆王室宗室一眾人等，也不會被他趕盡殺絕。

葉香茗十分困惑不解：「父王一直以來，也有派人在勵王叔身邊，竟然未曾傳回消息？女兒實在想不通，這西南境地，哪裡能藏得下這二十萬勵王軍？兩日來竟然查無蹤跡。若是這二十萬大軍一旦參與南夷與西蠻之戰中，後果將不堪設想啊！」

南疆王點頭：「你勵王叔一直以來都覺得父王太過懦弱，可是孤又有什麼辦法？孤接手南疆時，也曾暗暗下過決心，讓南疆和西南境地脫離南楚朝廷掌控。可是繼位後才發現，南楚對西南境地士農工商都制衡得太深，要想脫離，需要抗爭，但一旦抗爭，無異於以卵擊石。」

葉香茗道：「父王是對的！對南楚朝廷來說，因為蠱毒之術，一直不敢徹底吞下西南，對我們以懷柔制衡之策。若是南楚這一代不出太子雲遲，這種制衡怕是還會再延續個百年，也未嘗不好。」

南疆王頷首。

葉香茗道：「為今之計，還是要儘快找到勵王叔和二十萬勵王軍。」

南疆王道：「不知太子殿下那裡可有什麼消息了？」

葉香茗站起身：「若不然女兒去問問？」

南疆王還沒點頭，外面有人稟告：「王上，太子殿下進宮了！」

南疆王一怔，看了一眼天色，對葉香茗說：「如今天色已晚，太子殿下這時候進宮，恐怕是你勵王叔與二十萬勵王軍有下落了。」

葉香茗連忙說：「趕緊請太子殿下！」

內侍應是，立即跑了下去。

不多時，外殿傳來唱喏：「太子殿下駕到！」

南疆王起身，與葉香茗一起迎到了殿門口，只見雲遲緩步走來，天幕已然落下黑紗，南疆王宮各處已經掌燈，在一片燈火輝映中，雲遲一身青袍，丰姿壓過了南疆王宮的燈火輝煌。

葉香茗看著雲遲，心裡暗暗覺得真是可惜，這樣的人，是上天的寵兒，世間再沒有誰能及得過他，沒有人有他的身分地位，沒有人有他的傾世姿容，沒有人有他的才華橫溢，他是一個站在雲端之上的人，偏偏心裡住了個臨安花顏。

那個女子，捷足先登，入了他的心，卻棄如敝履，當真可恨。

而她……他那日已明明白白地告訴她不接受她，不給她一絲一毫的機會。

在二人不約而同扼腕可惜時，雲遲已經來到了近前。

雲遲將二人面上的神色盡收眼底：「王上可知勵王和二十萬勵王軍在昨日夜間，歸順了南夷，南夷得二十萬勵王軍後，一舉攻破了西蠻三城？」

「什麼？」南疆王大驚失色。

葉香茗也是不敢置信：「怎麼會這樣？」

雲遲待二人消化了片刻，淡淡道：「本宮今日進宮，是想來問王上，你心裡是否與勵王一般想法，表面順從本宮，其實想讓南疆脫離南楚掌控，脫離本宮之手？」

「太子殿下何出此言？本王從未敢有如此想法。」南疆王還沒壓下震驚，聽到雲遲的話，一顆心頓時提到了嗓子眼。

雲遲深深地看著他，點了點頭：「既然王上待本宮和南楚以誠，本宮便對王上保證，南疆有一日即便廢了國號，只要南疆王室宗親一眾人等不反抗本宮，本宮便會為之留有一地。」

南疆王所求不過如此，他當即一顆心落回了肚子裡，誠然感動，「多謝太子殿下！孤定唯殿下是從。」

雲遲頷首：「如今勵王和勵王軍叛出南疆，歸順南夷，本宮怕是要動用鐵血之策了。」

南疆王臉色發白：「本王也沒有料到王弟他竟然如此作為，太子殿下打算如何行事？」

雲遲道：「本宮已經從南楚調兵了，但是短時間內，兵馬不會到達，王上將南疆都城五門守衛的三萬兵馬派出去吧！」

南疆王看著雲遲，躊躇驚慌：「這……太子殿下，若是將守衛的三萬兵馬全派了出去，都城就成了無兵鎮守的空城！若有人藉機作亂，將無兵可用啊！」

雲遲淡淡道：「也不是無兵可用，不是還有禁衛軍和御林軍各一萬兵馬嗎？足夠了！」

南疆王道：「這兩萬兵馬守南疆都城，會不會太少了？」

雲遲道：「不少，你放心，本宮親自帶著三萬兵馬出城前去西蠻處理此事，定不會讓危情波及南疆。王上只要合理調派這兩萬兵馬，定會保南疆都城安然無虞。」

南疆王聞言驚詫地脫口：「殿下要親自前去西蠻？」

雲遲點頭，冷清地說：「本宮不能讓西蠻覆滅，只要南楚大軍一到，本宮便會立即掌控回局勢，如今只要能穩住局勢十日即可，無需多憂。」

南疆王微微地鬆了一口氣，咬牙說：「好，本王這便將三萬兵馬給予太子殿下，願殿下一路平順。」

雲遲淡淡一笑：「會的。」

二人話落，南疆王拿出了五門守軍的調令交給了雲遲。

雲遲也不耽擱，當即調兵，齊整三萬兵馬，星夜離開了南疆都城。

安十七第一時間得到了消息，大喜，對花顏興奮地說：「少主，事成了，太子殿下離開都城了，咱們立馬行動吧！」

雲遲一帶著三萬守城兵馬離開，籠罩在南疆都城內的壓力似乎瞬間便散了去。

花顏兩日前暗探蠱王宮，只將周圍的地形熟悉了一番，覺得只要雲遲離開南楚都城，她帶著人進入蠱王宮應該不難。

此時聽聞安十六事成，雲遲帶兵離開南疆都城，她看著安十七興奮的臉，抬頭望了一眼天空，說：「再等等。」

安十七疑惑不解：「少主，還等什麼？您不是說只要太子殿下離開，咱們就行動嗎？」

花顏倚門而立，看著天空中籠罩在南疆京城上空的一層陰雲，沉默許久，臉色變幻不定地說：「這天象不是個好兆頭。」

安十七聞言抬眼望天，看了片刻，說：「似是要下雨了。」

花顏點頭：「是啊，要下雨的。」

安十七聞言緊張起來：「少主是說，依照天象，我們不宜行事？對我們不利？」

花顏又沉默半晌，低喃道：「這天……還是躲不過嗎？也罷。」話落，眼底恢復清明，「我們再等等，等雲遲行出幾百里之後再行動。」

安十七點點頭。

兩個時辰後，子夜半，天空似被一道驚雷炸開，烏雲被劈散，點點白光劃過天際，乍然間，星河斗轉，星宿變動。

花顏瞇起眼睛，望了片刻，零星的雨飄落在她的臉上，冰涼透骨。她深吸一口氣，冷靜地對安十七說：「傳令，依照我昨日新做的安排，行動吧！」

安十七看著花顏，也被天空乍然現出的星象驚駭了：「少主，這……」

花顏沉聲道：「闖蠱王宮只能今日，機不可失，傳令！」

安十七住了口，立即將命令遞了下去。

臨安花家在京城的所有暗樁傾巢出動。

一部分人製造京城動亂，動亂驚動了南疆王和公主葉香茗，公主葉香茗冒雨出宮處理動亂之事。

一部分人前往勐王府，殺了勐王，抓走了小郡主葉蘭琦，南疆王聽聞消息在宮中坐不住了，急急地出宮趕去了勐王府，命人追查葉蘭琦的下落。

一部分人在南疆王和公主葉香茗離宮後，在蠱王宮外圍對著看守蠱王宮的護衛放箭，引起了蠱王宮一片亂象。

一少部分人在花顏和安十七的帶領下，以卓絕的隱蔽功夫，趁機進入了蠱王宮。

蠱王宮有九層玲瓏塔，地上一層，地下八層。

蠱王便被看護在地下第八層。

蠱王宮以九宮八卦陣而設，為了不讓蠱王被擾了生息，看守蠱王宮的暗人只到前七層。

花顏和安十七等人趁著外面一片亂象時，以花顏所學的奇門機關之術開啟了蠱王宮的門。

外面鎮守的人不足為懼，雲遲留在蠱王宮看守的暗衛因他的離開也隨之離開。真正守護蠱王宮的人，是南疆王室歷代傳承看護的活死人。這樣的暗人，自小以蠱毒養成，幾乎與毒人無異。

花顏和安十七等人帶了最強的化屍粉，在闖入蠱王宮驚動暗人時，一打照面，便立即灑出了化屍粉，將之瞬間化屍的無影無蹤。

花顏這一次來奪蠱王，是抱著將南疆王室所有暗人一網打盡的目的，她不想讓這些暗人在她奪了蠱王後，從此日夜不休地追殺她和臨安花家的人。

這些人絕對不能放出去，今日他們只有一死，覆滅的死，滅絕的死，才能以絕後患。

花顏出手如電，安十七等人亦不敢有絲毫大意。

一波波的暗人消失在化屍粉之下，一層層的地宮逐一打開。

花顏沒想到他們帶了足夠的化屍粉，卻仍不夠用，蠱王宮裡的暗人實在是太多了，三步一崗，在化屍粉化了上千人後，她才闖過了五層，且越是往下，暗人越多。

這些以蠱毒之術自小養成的暗人，除了化屍粉，再就是用火燒，刀劍輕易殺不死。

看著不斷湧出的暗人，安十七再也掏不出化屍粉來，他面色大變：「少主，怎麼辦？」

花顏當即道：「刀劍殺不死，可以用咱們臨安花家傳承的五雷火，燒！」

安十七驚駭：「少主，這地宮以銅牆鐵壁鑄就，若引火，怕是我們也會被困在這裡。」

花顏咬牙：「顧不得了！你帶著人用五雷火，我獨自闖去第八層奪蠱王。」

花顏衣袂如風，所過之處，洶湧而來擋在她前面攔住她去路的暗人，被她以最烈的手法撕成了碎片，這般的撕碎最是耗費武功耗費力氣，但是花顏必須要衝出一條路來。

她所過之處，血腥彌漫，腥臭異常，很快就闖出了一條路。

花顏的剿殺手段，在這一刻，讓常年不見天日的暗人已經沒了心智，全都膽顫驚懼。

而此時帶著眾人以五雷火焚燒暗人的安十七，見五雷火已焚燒了大批的暗人。

漸漸地，暗人成了火牆。

安十七看著火勢籠罩在了蠱王宮的第五層，他因為火勢已經衝不進去，臉色發白地揚聲大喊：「少主，快，您只有一炷香的時間！」

花顏聽到了，聲音隱隱約約隔著火光從地下傳回安十七的耳邊：「知道了！」

安十七聽著這聲音，似乎已經下到了第七層，他心底微微鬆了口氣。

花顏幾乎是傾盡了全力拼搏，在一片血腥中，到了最後一層。

蠱王被放在一個佛像中，佛像的頭是純金打造，佛像的身體是以琉璃打造。琉璃的身體是空的，裡面安靜地躺著一條金色的小蟲子。

小蟲子不大，比小指還要細些，有兩個指節那麼長，金色的身體是半透明的，看起來十分的純淨。

花顏當即拿出金缽，又拿出南疆王和公主葉香茗的血引，揮手推開了金佛的頭頂，剛要將血引放在入口引蠱王，只覺身後一陣陰寒的風襲來，她一驚，當即閃身避開。

可是，這陰寒之風太快，瞬間打入了她的左肩膀。

她只覺得左肩一陣火辣辣的痛，腳步踉蹌了兩下，回轉身，只見一個裹在黑衣裡，面上沒有半分血色的暗人，不知從哪裡冒出來，對她出的手。

這暗人一招得手，便欺身上前，招招對她下殺手。

花顏早先便費了八九分的功力才闖到了最底下一層，如今左肩又中了一掌，即便她咬牙用盡了力氣，也難以應對這暗人的殺機。

這一刻，她明白了，在這第八層是有暗人之王，守護在這裡。這個暗人之王顯然比所有的活死人都要厲害毒辣。花顏與之對抗了幾十招後，便漸漸頭暈眼花，體力不支，看來今日，她怕是拿不走蠱王了。

不但拿不走蠱王，她怕是也離不開這第八層蠱王宮了。

她心裡苦笑，想著即便今日不能走出這裡，也要將這暗人之王殺死，否則，枉費了她這一條命了。

不，不止她這一條命，還有蘇子斬的一條命。

她出不去，自然拿不到蠱王，拿不到蠱王，蘇子斬自然就沒救了。

兩條命加起來，總要殺了這暗人之王才值得。

眼看這一招她已躲避不過，心念電轉間，發狠地使出了同歸於盡的招式。

即便她死，也要將這暗人之王擊斃於手下。

千鈞一髮之際，一道青影從第七層打開的門中闖入，一把將她拽離了那暗人之王的面前，那暗人之王一招未得手，卻實打實地挨了來人一劍。

花顏只看到眼前一片天青色的衣角，又看到了寒光一閃，熟悉的氣息將她包裹，她頃刻間便識出了來人。

太子雲遲！

他竟然沒離京？

他怎麼這時候出現在了蠱王宮？

花顏恍惚中，吐了一大口血，染紅了雲遲天青色的衣袍。

雲遲面色清寒，一劍得手後，便漸漸刺向暗人之王，但暗人之王不懼怕劍，即便劍在他身上刺穿了一個窟窿又一個窟窿，卻絲毫不受影響，招招狠辣地迎上雲遲。

花顏被雲遲攬在懷裡，吐出一口血後，神色清明了些，也顧不得與雲遲的恩恩怨怨，咬著牙費力地說：「撕了他！只有把他撕成碎片，才能殺死他，不再受他攻擊鉗制。」

她這一開口，頓時覺得體內五臟俱焚，又大吐了一口血，暗暗地想著，這毒發作得可真快，這麼快，就要到心脈了。

「你閉嘴！」雲遲似乎極怒，聲音沉如水。

花顏閉了嘴，即便她不想閉嘴，此時也再說不出話來了，只覺得渾身似乎要被針活活扎死了。

雲遲雖然未採納花顏的意見，但是他一劍又一劍地，將暗人之王包裹在劍鋒裡，越施展越快，一片一片地將暗人之王削成了碎片。

花顏不是第一次見識雲遲出劍，昔日在春紅倌，他見識到他要殺冬知的劍，如今對比之下，她方才覺得，那日對冬知，他其實已經手下留情了。

否則以如今漫天星雨的劍招，當時她沒有內功，再快的身手，拽著冬知也擋不過。

不多時，暗人之王便被削成了肉片，徹底地死在了雲遲的劍下。

雲遲拿出帕子，抹乾淨了劍上的血，還劍入鞘後，才沉著臉看著花顏：「說！你為何來奪蠱王？」

花顏此時已昏昏沉沉有氣無力，對上他的眼睛，只覺得彌漫著濃濃的沉暗之色，她張了張嘴，艱難費力地說：「先帶著蠱王出去，再不走，來不及了！」

雲遲不再多言，奪過她手裡的兩瓶血引，拿過金鉢，血引對準佛像的入口，蠱王聞到血引的味道，本來沉睡著頓時醒來，順著血引爬到了金鉢裡。

雲遲將兩瓶血引也順勢扔進了金鉢裡，帶著花顏出了第八層。

來到第五層時，如他進來時一般，火人圍成了一堵厚厚的火牆。

雲遲生生地劈出了一條路，不帶火光沾在他衣服上，便帶著花顏衝了出去。

安十七與臨安花家的幾十名暗衛似乎都受了重傷，或半跪在地上，或用劍強撐著身體站著。每個人的臉上都有一種視死如歸的神情，看那模樣，似乎花顏不出來，他們也會橫劍自刎在此。

除了安十七和臨安花家的幾十名暗衛外，還有雲影帶著的大批東宮暗衛。

雲影和東宮暗衛每個人的面上也都帶著凝重緊張擔心到了極致的神色，蠱王宮內的火勢將他們從第五層漸漸地逼退到了蠱王宮外。

雲遲，就是在蠱王宮幾乎成了一座火牢時，二話不說地衝了進去，只對雲影和東宮暗衛丟下一句話：「看住他們，你們任何人都不准跟著我，違者逐出東宮！」

所有人都乖乖地遵照他的吩咐，等在蠱王宮門口，牢牢地看住了安十七等人。

安十七也沒有想到雲遲會這樣衝進去。

他覺得，太子雲遲這樣衝進去，定不是為了守護蠱王，也非為了西南境地和南疆，他是為了少主。

安十七也是第一次見到雲遲，在這般情況下，雲遲給他帶來的震撼和衝擊無以言表，幾乎快與擔心花顏相提並論了。

這一刻，他覺得太子殿下其實也不錯，能為了少主，不惜以性命涉險。

在一片無聲的擔心等待氛圍中，雲遲抱著花顏衝出了蠱王宮。

他的衣衫還是被星星點點的火星燒到了，有些殘破，臉色也被煙火燻得發黑，抱著花顏的手被灼傷了一片，而被他護在懷中的花顏，周身卻連衣襟都沒燒到半點兒。

安十七大喜，騰地站了起來：「少主，您可好？」

花顏忍著難受，無力地無聲地點了點頭。

雲影等東宮暗衛見雲遲完好無損，都大鬆了一口氣，雲影喊了一聲：「殿下！」

雲遲看了安十七等人一眼，對雲影吩咐：「這些人，全部押入天牢！派人去請回春堂最好的大夫去行宮！」

他說完這句話，便抱著花顏足尖點地，如一抹輕煙，向行宮而去。

安十七面色大變。

雲影面無表情地看著安十七和臨安花家暗衛：「你們是乖乖被押入天牢，還是要動手搏上一搏？念著你們是太子妃的人，給你們一個選擇！」

臨安花家所有的暗樁全盤啟動，除了跟隨她進入蠱王宮的人，以及回春堂的大夫留後外，其餘人在她進入蠱王宮後，都悉數撤出南疆京城，前往臥龍峽與安十六的人會合。

如今他們只這幾十人了，死活拼一場，也不是東宮暗衛的對手。

他想著，少主是受了重創，太子殿下那副神色，一定不會讓少主出事兒的，只要少主安然無恙，他們被押入天牢總比死在這裡強。

他當即對雲影說：「天牢在哪裡？帶路吧！」

雲影命人押送著安十七等人去了天牢，他自己則去了回春堂。

賀言等十幾名大夫一直在回春堂裡等著消息，只要花顏得手的消息傳來，他們就與之在城門會合，一起離開南疆都城。

花顏將他們留下與她一起斷後，是知道闖入蠱王宮，即便做了萬全的準備，也難保沒有傷亡，所以，她要回春堂的大夫留守，是為了在路上能給傷者治傷，但是沒想到，回春堂的大夫沒留給別人，卻是留給她自己了。

雲影來到回春堂，無聲地推開回春堂的門，木著臉看著堂內坐著的十幾名看似正焦灼等待的大夫說：「太子妃性命攸關，你們與我前往行宮為她診治吧！」

賀言等人看著闖進來的人大驚，一時間沒消化他那句太子妃的稱呼。

雲影又說了一遍：「太子妃花顏受了重創，性命攸關，如今被太子殿下帶進了使者行宮，爾等速速與我前去行宮，不得耽擱。」

賀言等人這時聽明白了，齊齊大駭，看著雲影，分辨這人說的話是真是假。

雲影冷木著臉道：「此事不是作假，事關太子妃的命，敢問諸位敢耽擱嗎？」

賀言等人面色大變，對看一眼，當即點頭，顧不得多問，在雲影的帶領下，慌忙地趕去了使者行宮。

花顏在雲遲帶她出了蠱王宮後，便陷入了昏迷。

雲遲感覺懷中的人忽而如烈火灼身，忽而如寒冰刺骨，令他的臉沉了又沉，一邊趕往行宮，一邊將手放在她後背心，將內力輸送進她體內，為她護住心脈。

同時，他心中又暗恨，她到底是有什麼非要奪蠱王不可的理由？若是他晚去一步，她就會與那暗人之王同歸於盡了。

他從來不知道，她竟然有這麼好的武功，竟然能闖過這數千活死人毒暗人的攻擊，闖進了蠱王宮最後一層，從來不知道，她什麼時候竟能為了一隻蠱子這般的作踐自己的命。

進入行宮，雨漸漸地下大了，小忠子拿著傘抱著一件雨披等在行宮門口，見到雲遲回來，大喜：「殿下！」看到他懷中的花顏，驚得睜大了眼睛，脫口喊，「太子妃？」

花顏已經陷入了昏迷，自然不能回應他。

雲遲看了他一眼，說：「將雨披給我！」

小忠子連忙打著傘上前，要為雲遲披上雨披。

雲遲卻不披，伸手奪過，將雨披裹在了花顏的身上。小忠子連忙打著傘遮住雲遲頭頂上的雨，暗暗一歎，無論什麼時候，殿下有多麼氣恨太子妃，但凡遇到大雨，他不顧自己被淋，都會先將雨披給太子妃裹上。

太子妃什麼時候能看清楚殿下待她之心呢？

他正想著，雲遲已經抱著花顏，快步進了正殿。

小忠子舉著傘在後面追著，追不上，乾脆扔了傘，快跑著跟著進了正殿。

雲遲扯了花顏身上的雨披，也扯了自己身上已經淋濕的衣服，但是放在花顏後背輸送內力的手卻是不敢離開，抱著她坐在了榻上。

小忠子隨後跟進來，看著雲遲，他外衣已毀扔在地上成了殘片，中衣也浸透了雨水，髮絲凌亂，一張俊顏前所未有的沉暗。

而花顏，躺在他懷裡，臉色發白，印堂青紫，看起來似受了極重的傷勢。

他小心翼翼地試探：「殿下，太子妃這是……奴才這就去請大夫！」

「不必！雲影去了！」

小忠子連忙停住了腳步。

這時，外面傳來動靜，小忠子連忙迎了出去，剛踏出門口，便看到雲影以及他身後跟著的十幾人。其中一人他認識，他跟隨雲遲去南疆王宮時，在門口見過的回春堂的大夫賀言。

雲影看了他一眼，問：「太子殿下呢？」

小忠子連忙說：「在裡面，快，快進去！太子妃看起來十分不好。」

雲影點頭，帶著賀言等人匆匆進了內殿。

賀言等人進入內殿後，便看清了殿內的情形，花顏躺在雲遲的懷裡，無聲無息，一看就知情況十分不妙。賀言等人大驚，也顧不得對雲遲見禮，齊齊快步衝到了雲遲面前。

雲遲見到為首之人是賀言，他腳步康健，運步如飛，哪裡還有如那日顫顫巍巍的樣子？

他將花顏放在床上，側身讓開些地方，沉聲吩咐：「速速診脈！」

賀言連忙給花顏把脈，這一把，頓時臉色煞白，整個人驚懼地哆嗦起來：「這……這……」

「如何？」雲遲沉聲問。

賀言一時間說不出話來。

一名少年連忙急聲問：「爺爺，少主怎麼樣？您倒是說話啊！」

賀言哆嗦地說：「少主全身都是劇毒，若非……有強大的內力阻止了毒素蔓延到她心脈，她……此時已經魂飛天外了！」

「什麼？」少年驚恐地睜大了眼睛，駭得也臉色發白，「怎麼會……全身都是劇毒呢？」

賀言駭然地說：「少主……怕是被……南疆的活死人蠱毒人傷了，但因為少主內功強大，似是提前服用過百毒不侵的抗毒丸，才沒立即毒發……隨後又因為外來流入的強大內力，才保住了心脈……」

「不必說這許多廢話，本宮只問你，你可能救得了她？」雲遲打斷賀言的話。

賀言看著雲遲，見他臉色冰寒，氣息如黑雲壓山，他抖著嘴角說：「老……老夫……醫術有限，救不了少主啊……」他說完，幾乎老淚縱橫，「噗通」一聲跪倒在了地上。

雲遲的臉色一瞬間也白了白。

「爺爺，您想想辦法？少主不能死的，定會有辦法能救的，當年您也說公子不能救，後來還不是讓天不絕給救回來了？公子如今好好的，少主也一樣能救的……」那名少年驚慌地說著。

雲遲聽到這話，又盯向賀言。

賀言跪在地上，老眼不停地流淚：「少主如今情形十分危急，挪動不得，天不絕在千里之外，根本來不及找他，我若是有天不絕的醫術，或許能救少主，可是我……我醫術有限啊……」

少年眼睛通紅：「爺爺，您冷靜些，如今不是哭的時候，您再想想，一定有辦法先保住少主的命的，只要保住少主的命，咱們不能挪動少主，讓天不絕來這裡也成啊！」

賀言覺得他自己實在是老了，看到這般的花顏，真不如他的孫子鎮定，他抹了老眼中的淚，勉強讓自己定下神仔細地想，一邊想一邊說：「少主這渾身毒素，沾染的是最毒最霸道最烈性的南疆蠱毒，這毒本來是沾者即死，如今少主……」他說著，眼睛忽然一亮，猛地看向雲遲，大喜道，「有了！」

「如何？」雲遲沉著眉目看著賀言。

「方才，可是太子殿下一直用內力護住了少主心脈？才使得少主未曾劇毒攻心？」

雲遲聽他們口口聲聲稱呼花顏為少主，他抿唇點頭：「說吧！但凡有救她之法，需要本宮做什麼？本宮在所不惜！」

賀言聞言頓時震撼，連忙說：「此法怕是要耗費殿下功力，但老夫為今也只能想出此法。」

「說！」雲遲吐出一個字。

賀言立即道：「據說，每一代看守蠱王宮的暗人，都曾服用過南疆王的血引，這也是每一任南疆王身體較常人虛弱的原因。如今，少主中了南疆暗人的蠱毒，若是有南疆王的血引入藥喂少主服下，即便不能解蠱毒，想必也能緩解毒性。」

「只要南疆王的血引？」雲遲沉聲問。

賀言搖頭：「老夫剛剛為少主把脈，發現太子殿下的內息，竟然可以被少主內息所融，老夫便想著，殿下應該可以用你的內息，徹底地封住少主心脈。這樣一來，即便一時不得解救之法，也能暫且保住少主的性命。只是……十分損耗殿下功力！」

以南疆王的血引入藥輔以雲遲的內功，封護住花顏的心脈，這是賀言在短時間內能想到的唯一的對花顏的解救之法。

雲遲當即應承，轉眸看了雲影一眼，吩咐：「去取南疆王的血引來。」話落，補充，「一大碗。」說完，問賀言，「可夠？」

賀言連忙點頭：「應該夠了！」

雲遲不再說話。

雲影應是，不敢耽擱，立即去了。

少年歡喜地說：「我就知道爺爺冷靜下來，一定能想到辦法，您只比天不絕少了幾分膽子，很多時候，不敢放得開罷了。您一旦放得開，也能尋到許多死馬當活馬醫之法的。」

賀言擦著汗搖頭：「老夫不及天不絕多矣，更遑論如今老了。」話落，他拍拍少年，「檀兒，你比我強，悉心學醫，以後定能大成。」

少年重重地點頭：「醫術可以救人，孫兒以前從沒想過少主也會有危急性命之時，以後我一定會好好學的。」

賀言點點頭。

雲遲看著賀言等人，早先他命人查回春堂，絲毫蛛絲馬跡都沒查出來，沒想到在南疆扎根了百年的老字號，竟然是臨安花家的人。

花顏被所有人稱呼為少主，這身分……

他轉眸看向花顏，她似是十分難受，青紫之色已經爬上了她的臉龐，他重新坐下身，將她擁在懷裡，將手又放在她後背心，緩緩輸入內力。

早先他沒發現，這時候才發現，誠如賀言所說，他的內息竟然可以與花顏體內的內息相融，不受阻隔地沖入她心脈，護住她微弱的心脈。

賀言在一旁立即說：「太子殿下，如今您不要太費功力，稍後血引來了，有血引入藥配合您的功力，才能發揮最大的用處，沒有血引，老夫覺得，您怕是功力耗盡，也只能阻擋一時。」

雲遲淡淡沉沉地「嗯」了一聲。

賀言看著雲遲，不再說話了。回春堂的十幾人擠滿了內殿，擔心花顏的同時，也看著抱著他的雲遲，除了賀言，這些人都是第一次見這位與少主有過一年多婚約的太子殿下。

以花家累世傳承的規矩，不沾染富貴門第，更不沾染皇權，所有人都支持少主悔婚的，身在回春堂的他們也不例外。

如今這般見到雲遲，在他吐出那句不惜一切代價也要救花顏時，他們都覺得，太子殿下待花顏之心，著實是令人動容的。

不多時，雲影取來了滿滿的一大碗南疆王的血引，進了內殿。

賀言一見，暗想南疆王血引珍貴，太子殿下的暗衛這般輕而易舉地便取到了南疆王的血引，且還是這樣滿滿的一大碗，南疆王此時怕是放血放到昏迷了。

雲遲看了雲影一眼，也不問血引是怎麼快速地取來的，對賀言說：「快些拿去入藥吧！」

賀言連忙接過血引，快步走了出去。

半個時辰後，賀言端了滿滿的一碗湯藥走了回來，遞給雲遲：「太子殿下，除了我開的藥方子，還加了三顆解毒丹，再輔以太子殿下的內功，但願效果能如老夫預想管用。」

雲遲點頭，接過藥碗，掰開花顏的嘴，將藥灌入。

花顏雖然昏昏沉沉，沒了意識，但是對於藥湯子的苦味還是十分的敏銳，咬緊牙關，死活不喝，喂不進去。

雲遲見此，張口喝了一口湯藥，低頭吻下，撬開花顏的貝齒，將藥灌入。

賀言等人都睜大了眼睛，一時間，十幾人，大氣都不敢喘。

太子殿下就在他們的面前這般作為，著實是令人驚嚇，可是他們也不能阻止，畢竟，太子殿下是在救人。

一碗湯藥就在這般強行喂藥下悉數喂進了花顏嘴裡。

雲遲掏出帕子，擦了擦自己的嘴角，又為花顏擦了擦嘴角，然後扔了帕子，將花顏的身子扶起，與她盤膝而坐，同時對眾人說：「雲影和賀言留下，其餘人等，都退出去！」

回春堂的一眾人等自知幫不上什麼忙，都悉數退了出去。

小忠子也隨後走出，關上了內殿的門。

賀言與雲影立在床前，看著雲遲對花顏以內力封鎖心脈施救。

賀言緊張到了極致，心裡強烈地禱告祈盼這個方法有用，這是他僅能想到的法子了。若是少主不能得救，他對不起家裡當年的栽培，也跟著少主陪葬好了。

過了一刻鐘，雲影大喜：「殿下，有用，太子妃臉上的青紫之色有淡化。」

賀言睜大老眼，點頭，同樣大喜：「是很管用，這就好，這就好。」

雲遲面色稍霽，他也感覺出來了，南疆王的血引對暗人之王的蠱毒有融化作用，他輔以內功，雖然十分困難緩慢，但還是包裹著她的心脈，一絲絲地向外排斥湧上心脈的劇毒。

半個時辰後，雲遲額頭大顆的汗珠子滴落，花顏一口黑血噴了出來。

賀言激動得幾乎又落淚：「這是毒素，被逼出來了，好，好。」

雲影卻看出雲遲已經承受不住，虛耗太過，臉色已經蒼白如紙，他立即開口，「殿下，屬下與您自小修習的內功是一脈，再這樣下去，您會受不住，讓屬下來吧！」

雲遲的確是受不住了，暗人之王的毒太過霸道，開始時他還覺得容易，漸漸地覺得舉步維艱，他的功力如今已經耗費了大半，堪堪只能將毒逼退三分之一。

他緩緩地收功，撤回手，沒答雲影的話，而是對賀言問：「你來給她把脈，看看她體內如今是什麼情況？」

賀言連忙應是，上前給花顏把脈，片刻後，他歡喜地說：「殿下，我家少主的命保住了，已經沒有性命之憂了，南疆王的血引入藥加上您的內功真是有效的，您的內功不止成功地封住了少主心脈之地，還逼退了這毒，但這毒霸道得很，一時半刻怕是清除不盡，但若是每日運功，假以時日，一定可以清除乾淨。」

雲遲頷首，對雲影道：「既然沒有性命之憂，你就不必出手了！我功力折損太過，還是需要你保存武功的。」

雲影點頭。

雲遲又對賀言道：「照如今情形，你覺得用多少時間方能徹底清除她體內的毒？」

賀言知道花顏沒有性命之憂後，心情大好下，也老而持重了些，捋著鬍鬚琢磨道：「少則半個月，多則月餘，這要看殿下受不受得住，每日損耗功力，殿下即便武功再好，也是受不住的。」

雲遲不語。

賀言又道：「若是有好藥，輔助少主養身，應該會更快。」話落，他想起了什麼，說，「我聽說少主來南疆時，從天不絕的手裡帶了無數珍貴的好藥，解這般霸道陰狠的毒不行，但是用於殿下和少主養身，應該可以事半功倍。」

雲遲聞言點頭，不客氣地伸手摸向花顏的懷裡，果然從她懷中摸出了許多瓶瓶罐罐，他一股腦地扔在床上，吩咐賀言：「你過來辨認，這都是什麼？」

賀言看著雲遲的動作汗顏，連忙走上前，逐一辨認了一番，大喜道：「這都是好藥，尤其這三瓶，是九轉還陽丹，人死了還能拉回來一刻，只要人有一口氣，就能吊著命，是天不絕的獨門祕藥，萬金一丸，是大好的養身藥。」

雲遲聞言淡淡地看了一眼，說：「天不絕對她倒是大方，萬金難求一丸的好藥，她這裡有三瓶。天不絕是臨安花家的人？他如今在哪裡？」

賀言連忙搖頭：「天不絕不是花家的人，只因多年前被少主拿住為公子治病，算是半個花家人。老夫也不知天不絕在哪？他不喜人打擾，這普天之下，也只有少主和公子知道他在何處？」

雲遲看著他：「你口中的公子，指的是臨安花灼？」

「正是！」賀言點頭。

雲遲又問：「她來南疆奪蠱王，為了什麼？」

賀言連忙跪在地上：「太子殿下恕罪，此事您若是想知道，待我家少主醒來，您問他吧！就是打死老夫，老夫也是不能說的。此事，少主不准任何人透露，違者逐出花家。」

雲遲忽然輕笑：「她治下倒是嚴厲。也罷！你將這些藥物，都逐一地標寫出用處給本宮，從今日起，回春堂的所有人，就待在這行宮吧！沒有本宮的吩咐，不准離開。」

賀言點頭，少主的命都是太子殿下救回的，這般時候容不得他們反抗不從命。

第三十九章 開誠布公談條件

花顏被雲遲從鬼門關生生地拉了回來，人卻依舊昏迷著。

雲遲在賀言等人退下去後，半躺在她身邊，安靜地看著她。

自從來西南境地的半途她用計離開，到如今已然近一個月的時間，她看起來沒什麼變化。

雲遲看了她許久，才疲憊地閉上眼睛，揉了揉眉心，對外喊：「雲影！」

「殿下！」雲影應聲現身。

「蠱王宮在我離開後，是個什麼情況？」雲遲問。

「回殿下，蠱王宮已毀，守護蠱王宮的所有暗人，全部覆滅在了蠱王宮內。」雲影回話。

雲遲聞言揚眉，淡淡一笑：「僅帶著臨安花家幾十名暗衛，便傾覆了整個蠱王宮數千暗人，著實厲害得緊。」

雲影誠然地點頭：「太子妃確實十分厲害，令人敬佩。」

雲遲偏頭看了一眼花顏，收了笑容冷冽地說：「差點兒丟了命，也算不得十分厲害，但是臨安花家除了她外，跟隨她的暗衛未折損一人，也委實有可敬佩之處。」

雲影頷首。

雲遲又問：「然後呢？」

雲影道：「殿下帶太子妃離開後，屬下依照您的吩咐，將臨安花家五十名暗衛悉數關進京都府衙的天牢裡了，他們未曾反抗，十分順從。」

雲遲「嗯」了一聲。

雲影又道：「南疆王被太子妃的人困在勍王府，屬下去取血引時，因用得急，便打暈了他直接取了血引，他如今依舊在勍王府。城內混亂時，公主中了暗箭，箭上塗抹了使人昏迷的迷幻藥，被護送回王宮，依舊未醒。南疆王和公主，至今還都不知道蠱王宮被毀。」

雲遲又「嗯」了一聲，「計畫十分周密，先是引我出南疆都城，然後攪亂京城，趁機行動，一環套一環。若非我隱隱覺出不對勁，出城百里後暗中折返回來，還不知道她要做的事兒竟然是闖入蠱王宮奪蠱王，真是膽大包天不怕死。」

雲影回想他在城外遇到殿下，將蠱王書拿給他，他一目十行地看過之後，恰巧得知城內動亂，有人夜闖蠱王宮時，殿下當即便想到了太子妃，情急之下棄了馬，以絕頂輕功趕到蠱王宮。當看到蠱王宮已成了座火牢，太子妃身陷其中，毫不猶豫地衝了進去以及抱著太子妃出來時，他心下的驚懼震撼。

殿下置自己生死於度外，他實在不敢想像，他若是出事兒會如何？

東宮的暗衛悉數陪葬不說，南楚江山自此就再無如殿下這般出色的繼承人了！殿下沒了，南楚也就失了半壁江山。

可就是這樣金貴的人，卻衝進了蠱王宮，冒著九死一生的危險帶出了太子妃。

他實在難以想像，太子妃原來在殿下的心裡，已經比江山還重。

這若是被皇上，太后，以及南楚的一眾朝臣知道，不知會引起怎樣的軒然大波。

他正想著，雲遲又問：「如今南疆都城，是個什麼情況？」

雲影打住思緒，立即回話：「南疆都城已經控制下來，恢復如常，除了公主被暗箭所傷外，無人傷亡。」

雲遲點頭，冷靜地沉聲吩咐：「今夜之事，封鎖消息，不准傳出去，更不准傳回南楚。」

雲影心神一凜：「是！」

他就知道，今夜之後，殿下不會讓人知道他為救太子妃連自己性命都不顧了！

雲遲又道：「那三萬兵馬，派人送去給安書離和陸之凌，同時告訴他們，給勵王遞一句話，就說蠱王宮毀了，讓他仔細斟酌斟酌，是要與本宮作對到底，還是迷途知返！」

雲影一怔：「殿下既然封鎖消息，為何又單單告知勵王？這樣豈不是洩露消息？」

雲遲淡聲道：「蠱王宮被毀的消息早晚會洩露出去，告知勵王是為了讓他躊躇些日子，暫且停戰拖延緩和局勢，我目前沒有心力應付這些事兒，先擱置暫緩處置而已。」

雲影明白了，殿下如今每日為救人心力交瘁，自是無暇他顧，他應是，無聲無息退了下去。

小忠子一直守在門口，在雲影下去後，他躡手躡腳地挑開珠簾，對裡面試探地問：「殿下，您可要沐浴？用膳？奴才是否幫您收拾一番您再休息？」

雲遲疲憊地說：「不必了，就這樣吧！本宮累了，你下去吧！」

小忠子應是，不敢再打擾，退了下去。

雲遲確實累了，躺在花顏身邊，疲憊地睡了過去。

外面的雨漸漸地下得更大，雨滴劈里啪啦地砸在外面的青石磚上，透著沁人的涼意。

賀言等人被安排在行宮裡住了下來，如今雖然被困，但好歹少主保住了性命，已經算是一樁好事兒了。

至於給安十六傳信，他們是不敢的；安十七等人如何了，他們也不知道，更不敢問雲遲，無論他們誰，在太子殿下面前都是說不上話的，只能等著少主醒來之後再說了。

不曾想，花顏雖然保住了性命，始終昏迷不醒。

每日，賀言都會為花顏診脈，每日雲遲都會運功為花顏祛毒，儘管花顏每日都會吐出一口黑血，毒素被清除些許，但一直昏迷不醒。雲遲武功損耗太大，補進身體的好藥補不滿他所損耗的內息。

七日之後，他已經到了應付不來的地步。

賀言見雲遲這一日運完功後，身子便躺倒在了榻上，好半晌都沒力氣動一下，他終於看不過去地開口：「殿下，您萬金之軀，仔細身體，少主的危險期已過，您以後每三日為她運功祛毒一次即可，萬不能為救回我家少主卻把您自己給折了，少主若是醒來，定會愧疚不已的。」

雲遲淡淡輕嘲地一笑，虛弱無力地說：「她若是真能對我愧疚，倒好了！就怕她醒來後，又要迫不及待地揮開我一走了之。」

賀言聞言心悸地垂下頭，再也不敢言語了。

小忠子在一旁心疼地說：「殿下，您可要愛惜自己啊，就聽賀大夫的吧！三日運功一次，太子妃頂多是醒得慢些，不會有性命之憂的，您再這樣下去，身體吃不消，落下病症可怎麼辦？」

雲遲淡聲道：「好，就聽你們的吧！其實我也不想讓她太快醒來。」

小忠子見雲遲答應，暗暗地鬆了一口氣，連忙去吩咐廚房燉補湯。

他一邊走，一邊暗暗地想著，這麼多年，他從來沒見過殿下為誰如此過，太子妃不知是幾世修來的福氣，若是此次之後，她再棄殿下於不顧，那可就是真正的沒良心了。

南疆王昏迷了兩日後醒來，得知蠱王宮被毀，蠱王不知所終，他一口氣沒上來，又暈死了過去。

公主葉香茗也一直昏迷著，她中的箭傷御醫已包紮好了，但卻解不了迷幻藥。

南疆發生了如此大的事兒，百姓們卻都不知，依舊一如既往地生活，無人知道那一夜被他們奉若神明的蠱王宮毀了，無人知道南疆活死人的毒暗人被覆滅殆盡。

安書離和陸之凌是在蠱王宮被毀一日之後的夜晚收到了雲遲傳書，得知蠱王宮被毀。

安書離震驚不已，陸之凌震驚之餘，也沒料想到花顏這麼快就真的毀了蠱王宮。

花顏既然毀了蠱王宮，一定奪得蠱王了吧？

那她……

有被雲遲發現嗎？還是已經離開了南疆？他不得而知。

他所在之地距離都城太遠，雲遲只傳了句話來，其餘的什麼都沒說，他只能憑自己猜測。

安書離震驚之後，依照雲遲吩咐，派出了藍歌，親自去南夷軍營給勵王傳信。

勵王在收到雲遲的話後，面色大變，震驚駭然的不敢置信，他是怎麼也沒想過蠱王宮會被人給毀了的，在他的思維裡，這是一件不可能發生之事。

蠱王宮累世千年，是南疆蠱毒之術傳承的根本。即便這百年來南疆王權日漸沒落，蠱毒之術日漸衰竭，南疆受制於南楚成為附屬國，但是南楚一直以來也不敢徹底吞噬南疆和西南境地。最大的原因，便是因為蠱王宮裡，有著南疆王室最令人懼怕膽顫的活死人毒暗人。

他們世代守護蠱王宮，是南疆最根本的屏障。

他有些坐不住，想立馬趕回南疆都城核實情況，但如今他已帶著二十萬大軍歸順南夷，一離開一切都將前功盡棄。他坐立難安地思索許久，想起了安十六，連忙前去他的營帳找他，這才發現安十六的營帳空空，不見人影，不知什麼時候離開了。

他似乎一下子失去了主心骨，不知如何是好。

正逢南夷王前來詢問他是否再出兵，勵王一時拿不定主意，既懼怕雲遲，又不想因為他的一句話就退縮投降：「士兵們連續作戰了幾日，也累了，恰逢大雨，便休息幾日吧！」

南夷王覺得有理，點點頭：「怎麼不見王爺的軍師？哪裡去了？孤今日遍尋不到他。」

勵王含糊地說：「他投在本王麾下，曾提出了一個要求，那就是本王不得過問他的私事，這幾日不宜再興兵，他應該是去處理自己的私事了。」

南夷王聞言放下心來，笑著說：「是該休養幾日，屆時一鼓作氣拿下西蠻。」

勵王依舊含糊地笑著點頭。

兩個小國的戰事因雲遲的一句話，暫時休戰，局勢又安靜了下來。

花顏這一昏迷，便足足地昏迷了半個月。

這一日，她終於醒來，費力地睜開眼睛，便見帷幔內透著暗暗的光，她偏過頭，見一人闔眼躺在她身邊睡著。

雲遲！

她怔了怔，恍然地想起那日，是他闖進了蠱王宮的第八層從暗人之王的手中救了她，又帶著她出了蠱王宮。出了蠱王宮之後，她便沒了記憶，隱約地知道自己好像昏睡了許久，在昏迷中，一直有個人在她身邊，且氣息十分地熟悉。

她靜靜地看了他片刻，利用著帷幔外透進來的微暗亮光，這才發現，他似乎瘦了極多，清俊無雙的臉龐比昔日消瘦了不止一點，臉色十分的蒼白，氣息也渾濁虛弱，似乎是受了重傷般。

難道那一日他救她時受了傷？還是在她昏迷時，發生了什麼她不知道的事兒？

她動了動身子，發現渾身軟趴趴的，半分力氣也提不起來，連動根手指頭都極其的費力。

但即便是這麼細小輕微的動靜，一下子就驚醒了雲遲，他猛地睜開了眼睛看向她，霎時與她四目相對。

花顏愣了一下，一時不知該如何開口，便沉默地與他對視著。

他剛醒來，似乎還帶著幾分睡意，漸漸地，眼神清明，緩緩地坐起身，揉揉眉心，隨意地問：「你醒了？什麼時候醒的？怎麼不喊我？」

他嗓音沙啞，這般隨意地與她說話，彷彿是他們未曾悔婚，未曾發生這許多事兒一般。

她張了張嘴，嗓子一時發不出聲來。

雲遲見她嗓子乾啞，當即便挑起帷幔下地，倒了杯清水，又走回來伸手扶起她，將水杯以十分熟練的姿態放在她唇邊：「來，喝水！」

花顏又愣了愣，慢慢地張口，一口一口地喝下了一杯水。

雲遲見她喝完，溫聲問：「可還要再一杯？」

花顏搖搖頭：「不了，我昏睡了幾日？」

「幾日？」雲遲對她一笑，「半個月！」

「我竟昏睡了這麼久嗎？」花顏驚訝。

雲遲放下水杯，擁著她說：「昏睡半個月算什麼？你險些丟了一條命。」

花顏想抬手揉眉心，費了些力氣還是抬不起來，索性放棄：「蠱王呢？」

雲遲眸光縮了縮，眉目霎時沉了下來：「你先告訴我，你奪蠱王是為了什麼？」

花顏抿唇：「你先告訴我，蠱王可還好？」

雲遲點頭，吐出一個字：「好！」

花顏似乎鬆了口氣，輕聲說：「謝謝你救了我，若沒有你，我就與那暗人之王同歸於盡，死在蠱王宮了。」

雲遲淡聲道：「你知道就好！謝就先留著，我救你也不是白救的。」

花顏沉默。

「告訴我，你為何奪蠱王？有什麼非奪不可的理由！讓你甘願冒如此大的風險？」

花顏聽出他話音裡的陰沉沉默著，他似乎極有耐心地等著，半晌，她道，「可以不說嗎？」

「可以，但是你不說，永遠也別想從我這裡拿走蠱王，跟隨你闖蠱王宮的那幾十名暗衛，也永遠地關押在天牢裡好了。」雲遲冷冽且毫無所謂的說道。

花顏聞言又沉默了片刻，她低啞地平靜地說：「天不絕給蘇子斬診脈，他僅有三個月的生命了，能救他的辦法，唯有蠱王入體。」

雲遲臉色瞬間烏雲密布，聲音溫涼到底，一字一句地問：「所以，你是為了他，才來南疆奪蠱王的？」

「是。」花顏點頭。

雲遲驀地脫手，將花顏甩手扔在了床上，整個人霎如暴風雨來襲，冷笑地看著沒了支撐軟倒在床上的她：「你好得很！為了他，竟然連自己的命都不要了嗎？」

花顏身子砸到床上，就感覺棉花砸到床上一般，軟軟的，連疼都不覺得了。

她冷靜地看著雲遲驀地變得難看陰沉的臉色：「我沒想過自己會把命留在蠱王宮，當時也的確沒想到第八層裡會有守護蠱王的暗人之王，我那時已氣力不足，敵不過他。」

雲遲死死地瞪著她，一時間，只有他自己知道他多不願聽到這個答案！

她竟然是為了蘇子斬！蘇子斬！

她是有多喜歡蘇子斬？

他一時間氣血翻湧，只覺得喉嚨裡一片腥甜，他有些受不住，猛地轉身，快步出了內殿。

珠簾因為他離開得急，發出劈里啪啦的清脆響聲。

小忠子正巧端著補湯邁進外殿的門，不防雲遲突然衝出，他躲避不及撞在了他身上，湯碗應聲而碎，他大駭，連忙跪在地上：「殿下恕罪！」

雲遲彷彿沒看見他，一言不發地避開跪在地上的他，衝出了房門。

「殿下？」小忠子看清了雲遲臉上濃濃的陰鬱之色，連忙驚惶地喊了一聲。

轉眼間，人就消失得不見蹤影。

小忠子怔愣了片刻，連忙爬起身，想弄明白發生了什麼事兒，快步地衝進了內殿，只見花顏躺在床上，睜著眼睛看著棚頂，他大驚：「太……太子妃，您醒來了？」

花顏偏轉過頭，「嗯」了一聲。

小忠子看著她，試探地問：「您……您與殿下吵架了？」

花顏搖頭，她不是知恩不報的人，她只不過是在他的逼問下，說了一樁事情罷了。

只是這事情，註定是他不願意聽的。

她看著小忠子，平靜地說：「說說我昏迷這些時日的事情吧！我想聽聽！我沒與你家殿下吵架，他……會回來的。」

小忠子聞言點點頭，他本就憋了一肚子的話，既然花顏問起了，他當然也不隱瞞的將這些日子發生的事兒，事無巨細地與花顏說了起來。

尤其是花顏如何被太子殿下救回，太子殿下如何每日強撐著身體給她運功祛毒，如何不假別人之手侍候她，如何每日守在她身邊照料她等等。

花顏聽完了小忠子的話，久久沉默不語。

小忠子等了許久，不見花顏吭聲，小心翼翼地看著她的臉色問：「太……太子妃，您在聽嗎？」

花顏「嗯」了一聲，嗓音聽不出情緒，「在聽。」

小忠子又試探地問：「那您……聽進去了嗎？」

花顏又「嗯」了一聲，「聽進去了！」

小忠子鬆了口氣，暗想著聽進去了就好，他不知道這普天之下還有誰能如太子殿下這般，不要命地救她。

小忠子見花顏又不言語了，依舊如早先他進來一般地看著棚頂，便試探地問：「您可是餓了？這些日子，殿下只能餵您些米湯和參湯。」

花顏搖搖頭：「我不餓。」

小忠子又問：「您躺了半個月了，身子骨怕是都被躺軟了，可需要奴才扶著您下床走動走動？」

花顏是想走動走動，但是她不習慣除了秋月之外的人侍候，又搖了搖頭：「不必了！我半絲力氣都沒有，你這小身板不見得扶得動我。」

小忠子覺得她被花顏看輕了，連忙拍著胸脯保證：「奴才看著身板小，還是很有力氣的。」

這句話似乎逗笑了花顏，她笑著說：「不必了！我手指頭都動不了，更遑論走動了，還是不折騰了。」

小忠子立即說：「您體內的餘毒即便殿下已經費了九牛二虎之力幫您祛除，但據說還有一半未清，大約也是這毒太過毒辣霸道的原因，才致使您沒有絲毫力氣。回春堂的賀大夫就在行宮，奴才這就去喊他來給您看診。」

花顏一怔：「賀言？」

小忠子連忙點頭：「正是他，不止他，回春堂的所有大夫在殿下救您回來那日，都被殿下留在這行宮裡了。每日賀大夫都會來給您診脈，今日午時才來診過。」

花顏點頭：「那就喊他來吧！」

小忠子應是，連忙去了。

花顏這才看向窗外，已經傍晚時分，天色只剩下些日暮餘暉，怪不得帷幔內早先會那麼暗，以前住在東宮時，這般時候，雲遲應該是用過晚膳在書房處理朝務，可是剛剛她醒來時，他就在她旁邊睡著，可見他身體的確是體虛力乏吃不消了。

不多時，小忠子便帶著回春堂的一眾人等匆匆而來。

花顏想著當日她將回春堂留下斷後，顯然是正確的，否則除了天不絕和賀言，在那麼危急的情況下，怕是再也尋不到好大夫能想出給她保命的法子。

小忠子在挑開簾幕前對一眾人等囑咐：「太子妃本來要見賀大夫，你們這麼多人都來了，可不要喧鬧，太子妃剛醒來，身子虛弱得很，不禁折騰，你們仔細些。」

外面一眾人等連連應是，動作如訓練過的一般，腳步齊齊地輕了。

小忠子見眾人乖覺，這才放心地放了人進來。

賀言走在最前頭，一臉欣喜地說：「少主，您總算是醒了！」

賀檀跟在賀言身後，也歡喜地說：「爺爺說少主快醒了，我今日晌午跟著爺爺來看您時，還不相信，總覺得要再過兩日，沒想到少主還真這麼快就醒了。」

花顏看著他們微笑，看來他們一個個的在雲遲眼皮子底下活得挺好的。

賀言走到床前給花顏把脈，片刻後，捋著鬍鬚說：「少主體內的毒素還有一半，少則一個月，多則兩個月，怕是才能徹底清除。如今少主身體綿軟，可以試著調動內息……」話未說完，他一拍腦門，「我竟忘了，少主如今是半絲內息也調動不起來的，一直以來都是依靠太子殿下為少主運功祛毒，這事兒急不得了。」

花顏點點頭，看著他詢問：「雲遲一直為我運功祛毒？那他身體如今是個什麼狀況？」

賀言連忙說：「太子殿下為給少主護住心脈祛毒，頭七日，每日運功一次，後來我看他實在吃不消，便勸他每隔三日給您祛毒，如今半個月下來，他身體虧空得很，一身功力怕是只剩下三成了，若是養回來，估計要兩三個月。」話落，敬佩感慨地說，「真沒想到太子殿下對少主這般用心。」

花顏沉默，她是知道雲遲的武功有多高的，一身功力用來給她祛毒只剩下三成，怪不得她醒來時見他那般神色蒼白氣息渾濁虛弱。

賀檀湊近花顏，悄聲說：「少主，您毀了蠱王宮這麼大的事兒，被太子殿下給壓下了，至今還無人知道蠱王宮已經被毀了。」

花顏目光動了動，點了點頭，問：「十七呢？」

賀檀搖搖頭：「不知十七公子在哪裡。那一日本來我們都在回春堂等著少主得手的信號再去城門與您會合，可沒想到沒等到您的信號，卻等來了太子殿下的人去了回春堂，說您性命危在旦夕，便帶我們來了這裡，自來到後，再未出去過，也沒見到十七公子找來。」

花顏點點頭，知道他們被雲遲安置在行宮等於軟禁，只要他不想讓他們知道的事兒，他們是一定不會知道的。

賀言連忙說：「少主，切忌多思多慮，身體要緊。當時老夫見到您時，將老夫嚇了個半死，真覺得沒辦法救您了。」

賀檀接過話：「是呢，爺爺見到您後，給您診完脈便大哭了。還是我說，讓爺爺冷靜地好好想想，一定會有法子的，爺爺才想出了救您的辦法。」

賀言點頭：「是，是，我這孫兒比我有出息。」

花顏笑看著賀檀。

賀檀不好意思地撓撓腦袋。

賀言感歎地說：「當時我說了救治的法子，興許可以試試，太子殿下就說不惜一切代價救少主……」

花顏聽著賀言的話，又聽著賀檀偶爾補充一句，感覺真如做了一場大夢。

回春堂的其餘人與花顏接觸的不多，但人人的臉上都露著對她醒來的歡喜，不時地也跟著說一句半句，氣氛熱鬧。

花顏從不曾想過自己有一天會輕易地就能丟了這條小命，鬼門關走一遭，方才覺得，人還是不要太張狂張揚的好，她仗著自幼所學，年少輕狂，這些年過得還是太隨心所欲了些，有這一場劫難也是必然。

賀言等人與她閒聊了兩盞茶，也知她剛醒需要多休息，便打住話，退了出去。

花顏的確是精神不濟，在賀言等人離開後，又迷迷糊糊地睡了過去。

不知過了多久，她聽到房門被人推開，珠簾輕輕晃動，有人走了進來。

她此時睡得淺，眼皮動了動，醒轉過來，但沒立即睜開眼睛。

那人來到床前，似乎盯著她看了片刻，然後緩緩地躺在了她身邊。

熟悉的清冽氣息，是雲遲。

花顏等了一會兒，不見他再有多餘的動靜，便慢慢地睜開了眼睛，入眼處一片黑暗，顯然已經深夜。她微微偏過頭，見他躺在她身邊，呼吸淡而淺，透著絲絲微濁。

她又閉上眼睛，打算繼續睡去，可是躺了片刻，覺得嗓子不適，怎麼也睡不著了，身子慢慢地支撐著打算坐起來。

「做什麼？」雲遲嗓音淡到了極致，沒有絲毫睡意。

花顏低聲說：「我想喝水。」

雲遲緩緩起身，走到桌前，掌了燈，倒了一杯水給她：「可能自己喝？」

花顏看了他一眼，費力地抬起手臂，手骨還是有些軟。

雲遲見此，扶住她的身子，將水杯避開她的手，直接放在了她嘴邊。

花顏喝了一杯水，覺得嗓子舒服了些，又對他說：「什麼時辰了？我好像餓了。」

雲遲放下水杯，輕「嗤」了聲，「你指使起我來，可真沒在客氣！」

花顏默了默，無奈：「這裡沒有別人，要不然你給我找一個婢女來，我便不煩勞你了。」

雲遲淡淡輕嘲譏笑：「你是不敢嗎？還是不想？行宮裡沒有婢女。」

花顏想著南疆的使者行宮，斷然不會沒有婢女的，只是這個人不用罷了。

他在東宮，除了她曾經住過的鳳凰西苑，鳳凰東苑和其餘的地方也是沒有婢女的。除了小忠子就是清一色的護衛暗衛。

她無言地沉默著。

雲遲看著她，容色沉鬱：「怎麼不說話了？是與我不知道該說些什麼了嗎？或者，你是在算計著，該用什麼方法讓我將蠱王給你？」

花顏輕輕抿起嘴角，她的確是不知道該說什麼？昔日，她曾千方百計地用盡手段退婚，在他面前十分的理直氣壯，趾高氣揚，可是如今呢，她的命是他救的，若沒有他，她早已經與暗人之王同歸於盡在蠱王宮了。

她是很想要蠱王，可是她做不出……

恩將仇報！

她輕輕地歎了口氣，低聲說：「雲遲，我奪蠱王的目的你也清楚了，你說吧！要如何把蠱王給我？你是知道的，蠱王能救蘇子斬的命，他的時間不多了，等不起。你與我開誠布公地說個條件，只要你說，只要我能做到，莫不應允。」

雲遲眯了眯眼睛，眼底一片溫涼的冰色：「你果然心心念念的還是他。」

花顏微微偏頭，看著他，平靜地說：「你我都知道，若是沒有你，我就死在蠱王宮了，我自己帶不出蠱王，我這條命，與他的那條命，算是一起交代了。為奪蠱王，我付出不少，我既然做了，就沒有半途而廢的道理。所以……」

「所以你剛醒來，便迫不及待地想要從我這裡拿走蠱王去救他？」雲遲死死地盯著她，「然後，再想我答應讓你與他雙宿雙飛嗎？」

花顏迎上他的眸光，在燈燭的映照下，他本就如清泉溫涼的眸光裡湧著一望無際的黑色，她有些受不住地垂下頭，看著被褥，輕輕地說：「我本來是想著，奪了蠱王，便陪著他一起治寒症，待他身體再不受寒症所苦了之後，無論是關山暮靄走馬揚鞭，還是曲江賞景泛舟碧波，這一世，便安安穩穩地與他一起過了……」

「你閉嘴！」雲遲震怒，「你休想！」

花顏閉了閉眼，低聲說：「我如今的確是在妄想，那麼雲遲，你告訴我，我還能妄想嗎？」

「不能！」雲遲果決地道。

花顏抬起頭，靜靜地看著他：「那麼，你待如何呢？」

雲遲盯著她，俊雅挺拔的身子似有些微顫，他冷寂了片刻，一字一句地沉沉地說：「你想要蠱王，想要救蘇子斬的命，既然不惜任何代價，連命都可以不要，那麼，就做我的太子妃，只要你答應，我就將蠱王給你去救他。」

花顏沉默。

雲遲如玉的手指捏著雲紋水袖，指骨幾乎透出清透的青白之色，他緩緩地轉過身，背對著她，似用盡力氣地說：「你知道本宮一直以來要的是什麼？只要你答應，本宮得到了我所求，自然也幫你達成救他的心願。至於與他的一生一世，你就別再妄想了。」

花顏看著他的背影，清瘦得幾乎不成人形，手背有一片灼燒的痕跡，她瞳孔縮了縮，低聲說：「雲遲，你何等驕傲尊貴，要一個女子，還需要這般以別的男人性命來相要脅，若是我答應了你，那麼我們以後，該如何相處呢？此事會不會成為你的心結？」

「你早就已成為我的心結，再多一樁，又有什麼關係？太子這個身分的驕傲尊貴，你從來就不屑，如今又何必顧及？」雲遲閉上眼睛，深吸了口氣，低語道。

花顏手指蜷起，指尖摳進手心：「若是我不答應，你就真的不會救他嗎？」

「不會！」雲遲斷然道，「他的命對比蠱王有失所造成的後果，不值一提，即便有姨母的臨終之言，但也重不過江山。」

「那我呢？」花顏盯著他後背，聲音忽然重了起來，「以你的身分，何等尊貴？竟然不顧性命，為救我闖進蠱王宮，你就沒有想過，蠱王宮彼時已快成了火牢，你出不來怎麼辦？命都搭進去了，何談江山？」

「本宮沒想過出不來！你也重不過江山。」雲遲冷聲回道。

花顏收回視線，又沉默片刻：「既然我重不過江山，你可以換個條件，比如，臨安花家，是否真有你看重的東西？何必非我不可？你……著實不必的，我不想你以後每日對著我，都想起今日，拿此為條件，貶低自己……」

雲遲猛地轉過頭，沉暗地問：「你不答應？」

花顏又抬起頭，與他四目相對：「你若是想用臨安花家，或者是想動臨安花家，只要你提出來，我決計能幫你做到，哪怕是這世上最難的事兒。這世上，有盟交，有摯友，有從屬，哪一種關係，只要仔細維持，都是可以長久的，比做夫妻這個枕邊人也許更好……」

雲遲冷冷地看著她：「本宮這些都不需要，只要一個太子妃。」

花顏噎住，咬唇，咬緊牙關：「也就是說，不管說什麼，你都不改決定了？」

「是！」

花顏心底陡然地生起一股無盡的無力，這種無力，從懿旨賜婚後就住進了她的心底，悔婚懿旨下了之後，曾消失了，如今沒想到又重新地駐紮回來了。她忽然覺得，她無論如何抗爭，她和雲遲這一輩子註定便該有這樣的糾葛，她逃不脫，即便逃脫了，兜兜轉轉，也要繞回來。

這就是命！

她以前是從不信命的，可經此一事，死過一次，容不得她不信了。

有的人，躲來躲去，都躲不掉。

她看著他，沉默許久，低聲說：「臨安花家從沒有人嫁入過天家，你若是非我不娶，那麼，我可能會被花家除籍，自此後，再不是花家的人了。」

「你既然已經是天家的人，除不除籍，都不會是臨安花家的人了。」雲遲道。

花顏又陷入了沉默。

雲遲忽然惱怒：「你不答應嗎？本宮容你仔細地想，好好地想，什麼時候想明白了，什麼時候……」

「我答應你！」花顏突然開口，打斷他的話。

雲遲身子一僵，怒氣也一僵，慢慢地轉過身，又看著她。

花顏平靜地與他對視，「我答應做你的太子妃！從這一刻起，只要你言娶，我便嫁你，不會再想方設法擺脫。有朝一日，你若是覺得我配不上這個身分，休棄或者如何，那麼我們就另說！總之，你一輩子不悔，我便一輩子認了。」

雲遲身子細微地晃了晃，與她對視半晌，她這般認真地與他說話，就彷彿昔日認真地與他談判讓他放棄她這個太子妃，一旦決定了的事情，她一定會做到。

就比如，她真的讓皇祖母下了悔婚懿旨毀了與他的婚約。

如今，她這般說法，他便真的相信她，她答應了就是答應了，不會再動搖了。

她就是這樣的女子，灑脫又堅定，乾脆又果斷。

他心底說不出是什麼滋味，攜恩求報，又以蘇子斬性命相迫，的確將自己做低到了塵埃，但是，除此之外，他不知道還有什麼方法能讓她心甘情願地嫁給她，做他的太子妃。

他這一生，早在選定她的那一刻，就沒想過放手，從來沒有。

所以，選擇權，就交在她手中！她要蘇子斬活命，那麼，他就要她的人。

她答應了，這一輩子如何走下去，不管是什麼結果，是恩是怨，是怒是恨，他都要受著。因為這是他所求，是太子雲遲的所求，從出生至今的唯一所求。

江山是他扛在肩上的責任，從出生起，註定要背負一生卸不掉，那麼，他執著也好，強求也罷，這一輩子，總要拉著她陪著他伴著他。

他不負江山，但也不能負了此生。

二人在一番交談後，誰也不再說話，殿內靜寂，落針可聞。

花顏想到她在桃花谷的日子，與蘇子斬過招，那一日，她用劍尖挑起他的下巴，嬌蠻地調笑讓他應她，他拂開她的劍尖，低笑著說她若完好地回來，他便應她。

如今她沒有做到完好地拿到蠱王，險些把命丟了，如今更是回不去桃花谷了。

那一個約定也就自此刻她答應雲遲起終結了！

她心中一陣陣難受地抽疼，卻又欣慰地想著，無論如何，蠱王如今完好地被帶出了蠱王宮，能救他的命，她還是想要他活著，哪怕不能與他結成連理終成眷侶，但只要他能活著。

他從出生至今，被寒症所苦，想必沒有真正地過過身體康泰的日子，只要再無寒症，他以後便會如尋常人一樣，不必在大熱天裹著披風，不必一身冰寒如置冰窟。

他會如她哥哥一樣，想走多遠的路就走多遠的路，活得肆意自在。

一生還有那麼長，死了便塵土皆歸，活著，可以有萬般活法。

沒有她，希望他也能活得更好。

第四十章 花顏的決心

雲遲看著花顏，見她臉色沉靜，神色卻飄忽，知道她想到了蘇子斬，臉色沉暗地轉過身走了出去。

花顏見他出去，身子軟軟地沒有力氣地又躺回了床上，重新閉上了眼睛。

不多時，雲遲又走了回來，看著她，低沉溫涼地說：「難受？」

花顏睜開眼睛，看著他，她與他，到底誰更難受？不見得誰比誰更好過，她搖搖頭輕聲說：「我餓了，再餓下去，胃就要痙攣了。」

雲遲面色稍霽：「我已經吩咐人去準備飯菜了，稍後就好，你剛醒來，不能吃太硬的東西，要熬些清粥，做幾樣小菜，否則會吃壞了胃。」

花顏點頭，對他問：「你呢？餓不餓？」

雲遲垂下眼睫，緩緩地坐下身，淡淡地說：「這些日子，我不知道什麼叫餓，如今聽你說餓，確實有些。」

花顏輕聲說：「那就一起吃吧！讓廚房多做些。」

「嗯。」雲遲身子半仰著躺下，如玉的手抓過她的手，輕輕地揉捏了兩下，對外面吩咐，「小忠子，讓廚房多做些。」

「是，殿下。」小忠子聲音帶著幾分歡喜，連忙去了。

花顏感覺她的手落在雲遲的手裡，綿軟的手骨因為他輕輕揉捏，似有了些力氣，舒服了些，她低聲問：「陪我闖進蠱王宮的人呢？你將他們弄去了哪裡？」

雲遲淡聲道：「關進了天牢。」

花顏就知道他不會將安十七等人放走，不知道安十六如今是否知曉了：「將他們放了吧！讓他們帶著蠱王回去，我也讓他們帶話回去，否則西南局勢嚴峻，你要處理的事情極多，免得他們找上門來，引起不必要的麻煩。」

雲遲偏頭看著她：「你這是在為我著想？」

「我還是不想早早守寡，免得你如今因救我累廢成了這副樣子，折騰久了，落下病根，對我來說總不是好事兒。」

雲遲眼底的灰濛之色似破碎出了一絲光亮，他清清淡淡地笑：「你這話雖然聽起來不好聽，但還是令我心裡愉悅，我就當你是關心我了。」話落，對她說，「明日我讓他們來見你。」

花顏也笑了一下，點點頭。

不多時，小忠子帶著人端來個大托盤，裡面放著兩碗清粥和幾碟小菜。

花顏聞著就覺得極香極有胃口，她撐著想要坐起，雲遲卻先一步將她扶了起來，連人帶被子一起抱著去了桌前。

小忠子一見，笑得見眉毛不見眼睛。

花顏不再抗拒，軟軟地靠在雲遲的懷裡，伸手去拿勺子，發現手還是很軟，竟然連小小的瓷勺都拿不起來，她還沒露出氣餒的表情，雲遲便拿起了勺子，輕輕攪拌了清粥，微微地吹了一下，放在她唇邊。

花顏張口吞下。

小忠子悄悄地歡喜地笑著退了下去。

雲遲一勺清粥配著一口青菜，餵花顏吃下一碗清粥後，對她說：「你剛醒來，就吃這麼多吧！明日清早可以多吃些。」

花顏點點頭，對他說：「你快把我放下，趕緊吃吧！都涼了！」

雲遲不答，便那樣抱著她，逕自舀了清粥配著青菜慢慢地吃著。

花顏靠在他懷裡安靜乖覺地看著他……

以前，她十分地抗拒他，除了太子的身分，還有他這個人。她總覺得，他這樣的人，生來就站得太高了，居於雲端，俯瞰眾生。而她，生來就不金貴，臨安花家隱世累世千年，她也被養成了喜歡塵世裡摸爬滾打的普通人，市井有千奇百態，有眾生百味，萬丈紅塵裡有數不盡的林林總總，都是她喜歡的。

她從來就沒有想過，自己會過另外的一種生活。

如今她的人生出了轉捩點，以後還真是要好好想想要如何去適應。

雲遲安靜地用著飯菜，比餵花顏時還要慢，一頓飯吃完，花顏已經睏乏地在雲遲的懷裡睡著了。

雲遲放下筷子，低頭看著她，她身受重創，如今還有一半餘毒未清，昏迷了半個月後醒來，費心思太過，還是很快就陷入了沉睡。

她的身體很輕，比曾經他抱著她時輕了許多，輕得沒有分量。

他抱著她靜坐許久，才慢慢地起身，抱著她去了床上，她沉睡著，似乎連翻個身的力氣都沒有。

他隨著她慢慢地躺下，將她抱進了懷裡，揮手熄了燈，閉上了眼睛。

小忠子一直在殿外等著，等了許久，沒聽到裡面有動靜，只見熄了燈，他知曉殿下這是睡下了，便躡手躡腳地退了下去。

雲遲許多日子以來沒睡過一個好覺，這一夜，他睡得極好，醒來時，已經是第二日晌午。

他睜開眼睛，覺得連日來的疲憊似乎減輕了些，有幾分神清氣爽，他剛想動手，感覺手臂被重量壓著，恍然地想起什麼，低頭一看，便見花顏安靜地躺在他懷裡。

她不知何時已經醒了過來，一動不動地躺著，腦袋枕著他手臂，身子柔軟而有溫度，眼神明淨，透著輕紗帷幔，看向窗外。

他低聲輕啞地開口：「什麼時候醒的？」

花顏聽到聲音，抬頭，瞅著雲遲，微微地笑：「醒了有一個時辰了。」

雲遲被她笑容晃了一下眼睛，問：「怎麼不喊我？你便這樣……待了一個時辰？」

花顏無奈地輕歎：「我見你睡得熟，沒好擾醒你。反正我本來也身子骨軟，醒不醒來都一樣。」

雲遲默了默，慢慢地鬆開攬著她的手臂，坐起身，輕輕伸手一拽，將她的身子也拽了起來，她坐不穩，身子倒在他身上，他心情甚好地低笑了一聲：「看慣了你鬧騰的樣子，你這般模樣，倒是新鮮少見，如今也著實難為你了。」

花顏瞅了他一眼，忽然問他：「我躺了這些日子，依舊覺得身上清爽乾淨，你……幫我的？」

雲遲伸手去拿外衣，聞言點了一下頭：「嗯，我不想假手他人，在我心裡，早晚都是要娶你的，所以，男女大防，便沒必要顧忌，反正你也逃不開我去。」

花顏無言地看著他，也就是說，為她擦洗身子，喂藥喂湯，等等事情一直以來都是他親力親為的？她醒來時沒細想，如今聽他這樣一說，仔細一想，著實讓她有些受不住。

她好半晌才憋出一句話：「你還是給我找個婢女來吧！那些日子昏迷著也就罷了，如今醒來了，若還事事依靠你，叫什麼事兒啊？你是太子，何等尊貴，怎麼能侍候人？若被人知曉，我死一百次都不夠的。」

花顏從沒有想過雲遲會為她做到這個地步，事必躬親。

以前，她覺得他對她十分包容，也從不擺太子的架子，他對她，一直以來，都是極好的。其實，這麼久，她也想不出他不好的地方，唯一的不好，只是她一直抗拒他的身分罷了。

雲遲拿過靠枕，讓她軟軟的身子靠在床上，他起身穿戴，妥當之後，對她說：「我不想被人知道的事情，沒有人會知道，你不必在意這個，我不讓你死，也沒有人敢讓你死。」

花顏又氣又笑：「這話聽起來又霸道了。」話落，對他說，「你畢竟有許多事情要處理，總不能我喝水更衣都喊你……」

雲遲淡淡道：「我不喜歡閒雜人在眼前亂晃，若是你實在不想喊我，就讓小忠子先侍候你吧！你的那個婢女秋月，她在哪裡？我可以派人去將她帶來。」

花顏無奈地說：「她喜歡我哥哥，我將她放了，她以後不做我的婢女，若是她與我哥哥修成正果，我與許還要喊她一聲嫂嫂。」

雲遲聞言似乎意外了一下，笑道：「你們花家確實異常特別，不在乎身分之差。」

花顏搖頭，認真地說：「也是在乎的，只是對比普通人，較在乎些罷了！」

雲遲收了笑，默了一瞬，清清淡淡地說：「遇到我，你總歸是沒法子再找個普通人了。昨日你應允了我，今日想要反悔，我也容不得你反悔。」

花顏看著他，微微挑眉：「誰想反悔了？我雖不是君子，但這等人生大事，還是一言九鼎的，你休要小看我。」

雲遲聞言又笑了，溫聲說：「好，不小看你。你若是實在不喜我侍候你，我給你擇選一名婢女來，不過除了你需要她，其餘的時候，不要讓她在眼前亂晃。」

花顏聞言抿著嘴笑：「好，儘量不讓她礙太子殿下的眼，您畢竟除了我，是不近女色的。」

雲遲失笑，轉身去梳洗。

花顏發現，小忠子對於雲遲來說，只能算是個近身侍候的跑腿人，雲遲淨面、梳洗、穿衣等等事宜，都不用小忠子侍候，只需要他事前準備好就是了。

雲遲收拾妥當，又將花顏抱下床，讓她靠坐在椅子上，將清水盆放在她面前，輕輕地掬水為她淨面。

花顏安靜地坐著，感覺他如玉的指尖拂在她臉上，指尖所過之處，清清涼涼的水讓她沒有半絲不適，反而極為舒服。

她不由得想著她昏迷時，他是否也這樣為她清洗身子的，耳根子不由得紅了。

人真是一個奇怪的動物，萬般抗拒時，她半絲也體會不到他的溫柔，只有一味的強硬霸道執拗讓她很費腦筋甚至惱怒，如今拋開了這些，她接受了他，答應做他的太子妃了，卻又不同。

她便覺得，左右也是要嫁給他，這種溫柔如細雨的相處，倒讓她覺得極好。哪怕這個交換得來的條件是一道山澗鴻溝，也許永遠地橫跨在她和他之間，但也總比日日冷臉，含恨相對的要好，畢竟兩人要過一輩子。

交換是平等的，誰也不欠誰，便也沒必要日日怨恨著。

雲遲為她淨了面，又為她梳了髮髻，尋了件她慣常穿的淺碧色織錦羅裙幫她換上，雖然花顏裡面穿著中衣，但是隔著絲薄的中衣，她還是感受到了他指尖碰觸她時捲起如灼燒一般的溫度，她臉色微紅，但並沒有抗拒。

雲遲將她打理妥當後，才喊了小忠子端午膳。

午膳較昨日那算不上晚膳的夜宵來說，十分豐盛，顯然廚房下了極大的功夫。

如昨日一樣，雲遲餵飽花顏後，才自己慢慢地吃著飯菜。

花顏安靜地看著他，雖然她心裡如今還升不起歲月靜好的感覺，但她覺得，她可以嘗試著一點一點地去感受他的好。

死過一次的人，總是會褪去些輕狂張揚，會靜下心來，品味活著的感覺。

用過午膳後，雲遲喊來雲影：「去將天牢裡的人都放出來，帶他們來這裡。」

雲影應是，立即去了。

雲遲看了一眼天色，對她說：「我來為你運功袪毒，他們來了之後，也不必太急著見，等一等就是了。」

花顏看著他清瘦的臉，搖頭：「我都醒了，這毒也不必非要急著一時半刻清除乾淨，你為我折損了太多功力，身體要緊，還是養養身子吧！待我書信一封讓他們帶回去，問問天不絕，可有別的法子清除我的毒？」

雲遲目光溫潤地看著她，抱著她的手臂微微收緊，似乎要嵌進自己的身體裡，他低聲說：「花顏，你是因為關心我，還是不想欠我？」

花顏軟軟地靠在他懷裡，平靜輕柔地說：「你給我蠱王，放棄了多年來對西南境地的平衡謀劃，這是事關江山基業的大事兒。我拿一生作伐，捨了自己的心願，我這個人微小得雖然不能與偌大的江山基業相比，但也是事關我自己一輩子的大事兒，我自己覺得，還是與等值的。所以，既有交換的約定，但我們也是平等的，不存在誰欠了誰。」

雲遲靜靜聽著，沒說話。

花顏又平靜地說：「雲遲，這一輩子我們既已捆綁在一起，也就無關欠不欠的了。夫妻相處之道我雖然不懂，但也看過許多，未婚夫妻的相處之道，我們可以試著，不必誰非要委屈自己做低一等，如你，如我。」

雲遲不語。

花顏仰臉看著他：「我是真心覺得，你的身體再這樣下去會受不住的，我的毒早晚會清除，也不差這一時半刻，就像我昨日說的，我還是不想你落下病根，回頭我還要費心找人給你治。」

雲遲似是被最後一句話深深地愉悅了，低低輕輕地笑：「花顏，你這般靈透，便是我心裡覺得強求了你難受得緊，也還是覺得自己強求得好，若是不強求，我這一生，沒了你，自此後便就走到盡頭了。」

花顏心下觸動，低聲說：「哪有你說的這般嚴重？」

「有的。」雲遲低聲道。

花顏看著他，微微抿唇，輕聲問：「雲遲，我一直不明白，你怎麼會對我情深意重至此呢？我不想一直疑惑費解，你如今可能告訴我？」

雲遲笑了笑：「情不知所起，一往情深深幾許。連我自己都不明白，怎麼告訴你呢？懿旨賜婚後，你我暗中交手過招的那一年，日漸地讓我覺得，非你不可了。不娶你，誰做我的太子妃，陪在我身邊，都不行，不是我要的那個人。」

花顏揚眉：「無關乎江山？」

雲遲微默，篤定地說：「無關江山。」

花顏住了口，不再說話，既然這情深意重無關江山，那麼她也就不必再刨根問底非要挖個究竟了。以後，陪在他身邊，站在高處，漸漸地，也許就能體會了。

安十七被關在天牢裡關了半個月，著實算不上好受，他從小長這麼大，還沒進過天牢，如今一待就半個月，日等夜等，漸漸地急躁起來。

因為他知道，少主怕是真出了大事兒，不然她定不會讓他們被關這麼久的。

雲影到了天牢，放出了安十七等人時，安十七幾乎是第一時間就竄了出來，抓住雲影的胳膊問：「我家少主怎麼樣了？她可還好？你家太子殿下是否虐待了她？」

他用內力震開了安十七的胳膊，聲音冷木地說：「殿下吩咐帶你們去行宮，就是為了見太子妃，你見了就知道了，隨我走吧！」

安十七被震得手發麻，倒退了一步，也知道自己是情急了，連忙點頭，帶著一眾人等，隨著雲影去了行宮。

用過午膳後，花顏強烈地不同意讓雲遲為她運功祛毒，雲遲便也作罷，將她安置在床上，自己則坐在她身邊處理堆疊的事情。

花顏看著擺在他面前高高的一摞奏摺，想著他生來就是太子，命苦地擔了這麼個苦差事兒，無論如何都不能卸下，估計這人上輩子得罪了閻王爺，才給他安排投生了這麼個胎。

估計她上輩子也陪著他一起得罪了閻王爺，所以，自己這輩子也被他拴住。

雲遲抽空瞅了她一眼，隨意地笑問：「想什麼呢？表情這般古怪？」

花顏咳嗽一聲，腦筋轉了轉，還是將她剛剛所想如實說了。

雲遲聽罷低笑，笑聲清潤悅耳：「你這般想，大約也是沒錯的，可見上輩子你與我，也是結了緣分的。想必就如話本子裡說的，在三生石上刻過名字，要在一起生生世世。」

花顏氣笑：「你比我更會想了。先把這一輩子過完再說吧！如今你看我千好萬好，可別待看膩了之後，又悔不當初。那時候，看你的臉往哪裡擱？我就拿這句話笑話你。」

雲遲聞言收了笑，凝視著她，一字一句地說：「你是對我沒信心，還是對你自己沒信心？還是對與我在一起沒信心？如今剛應允我，便想著有朝一日我主動放開你。我是不會的，你最好連想都不必想了！雖不至於山無稜，但也永不與君絕。」

花顏看著他，一時沒了話。

雲遲轉過頭，繼續處理手邊的奏摺，落筆乾脆俐落，神情靜然果決。

半個時辰後，雲影帶著安十七等人進了行宮，站在門外稟告：「殿下，人都帶來了！」

雲遲「嗯」了一聲，偏頭看花顏，「你可都要見見？」

花顏點頭：「都見見吧！」

雲遲對外面吩咐：「讓他們都進來！」

雲影應是，讓開門口，看了安十七等人一眼，示意他們都入內。

安十七大步流星地進了正殿，其餘人等連忙隨後跟上，幾十人雖然同時進來，但是腳步都放得很輕，入內後，安十七一眼便看到了倚靠著軟枕躺在床上的花顏和坐於一旁處理事情的雲遲。

他怔愣了一下，當即單膝跪在地上：「少主！太子殿下！」

其餘人也都齊齊跪在地上：「少主！」

雲遲漫不經心地抬頭瞅了眼，溫涼的目光從每個人的身上掃過，最後定在了安十七的身上。

安十七頓時感覺到了一股如泰山罩頂般的無形壓力，他抬頭與雲遲對視一眼，受不住他的氣勢，又低下了頭。

花顏瞧了雲遲一眼，見他沒有說話的打算，笑著開口：「都起來吧！」

安十七有些緊張，本來十分擔心花顏，若是擱在以往，他早在見到她後就衝到床邊對她問東問西了，如今雲遲就坐在那裡，周身有高高站於雲端的氣勢，讓他繃著自己不敢輕易造次，在聽到花顏說話時，才緩緩地站起了身。

花顏看出了安十七的緊張，笑著問：「十七，你可還好？咱們的人，可有誰有損傷？」

安十七見花顏面帶笑意，神態似十分輕鬆，頓時放心了些，立即回話：「回少主，有幾個人傷勢有些重，幸好我們隨身帶了救命藥，並無性命之憂。」話落，他瞄了雲遲一眼，見他不再看他們，低頭批閱奏摺，斟酌地說，「我等雖然被關在天牢裡，並不曾受誰為難，這半個月下來，那幾人的傷勢也養得差不多了。」

花顏點頭：「那就好！」

安十七小心翼翼地問：「少主，你……」他撓撓頭，覺得雲遲在這裡，說話實在不方便，但他沒有避開的打算，也不敢趕這位太子殿下走，半晌才吐出句話，「你可還好？」

花顏簡略地說：「那一日，在蠱王宮的第八層，我遇到了暗人之王，中了他一掌，幸而太子殿下及時趕到相救，這條命也是太子殿下每日運功費力為我祛毒，從鬼門關將我拖回來的。如今還有一半餘毒未清，除了行動不便外，其餘的都好得很。」

安十七面色大變，後悔說：「都是我不好，沒有保護好少主！」話落，又跪在地上，誠然地叩禮，「多謝太子殿下對我家少主的救命之恩。」

雲遲頭也不抬，嗓音溫涼地說：「我對她的救命之恩，不必你道謝，也不必誰道謝。她已經還我了。」

安十七一愣，又看向花顏。

花顏看了雲遲一眼，默了默，笑著對安十七說：「當時情況危急，怪不得你，你不必自責，你能守好了咱們的人，沒有一人折在那裡，已經是有功無過了。」話落，她看了一眼其餘人，這些人都完好，她覺得這已經是最好的結果了。

安十七立即說：「少主當時一定生死攸關，那你如今身體……」

花顏道：「回春堂的所有人都在行宮，賀言每日為我診脈，關於我的身體，你稍後可以去找賀言問個清楚，他能仔細與你說說，我就不多說了。」

安十七聞言點點頭。

花顏又對他說：「今日你們都在行宮歇一日，明日一早，你帶著蠱王與我的書信與十六會合，將蠱王送回給天不絕，將書信給哥哥。」

安十七看著花顏：「那少主你……」

花顏對他一笑：「我自然要留在這裡，我這副樣子，怎麼回去？」

雲遲忽然轉頭看著她。

花顏與他對視一眼，抿了一下嘴角，笑了笑，又看著安十七簡略地說：「我發現嫁給太子殿下也不錯，以後，太子殿下在哪裡，我就在哪裡了。」

安十七猛地睜大了眼睛，脫口喊了一聲：「少主？」

雲遲轉過頭，繼續處理手中的事情。

花顏微笑著說：「古語有云，滴水之恩，當湧泉相報。經此一事，我感悟良多。你見到哥哥後，哥哥若是問起，你就將我的書信給他，他看過之後就明白了。」

安十七滿腹問號，可是雲遲就在面前，他心下想著少主既然當著他的面說這般話，不像是玩笑之言，難道她與太子殿下又重提了婚事？

他看著花顏，忍不住開口詢問：「十七不懂，少主的意思是？」

花顏對他認真地說：「待西南安平後，太子殿下回南楚，我們便會籌備大婚。」

安十七的眼睛睜得更大，他想到方才太子殿下說不必他道謝，也不必誰道謝，她已經還他的救命之恩了，方才他乍聽之下十分好奇疑惑，難道是指這件事兒？

少主以身相許，還太子殿下的救命之恩？

那子斬公子呢？

少主是為了子斬公子來南疆奪蠱王，費了如此大的心力，花家所有暗樁傾巢出動，悉數撤出了西南境地，先不說花家為此損失多少財力，只說少主這份心，如今她要嫁給太子殿下，這是放棄子斬公子了？

她因為太子殿下的救命之恩？還是因為……蠱王？

他猛地想到，少主當日是被太子殿下從蠱王宮裡帶出來的，蠱王自然也就落在了他的手裡！少主的救命之恩再加上蠱王救子斬公子的命，換少主嫁給太子殿下，做他的太子妃？

他本就聰明，不必花顏多說，瞬間就想通了其中的關竅，他看看花顏，又看看雲遲，一時間心中五味雜陳，不知該說什麼。

花顏見安十七臉色變化，便知道他懂了，以臨安的安字命名之人，都是這一代自小被千挑萬選精心培養的人，是輔助她和哥哥的人，身分只在她和哥哥之下，被臨安花家所有人尊稱一聲公子，自然都十分聰明。

安靜中，雲遲放下奏摺，看著安十七：「你是覺得，本宮不配你家少主？」

安十七瞬間低下頭，腦中快速地轉動，恭敬地回話：「回太子殿下，少主覺得您與她相配，那便是相配，在下等人遵從少主心意。」

雲遲聞言輕聲一笑，目光溫和了些：「你叫什麼名字？」

安十七抬頭看了一眼花顏，見她沒意見，他又垂下頭：「在下安十七！」

雲遲仔細地打量了他一眼，笑著說：「據說臨安花家的十六公子和十七公子於月餘前帶著人奪了太后的悔婚旨意，領著我東宮的人兜了無數圈子，將悔婚懿旨順利地送回了臨安花家，這般年少，好本事。」

安十七汗顏地垂低了頭：「太子殿下過獎了！」

雲遲笑看著他：「本宮不輕易誇讚人，太子妃嫁入東宮，你就做陪嫁吧！」

安十七聞言愕然，少主嫁入東宮，他做陪嫁？

他看著雲遲，不明白太子殿下這是什麼意思？要收拾他算帳？他看向花顏。

花顏也意外了一下，轉頭看著雲遲，好笑地問：「怎麼說著說著便說到了陪嫁上？」

雲遲挑眉，轉眸對她說：「你自小除了秋月，無一婢女，既然她以後不能跟著你了，總要個人是陪著你一起長大的，要個陪嫁，花家總不至於捨不得吧？」

花顏失笑，暗想著他大約是怕她受不住東宮巍峨高牆，庭院深深，這是提前為她打算。她領情地點點頭，笑著對安十七說：「此事不急，十七若是願意，也無不可，以後再說，如今言之過早。」

安十七通透，也霎時想明白了，忽然覺得太子殿下這般會收買人心，怪不得少主看起來沒有半分怨懟，他垂下頭：「在下會認真考慮，多謝太子殿下抬愛。」

雲遲「嗯」了一聲，不再說話。

花顏笑著對安十七說：「行了，去休息吧！我今日會將書信寫好，明日給你。」

安十七雖然還想再與花顏說些話，但礙於雲遲在，只能點頭，帶著人退了出去。

雲遲吩咐了一聲，小忠子連忙帶著人去安置了。

花顏輕輕地揉了揉手骨，雖然還有些綿軟，但比昨日要強上許多了，握筆寫字不會有問題。

雲遲眼角餘光掃見她的動作，轉過頭，對她溫聲說：「用羽毛筆更輕一些，天色還早，你先歇著，晚上用過晚膳再提筆不遲。」

花顏點點頭：「好。」

雲遲動手幫她撤了後背的靠枕。

花顏軟軟地躺下，閉上了眼睛，不多時，便睡了過去。

雲遲聽到她均勻的呼吸聲，又轉頭看她，當他將她從暗人之王手中救下時，他那手都是抖的，無比慶幸自己及時趕到，否則她哪裡還有命在？

在那一刻，對於她千方百計退婚的惱恨，也都隨著她無聲無息地躺在他懷裡，性命垂危而消散了，他不惜一切代價，必須要救回她。

所以，她的命是他救回來的，他用蠱王和江山這兩樣換她在身邊，有何不可？

哪怕是蘇子斬，他也不讓。

花顏這一睡，便又睡了半日，傍晚時分醒來時，雲遲不知何時處理完了事情，也已經躺在了她身邊，闔著眼。室內未掌燈，光線十分昏暗，雲遲玉容在昏暗的光線下，透著一種靜好。

她一直都知道他這容貌是舉世無雙的，卻因為他的身分，讓她一直都選擇忽視，如今仔細認真地近看，才能真正地體味到那句「東宮一株鳳凰木，勝過臨安萬千花。」的話。

「醒了？」雲遲慢慢地睜開眼睛，眼底隱著一絲笑意：「你看了我這麼久，可從我的臉上看出花來了？」

花顏臉皮厚慣了，笑著接話：「看你這張臉，就能想到東宮的那株鳳凰木，倒還真是看出了花。」

雲遲輕笑，如玉的手指點了她眉心一下，溫潤到極致，低低潤耳：「看來住在東宮時，你也不是不喜歡鳳凰木。」

花顏點頭：「鳳凰木確實很好看，富麗堂皇的華貴之花，當時我見了，只覺得太富貴了，如今覺得，也只有這鳳凰木，才能配你，當年你母后可真是有眼光。」

雲遲面容含笑：「我對母后的記憶不多，她在我五歲時就故去了，反而給我最多記憶的人是姨母。母后故去時，東宮還未真正落成，不過是個雛形而已，是姨母後來依照母后規劃，為我精心完善了的。」
花顏笑問：「武威侯夫人？」
雲遲點頭，深深地看著她，似有難以言喻的酸痛：「蘇子斬的娘親。」
花顏伸手，輕輕綿軟地蓋在了雲遲的眼睛上，對他輕聲說：「我與蘇子斬，大約是真正地應了無緣二字，與你才是真正的有緣。所以，你不必怕提到他引起我心裡不舒服，也惹得自己痛苦，我既然應了你，在做了決定的那一刻，便不會再對他有何想法。你不必這般看著我。」
雲遲不語，睫毛在花顏的手心裡輕輕眨動。
花顏看著他，二十歲的年紀，正值弱冠，他除了少年時為趙清溪畫過一幅美人圖外，再未接觸過任何女子，對情之一字，情之一事兒，他以前應是斬斷情絲，無欲則剛的，只是不知為何，後來對她情深似海了。
他對蘇子斬的在意程度，以至於提到他，自己先輸了陣仗，輸了姿態。
她抿了抿嘴角，低聲說：「我從未想過還要嫁你，所以在毀婚的那一段時間，我引他出京，見了天不絕，又相處些時日，引他對我也動了心思，這是我考慮不周，是我不對……」
雲遲身子微僵，薄唇也抿成了一線，睫毛幾乎不動了。
花顏輕輕一歎：「也許他並不在乎自己的性命，他若是知曉我還是要嫁給你，估計會很難過，也許會覺得不如一死了之。但……我還是想要他活著，如我哥哥一般，像正常人一樣，沒病沒災地活著。如今，我十分後悔，不該過早地定論讓他應允我。」
雲遲沉默，靜得似沒了呼吸。
花顏收回放在他眼睛上的手，垂下眼睫，低聲說：「雲遲，人生得遇知己，三生有幸。蘇子斬對我來說，確實處處合我脾性，我與他相處，更像是得遇知己。所以，我不忍他不治而亡。無論如何，我也要他活著，哪怕他自己不想活了。」

雲遲一言不發，靜靜地聽著。

花顏又低聲說：「我會在信裡拜託哥哥先瞞上他些時日，待蠱王入體，他治上病之後，我再請哥哥慢慢地尋個適合的時機告知於他。」

雲遲面容靜寂，在花顏說完這句話，再不多言時，他緩緩地低沉地應了一聲：「好！」

花顏抬起頭，望向他：「多謝！」

雲遲盯著她，嗓音溫涼：「我救你一命，給你蠱王，你用一生來以身相許。誠如你說，你我平等，互不相欠，你不必對我說謝，我也不會覺得自己對不住他。」

花顏點頭：「好！那就不謝了。」

雲遲轉過身，擁著她嬌軟的身子，抱在懷裡，低聲說：「花顏，得你如得至寶，你令我處處稱心如意，便是你多不喜我，不喜我的身分，我也恨你不起，喜你不夠，所以，你放心，我定會好好待你，哪怕你心裡一直覺得他比我好。」

花顏吸著他身上清冽的氣息，心中似注入了一股暖流，將頭順勢貼在他心口，聽著他一下一下的心跳。她低聲說：「我從沒覺得你不好，我只是不敢做你的太子妃罷了。既然你無論如何都要娶我，如今既然應允了你，我也會盡我所能，待你好，我雖不會做太子妃，但也會儘量做好，不會如昔日在京城一般，太過張狂任性，以至於令你丟面子難做人……」

雲遲忽然一笑：「我倒是覺得很好，若是你因嫁了我便收斂脾性，那便不是你了。你想如何就如何，張狂任性也不怕，我娶你，從未想過讓你因我而改變。若我的太子妃是個泥人的性子，那我才是要愁了，如何能鎮得住京城裡的牛鬼蛇神？」

花顏仰起臉，也露出些微笑意：「既然你這樣說，那我就換一種說法，以後，誰不惹我，我也不惹誰，儘量循規蹈矩，若是誰惹了我，我也不會客氣，屆時，我得罪了誰，你就為我善後，總之，我真嫁了你，便是你的顏面了，你太縱容我也不好。」

雲遲似被這番話徹底地愉悅了，深深地笑了起來，溫柔地說：「能縱容你，是我求來的福氣，心甘情願之至。」

傍晚，用過晚膳，雲遲命小忠子給花顏找來一支羽毛筆，然後打發了要侍候的小忠子，親自動手為花顏磨墨。

花顏握著羽毛筆，偏頭瞅著他，半晌，難得調笑：「紅袖添香呦！」

雲遲低笑，雲紋水袖輕輕撩起，拂過她的臉頰：「以後你身子好了，換你為我做這等風雅事兒。」

花顏轉過頭，痛快地答應：「好！」

她手骨依舊綿軟，身子也軟得提不起多少力氣，只能一半支撐著雲遲立在她身旁的身子，一半靠在案桌上，幸好羽毛筆很輕很好用，即便寫不出字跡風骨，但寫出來的字跡依舊漂亮。

雲遲在一旁看著，他從沒見過她提筆寫字，如今一見，方才知道，她寫得一手好字。以她這般不受拘束的性子，他很難想像她是如何練就這樣一手好字的。

花顏總是能帶給他各式的驚奇。

花顏簡潔明快地寫了一封信函，信中所言，皆沒避諱雲遲。

既然她與雲遲要一直走下去，自此後，除了坦誠，還要找到彼此都能和順的相處之道。一生還長得很，過得愉悅是一輩子，痛苦也是一輩子，她是個天生嚮往愉悅輕快的人。

第四十一章 霸道太子說情話

一封信寫完，她遞給雲遲：「你來幫我用蠟封上。」

雲遲頷首，接過信函將墨跡晾乾，然後用蠟將信封好，同時對她問：「你愛玩成性，這字是如何練成的？而且不止一種字體，著實難得。」

花顏眸光動了動，笑著說：「我若是說我生下來就會寫，你信不信？」

雲遲一怔，偏頭看她，見她臉上盡是玩笑之意，他笑著搖搖頭：「哪裡有人天生就會寫？你這多種字體變換而寫，應該是費了很多功夫下很大的心力才練成的吧？」

花顏身子軟軟地趴在桌子上，漫不經心地說：「是啊！哪裡有人天生就會寫字？我的字是那些年陪哥哥一起練成的，他生下來就有怪病，不能見光，每日被關在房裡，除了喝藥還是喝藥，我想讓他活下去，便變著法子幫他打發時間，同時激起他的求生意志，長年累月後，我竟也練成了一手好字。」

雲遲點頭：「你這字確實好，都能當得上名帖了。想必你哥哥的字也不錯。」

花顏頷首：「是很不錯！我貪玩的時候居多，他因病比我有定性，所有東西，起初是我拉著他陪著我學，卻沒想到後來他比我學的都要好。我的武功就是被他病好了之後給封住的，否則也不至於在京城時被你欺負得無還手之力。」

雲遲訝異：「原來你的武功是被你哥哥封住的？一直很是奇怪，你明明沒有武功，卻偏偏有那般的身手，如今也算是解惑了。」

「臨安花家的武功，傳自雲族。」花顏笑看著他，「說起來，與皇室的武功也是同出一脈，淵源極深，說不定，我們幾千年前，是一個老祖宗。」

雲遲恍然：「怪不得那一日在蠱王宮，我見你與暗人之王交手的招式隱約熟悉。」話落，道，「先祖據說傳於雲族的單支，南楚皇室的武功和劍術便是由雲族術法演變傳承而來。」

花顏點頭：「蘇子斬說你的劍術有大開大合之感，快到了極致，出手必見血，輕易不露劍，與我的紛花逐影劍術絲毫看不出是一個路數。其實也不全對的，想必你一直有所隱藏，那一日，我見你的劍術紛亂到了極致，將暗人之王削成了碎片，與我的招式雖不同，但卻有異曲同工之妙。」

雲遲聽她坦然地提到蘇子斬，手下動作微微頓了一下，溫聲說：「不錯，身為太子，有很多東西是不能露於人前的，即便蘇子斬自小與我一起長大，也不能為他所知。」

花顏感歎：「真不容易！」

雲遲看著她：「雲族的術法據說千變萬幻，分支極多，我以為南楚皇室已是當世僅存了，沒想到花家有其傳承，的確著實不易。」

花顏懶洋洋地說：「幾百年前，太祖皇帝爭霸天下，兵馬打到臨安，花家不同於別的城池人心惶惶，而是帶著舉族子弟相迎，坦然含笑地大開臨安花都的大門，放太祖皇帝入城，不費一兵一卒地過了闞山峽道。這事兒你應該知道吧？」

雲遲點頭：「知道！」

花顏說：「你以為臨安花家為何要敞開臨安的大門？半點沒難為太祖皇帝？無非是看在數千年前武功傳承同出一脈的分兒上罷了。太祖皇帝想要天下，臨安花家累世不入世，也唯有能幫上這個小忙了。」

雲遲失笑：「這怎麼能算是小忙？臨安居於江南天斷山山脈，進是關山險道，退是一馬平川，坐是八方要道，站是九曲河山。那等險要之地，若花家為難一二，始祖爺想要天下，怕是要費上十年八年，興許錯過時機，奪不到天下也有可能。」

花顏扶額感慨：「説到底，還是花家老祖宗做下的孽，早知道他的重重重重重……孫女與你有這般孽緣，就不該放太祖爺通關稱帝，那樣，你不是太子，我也就不是太子妃了。」

雲遲忍不住又笑：「你如何肯定我們一定是孽緣呢？長久以來，你似乎一直覺得你與我會不得善果。」

花顏抿了一下嘴角，也跟著笑了，看著他説：「但願不是孽緣啊太子殿下，我好不容易來這世上走一遭，可不想再造冤孽，下輩子還被你拖住。」

雲遲伸手微微用力地揉了揉她的頭，因她睡醒後未梳頭，一頭青絲披散著，觸手髮絲柔順，極為舒服，他氣笑著説：「即便這輩子不造冤孽，下輩子我也還是要拖住你。」

花顏驚恐：「別啊，生生世世嗎？我可受不了。」

雲遲溫和地看著她，眸光如星辰：「這輩子沒辦法了，只能讓你陪著我做太子妃，下輩子我不再做太子了。」

花顏瞧著他，半晌，才説：「萬一，我這輩子做太子妃做上癮了怎麼辦？」

雲遲氣笑：「説來説去，你這輩子逃不開，下輩子一定要逃開了？」

花顏咳嗽一聲，無力地説：「這輩子剛開始，下輩子的事兒下輩子再説吧！」

雲遲撤回手：「總之，無論哪輩子，不管我是什麼身分，你都會是我的妻子。」

花顏看著他，無言以對。

安靜中，隱隱地聽到外面傳來打鬥聲，雲遲打住了話，微微蹙眉。

雲遲伸手從椅子上抱起花顏，要將她抱去床上，花顏立即說：「天色還早，我還不睏，不想去床上窩著。」

雲遲腳步一頓，低頭看著她：「那你想？」

花顏對他說：「外面打鬥的聲音似很激烈熱鬧，不如我們也出去看看？」

「好。」雲遲點頭，抱著花顏出了內殿，走出畫堂，邁出門口。

有一名暗衛現身，稟告：「殿下，來了一批人，闖進了行宮，與雲影和影衛打起來了。」話落，看了花顏一眼，說，「似是臨安花家的暗衛。」

雲遲「哦？」了一聲，揚了揚眉。

花顏立即想到了安十六，她對雲遲說：「應該是安十六，早先我與他約定，在臥龍峽等我，他久等不到我又沒有我的消息，大約是等不及找來了。」

雲遲點頭，抱著花顏去了前面。

來到前面，只見東宮的大批隱衛與安十六帶來的大批臨安花家的暗衛打鬥在了一起，刀光劍影，草木碎屑紛飛，打得不可開交。

安十七就站在不遠處看著，見雲遲和花顏來了，連忙見禮：「少主，太子殿下！」

花顏一看果真是安十六。花顏見安十六帶來了足有百人之多，若不是仗著這麼多人，他也不敢輕易地闖雲遲居住的行宮。不過，看著打在一起的東宮暗衛，她也沒喊他住手。

雲遲目光落在安十六的身上，少年模樣，貌不出眾，但卻有著十分好的武功，與雲影打在一起，分毫不顯敗勢，似隱隱有些旗鼓相當。

他目露讚賞：「臨安花家的暗衛素來隱於市，不露於人前，如今一見，果然不同凡響。」

花顏笑了笑：「十六和十七是臨安花家這一輩裡最出彩的，若非因為我，他們不會對上東宮，也不會跟我來攪亂西南局勢闖蠱王宮奪蠱王。他們多年來，過的都是尋常的日子，心無旁騖地練功，武功自然不弱。」

雲遲點點頭：「都能和雲影比肩了，自然不弱。」

花顏瞅了他一眼，笑著說：「大多數時候，他們都是安安分分的，是你治理江山下的南楚子民。」

雲遲低頭瞅著她，輕笑：「你這是怕我找他算帳？才與我說這樣的話？」

花顏一本正經地說：「我說的是事實。」

雲遲頷首，煞有介事地說：「嗯，事實是，我的子民對上我，打起來半絲不客氣！」

花顏咳嗽一聲，沒了話。

小忠子見自家殿下一直抱著人，生怕累著，連忙命人搬來椅子，放在了他身後。

雲遲抱著花顏落坐，也沒出聲阻止，饒有趣味地看著。

花顏知道東宮的暗衛早在被安十六劫了悔婚旨意時就不痛快了，如今遇上安十六帶著人找來，自然想要分個高下。反正花家已經暴露在了雲遲的面前，而她又答應嫁於他，也不怕被他窺得更多。

臨安花家累世千年來，未曾做過危害誰家江山的事兒。

雲遲應該不至於想要覆滅了花家，而花家也不是誰想覆滅就容易被覆滅的。

一個時辰後，安十六與雲影相互用劍抵著，未分勝負，陷入了僵持。

雲遲淡淡一笑，似有預料地開口：「行了，都住手吧！」

花顏也笑了笑：「十六，收手！」

雲影和安十六各退一步，收了劍。

安十六還劍入鞘後，用袖子抹了一把額頭的汗，轉身大步向花顏走來，他不同於安十七，比安十七更大膽些，也更恣意些，幾步便走到了花顏面前，先盯著雲遲瞅了一眼，拱手見禮：「太子殿下！」話落，將花顏仔仔細細地瞧了一遍，皺眉喊了一聲，「少主！」

雲遲沒說話。

花顏對他說：「本來我明日是讓十七去與你會合，沒想到今晚你竟找來了。」

安十六看著她：「少主受傷了？看起來十分嚴重？」話落，看向雲遲，直言不客氣地相問，「太子殿下這是禁錮了我家少主？」

雲遲目光清清淡淡地看著他：「我就算禁錮了她，你待如何？」

安十六不客氣地說：「太子殿下若是禁錮了我家少主，不說我家公子會如何，我等也會與殿下拼個你死我活。」

雲遲頷首：「嗯，你敢與我這樣說話，不愧是得她器重，說服勵王為你所用，以二十萬兵馬攪亂西南局勢，連安書離和陸之凌都摸不著頭緒。」

安十六看著雲遲，見他神色雖淡，但語氣溫和，他又看向花顏，安安靜靜，也十分隨意平和，似不像是被禁錮，他心中揣思著這到底是個什麼情形，口中卻說：「在下慚愧，非我一人之能，書離公子與陸世子對西南不熟悉，我才能對他們瞞天過海，若是擱在南楚任何一個地盤，怕是也不能瞞過他們。」

雲遲微笑：「你一不居功，二不卑不亢，果然不錯。」話落，他低頭對花顏說，「這個也要了吧！」

花顏知道他指的是要陪嫁，一時噴笑，忍不住瞪了他一眼：「你這是做什麼？見了臨安花家的人，都要納入你東宮的羽翼不成？」

雲遲笑著說：「也無不可。」

安十六不明所以，直覺不是好事兒，立即斷然地說：「在下不入東……」

他還沒說完，安十七衝上前，一把拽住了他，同時捂住了他的嘴，小聲說：「十六哥，你不懂，先別胡亂說話。」

安十六沒出口的話被迫吞了回去，不解地看著安十七。

安十七又小聲對他說：「你先弄明白事情始末再說吧！別剛一來，就一副找太子殿下強硬要人的架勢，咱們少主，以後是要嫁給太子殿下的，你這時候得罪了人，看你以後怎麼找補回來。」

安十六聞言大驚，不敢置信地看著安十七：「你說什麼？」少主好不容易悔了婚事兒，如今這又是弄的哪齣？他看著花顏，睜著大眼睛，一時說不出話來。

花顏覺得安十六不像安十七一般三言兩語好打發，偏頭對雲遲說：「讓我單獨與他們說說話吧！你在我身邊，他們放不開話匣子。」

雲遲也看出安十六不同於安十七，痛快地點頭，將她放下起身：「好，你身子不好，時間不要太久。」

安十六見雲遲離開，看著花顏，滿腹疑問。

花顏如實地將奪蠱王前後發生的事情與他詳細得當地說了一遍。

安十六聽罷，久久無言。

安十七在一旁說：「少主為了子斬公子的性命，當真是捨得把自己的一輩子都捨了出去？」

花顏輕輕地搖頭：「也不全是為了他的性命。」

安十七看著花顏：「那少主您還為了什麼？」

花顏歎了口氣，低聲說：「昏迷的半個月裡，我隱隱約約是有些意識的，雲遲為了救我，不惜每日耗費功力，折損自己身體，不計以往恩怨，對我的照顧也無微不至。他能為我如此，我還有什麼捨不得的？」

安十七睜大了眼睛，似有所悟。

花顏又低聲說：「我這條命是他救的，所謂人若死了，便什麼都沒有了，我與蘇子斬的緣分，若是不得他救我，那一日也會斷送在蠱王宮。如今被他救活，這是第二條命了，我第一條命給了蘇子斬，第二條命給雲遲，成全他，也算是成全了我自己。」

安十七懂了點兒，只是覺得有些可惜：「少主一直不喜歡做太子妃，費了無數辛苦傾軋，可是沒想到，還是兜轉回了原點。您能適應得了東宮深深宮苑裡的生活嗎？」

花顏笑了笑：「以前我一直抗拒排斥，未曾認真對待，昔日我在東宮那般折騰，東宮上下待我十分敬重，以後我認真些，應是不難生活。」話落，她肯定地說，「難也要去適應，我不是出爾反爾的人。既然答應做他的太子妃，便儘量去做好。」

安十七感慨：「少主從小到大，遷就過誰？這以後若是忍耐苦楚……」

花顏笑了起來：「不至於的，我生來就不是個會吃虧讓自己受苦的人。如今與雲遲是平等交換，他救我，給我蠱王，我嫁他，以身相許。從此刻起，不計較以前那些，重新開始。」

安十七聞言不言語了，轉頭看向一旁一直沉默的安十六。

安十六深深地歎了口氣，終於感慨地開口：「看來少主與太子殿下著實是有緣，您千方百計悔婚，悔婚懿旨都拿到手裡了，偏偏為了子斬公子來南疆闖蠱王宮，似冥冥中便有註定，也是沒法子的事兒。」

花顏點頭：「看來這命定之說，有時候不可不信。」

安十六道：「太子殿下救了少主，便是我們臨安花家所有人的恩人，不說用蠱王相換，只說這份恩情，少主回報他以身相許，也是應該。臨安花家上下所有人，想必都不會有異議，畢竟少主的性命最重要。」

花顏微笑：「能生於花家，長於花家，是我的福氣。」

花顏真的覺得能生於花家長於花家是她的福氣，只是這福氣，怕是以後就沒了。花家累世千年，從不與皇權沾染，一旦她真的沾染了，嫁給雲遲，唯一之法，便是要從花家除籍了。

只有從花家除籍，再不是花家的人，才能不破壞花家的規矩。

畢竟不能因為她一個，破了花家千年的立世之道。

她漸漸地收起了臉上的笑容。

安十六擔憂地說：「子斬公子那裡，少主打算怎麼辦？當日離開桃花谷時，子斬公子可是說等你回去的。」

花顏抬頭望天，夜幕深深，天空有點點繁星……

她沉默許久，收回視線，沉靜地說：「我已經寫好了書信，明日你們帶走，送回去交給哥哥，哥哥會依照我信中所言，幫我照顧好他，尋到合適的機會，告知他此事。」

安十六看著孱弱的她，心疼地說：「子斬公子是一個極其驕傲的人，若是知道少主為救他而嫁太子殿下，怕是生不如死。您救了他的人，救不了他的心，生與死何異？」

花顏抿起嘴角，又沉默了片刻，低聲說：「他也許會一時受不住，但是早晚會明白的。人與人之間，有許多種情意，喜歡、愛慕、知交等等，不止一種，我不能與他終成眷屬，那是前世修的緣分不夠，但我還是想讓他活著，活得更好。」

安十六又深深地歎了口氣：「太子殿下對少主勢在必得之心，終於被他達成了，果然天下人傳言，太子雲遲，沒有做不到的事兒。只要他想要做一件事兒，一件事兒必成，如今足可見真知。」

安十七忽然小聲問：「少主，太子殿下是真對您情深意重，還是他認定了您，您偏偏不想做太子妃，激起了他對您非娶到不可的執拗？若是後者，那……」

花顏眸光微動，眼底凝上一抹深色，淺淺而笑：「是又如何，不是又如何？蠱王還不足以讓他闖進當時已成了火牢的蠱王宮，他為救我以身涉險，九死一生，又折損自身運功為我祛毒，這些已足以讓我應允他嫁他。」

安十七聞言又沒了話。

花顏又道：「江山是他的重擔，我嫁他之後，若有必要，也要幫他分擔些。總之，人生一世，還是別活得太明白的好。」

安十七也長長地歎了一聲：「少主為了我們臨安花家隱衛零傷亡，險些折損自己。若是當日多帶些人闖進蠱王宮，也不至於……」

花顏微笑：「說這些又有什麼用？我不後悔，我們臨安花家每個人的性命都珍貴，如今已然是最好的結果了。況且，無論如何，雲遲待我，不止不薄，可以稱得上極為厚重了。也許有朝一日，我會……」

安十六忽然截住她的話，鄭重地說：「少主，您可千萬不要愛上太子殿下，自古以來，多少紅顏，淪落進帝王家，零落成泥碾作塵，先皇后便是一個例子。若不是嫁入皇宮，她興許不會早薨。」

花顏指尖蜷了蜷，垂下頭，面色幽幽，低聲說：「若是愛上，也沒有辦法。」

安十六聞言沉默了。

安十七也沒了聲。

花顏似乎陷入了某種思緒，神色微微恍惚，過了許久，她收起所有情緒，平靜地抬起頭，笑看著二人：「你們與我一般年歲，卻這般如老婆婆一樣地為我操心，放心吧！先皇后生來身子骨便弱，我如今雖因毒而弱，但這副身子早晚是會養回來的。我便不信皇宮能吃了我。」

安十六想了想，對花顏說：「十七帶著蠱王和書信回去見公子，我留下來陪著少主。」

花顏搖頭：「蠱王是我用命換的，萬不可有失，你們一起護著蠱王回去。如今雲遲雖然封鎖了蠱王宮的祕密，但長久下去，沒有不透風的牆。你們護送蠱王要緊。」

安十六看著她：「可是少主如今這般，我實在不放心。」

花顏對他說：「我在雲遲身邊，你不放心什麼？我這條命是他以身涉險費力救的，他會護著我不會讓我出事兒的。」

安十六猶豫：「可是太子殿下看起來也十分不好……」

花顏好笑：「東宮的隱衛可不是吃素的，他身體不好，還有東宮隱衛。擔心什麼？」

安十六咬牙：「好吧！我與十七現在便啟程，待將蠱王和書信送回去，我們再來少主身邊。」

花顏想了想說：「你們聽哥哥安排吧！她見了我的書信，定會做出安排。從我答應雲遲嫁他起，便不算是臨安花家的人了。以後臨安花家都會擔負在哥哥肩上。他自病好後，逍遙了三年，如今也該接了我肩上的擔子還我清閒了。」

安十六失笑：「做太子妃可不清閒。」

花顏「唔」了一聲，「也沒有想的那般可怕。」

安十六點頭：「也許！少主以前常說事在人為，這天下間，蠱王宮都闖得，蠱王都奪得，想一個太子妃而已，也該難不住您的。」

花顏笑著點頭，將手裡一直拿著的書信交給他，然後對身後吩咐：「小忠子，去將太子殿下請回來吧！就說十六和十七帶著臨安花家的人，即刻啟程。」

小忠子連忙應是，立即去了。

不多時，雲遲走來，手裡拿著裝著蠱王的金缽，交給了安十六，對他說：「代我與花灼傳一句話，就說本宮待處理完西南境地動亂，恢復安平之後，會前往臨安花家提親。」

這次不是懿旨賜婚，不是聖旨賜婚，是雲遲親自上門提親，意義大為不同。雲遲終究是將皇權與臨安花家擺在了一個對等的層面上，古往今來，還沒有皇家太子提親這一說法。

安十六聞言面色動容，恭敬地對雲遲深施一禮，然後又恭敬地接過了他手中的金缽，鄭重地說：「在下一定將此話一字不差地傳給我家公子，還望太子殿下仔細照看我家少主。」

雲遲溫和地笑：「她是本宮的太子妃，本宮得她如獲至寶，自然會仔細照看。」

安十六點頭，收好金缽，又看向花顏。

花顏將以蠟封好的信封遞給他：「你們路上小心。」

安十六接過信函揣入懷中收好：「少主放心！」

該說的話已經說完，二人帶著蠱王和信函以及臨安花家的大批暗衛離開了行宮，很快就出了京城。

雲遲在二人離開後，伸手撈起花顏，抱在懷裡，溫聲問她：「折騰這許久，可乏了，可想上床休息了？」

花顏安靜地窩在他懷裡，點了點頭，輕聲說：「是累了。」

雲遲抱著她回了內殿。

花顏躺在裡側的床上，閉上眼睛卻沒多少睏意，等了一會兒，不見雲遲熄燈上床，只是坐在桌前喝茶，她又睜開眼睛，疑惑地問：「你不睏？怎麼還不上床休息？」

雲遲看向床榻，她躺在錦被裡，長髮披散在枕畔，燈燭的光映在她臉上，靜謐美好，他放下茶盞，低聲說：「你先睡，然後我再睡。」

花顏盯著他看了一會兒，點了點頭，重新閉上了眼睛。

雲遲又喝了一盞茶，沒聽到花顏均勻的呼吸聲，知道她還沒睡著，他緩緩站起身，來到床前，解了外衣，掛在了一旁，之後，也不上床，便立在床邊看著她。

花顏被他看了半晌，忍不住睜開眼睛，詢問：「怎麼了？做什麼這般看我？」

雲遲對她問：「我看你許久未入睡，睡不著？」

花顏「嗯」了一聲，「大約白日裡睡多了，如今沒多少睡意。」

雲遲想了想，對她說：「要不然，我運功為你祛毒吧！我如今也不睏。」

花顏斷然拒絕：「不要，你為了我都快瘦成麻秸稈了，不能再折騰身子了。」

雲遲聞言坐在床頭，想了想：「你既睡不著，要不尋些事情打發時間？」

花顏病厭怏怏地說：「我這般軟綿綿的，能尋什麼事情打發時間？」

雲遲看著她，垂下眼睫，說：「我們說說話吧！既不會讓你累到，也能打發時間。」

花顏點頭：「也好。」

雲遲隨意地靠在床頭，伸手捏了她一縷青絲，溫聲問：「你以前晚上睡不著的時候，都做什麼？」

花顏張口便說：「做的事情可多了，逛紅樓，喝青酒，聽小曲，進賭坊……」

「停！」雲遲打住她的話，又氣又笑，「就沒有什麼高雅的事兒？」

花顏想了想，說：「有啊！琴棋書畫，我也是會的。」話落，又癟嘴，「不過這種高雅的玩意兒，我上輩子可能得罪了它們，這輩子碰不得。」

雲遲低笑：「有什麼高雅的，你愛玩的呢？」

花顏又想了想：「鬥蛐蛐？算不算？貴族子弟不都喜歡這個嗎？」

雲遲搖頭：「不算，這是紈褲子弟才玩的。」

花顏無語地瞅著他：「雲遲，你不會從小到大都沒玩過這些吧？」

雲遲想了想，失笑地搖頭：「似乎還真沒玩過，我生來便是太子，父皇請了當世最好的師傅教導我，母后未曾來得及當慈母，便薨了，皇祖母雖然愛護我，但因一心念著我是太子，是南楚江山的希望，對我管教也甚是嚴苛，待我十二三歲時，更是謹慎不讓我沾染頑劣惡習，身邊侍候的人更是無一敢攛掇我玩耍，待我十六歲監國涉政時，多年習慣便已經養成了。」

花顏聞言憐憫地看著他，伸手輕柔地拍拍他的臉：「可憐的，別人可以童稚玩樂，可以年少輕狂，你卻不可以。生在帝王家，你這命可真是不好。」

雲遲伸手攥住她的手，氣笑：「天下多少人羨慕我富貴尊榮，唯你覺得我可憐。」

花顏撇了撇嘴：「大千世界，眾生百態，既然來這世上走一遭，該嘗的就要嘗過，該品的就要品過，該玩的就要玩過，才不枉費這一遭。你這身分，生來高高在上，卻是為別人活的，為南楚江山的萬千子民，卻不是為著自己，當然可憐了。」

雲遲目光凝定，對上她的眼睛說：「我也為了自己一回，如今強求你嫁我，便是我有生以來目前為止做的最任性的事兒。」

花顏眨眨眼睛：「這樣說來，你也不算是太可憐了。」

雲遲點頭，溫柔地說：「嗯，不算的，你被我圈固住，我這可憐是分了一半給你的。」

花顏低笑，瞪了他一眼：「真是上輩子欠了你的。」

雲遲點頭，看著她，伸手將她抱進懷裡。

花顏如今沒了往日那般羞怒憤恨，卻真真實實地體味出了和雲遲相處的另一種感受。

她閉著眼睛，想讓胸口那顆心跳停下來，卻怎麼也停不下來，腦子有些暈眩地想著，早知道不睏也要死命地睡，這樣一來，今夜怕是睡不好了。

雲遲忽然想到了什麼，睜開眼看花顏依舊死閉著眼，眸光微微一黯，低聲說：「對不起，我忘了你不喜我這般對你，我以後……」

花顏猛地睜開了眼睛。

雲遲話語頓住，薄唇微抿。

花顏無聲地瞅了他片刻，一顆心忽然鎮定下來，對他有些羞惱地說：「以前是不喜，我如今又沒有說什麼？你對不起什麼？以後如何？」

雲遲一怔。

花顏扭過頭，閉上眼睛，不再理他。

雲遲愣了半晌，本就聰明絕頂，仔細地品味這句話，似明白了什麼，啞然失笑，伸手擁她入懷，低啞地說：「是我不對，說錯話了，我以為你……罷了，總之是我不對，我以後……」

花顏羞惱，怒道：「你以後不准碰我。」

雲遲手臂收緊：「日日與你相對，你昏迷時我尚不覺得如何煎熬，如今你醒來……」

她從來不知道，雲遲說起不算是情話的情話來，這般動聽。

她沉默了許久，才紅著臉說：「我如今這副身子，哪有力氣？你為了救我，折騰這麼多時日，比我也好不了多少，別折騰了，你若是睡不著，念兩遍清心咒。」

雲遲圈緊她，愉悅地笑：「你不是不喜我這般對你就好，你睡吧，等你入睡，我再睡，比如今你醒著，我要好入睡得多。」

花顏無言，只能讓自己儘快睡去。

雲遲揮手熄了燈，房中黑暗下來，他又揮手落下了帷幔，床內更暗。

花顏自己在心裡念了兩遍清心咒，終於念累了，漸漸睡了過去。

雲遲聽著她均勻的呼吸聲，卻沒半點睏意，心中想著，她能這般待他，不怒不怨，明媚鮮活，他已然知足了。

哪怕……蘇子斬會成為她心底永遠的夢。

第二日，花顏醒來，雲遲已不在身邊。她這兩日每每醒來都見他在身邊，如今乍然不見，一時竟有些不習慣。她動了動身子，還是有些綿軟，但好在似養回了些力氣，慢慢地支撐著自己坐了起來。

她起來的動靜十分輕微，卻驚動了外面守著的小忠子，小忠子試探地輕聲問：「太子妃，您可是醒了？」

花顏「嗯」了一聲。

小忠子立即說：「殿下有要事，天還未亮便出了行宮，走時囑咐奴才，讓奴才守在這裡，仔細聽著您若是醒來，就讓昨日選好的婢女采青侍候您。」

花顏點頭：「好，讓她進來吧！」

小忠子應是，連忙對規矩地站在他身後的婢女招手，囑咐：「快進去吧！依照我早先交代你的規矩，仔細侍候太子妃，不得出半分差錯。」

「我曉得的。」采青點點頭，進了內室。

花顏隔著帷幔看著一個年約十四五歲的少女走了進來，梳著雙環髻，清秀可人。看她行走乾脆俐落，不躡手躡腳，顯然是身懷功夫。

「拜見太子妃，奴婢叫采青！」采青來到床前，福身見禮。

花顏對她笑了笑：「以後煩勞你了！」

采青直起身，伸手挑開帷幔掛在床前的掛鉤上，對花顏露出個梨渦的笑容，清清爽爽地說：「奴婢能來侍候太子妃，是奴婢的福氣！」

花顏又仔細地打量了她一眼，笑問：「你年紀雖輕，武功看起來不弱，小忠子這是從哪裡給我找來的可人兒？讓你侍候我，大材小用了。」

采青抿著嘴笑：「奴婢是東宮暗衛。」

花顏一怔：「你是東宮的暗衛？我以為東宮的暗衛都是男子。」

采青搖頭，解釋說：「先皇后在世時，有一支梅家帶入皇宮的隨身暗衛，後來皇后娘娘薨了之後，這支暗衛便留給了太子殿下，說是給未來太子妃的。殿下一直未娶太子妃，這支暗衛便一直不得用。」

花顏恍然地「哦」了一聲。

采青又笑說：「您昔日入東宮時，因不想做太子妃，不想留在東宮，不接東宮的中饋，勢必要毀了婚約，殿下也沒有法子，就沒將這支暗衛塞給您。」

花顏點點頭，想著當初在東宮時，雲遲似乎恨不得將東宮的一切庶務都交給她，但當時她實在是太抗拒了，所有的一切恨不得都離她遠遠的。

采青又說：「直到西南境地出事兒，殿下帶著您啟程來南疆時，這支暗衛才被得用，只是沒想到，中途您離開了，太后又下了悔婚懿旨……幸好如今您與殿下和好了，我們才能又有用處了。」

花顏微笑：「我確實能折騰了些，難為你們了！」

采青連忙搖頭，敬佩地說：「太子妃您只帶著幾十人闖入蠱王宮，覆滅了南疆數千活死人毒暗人，著實令我們敬佩。」

花顏失笑：「險些將命丟了，有什麼可敬佩的？」

采青認真地搖頭：「那也是值得敬佩的，太祖爺建朝後，南楚皇室歷代帝王都想方設法要掌控南疆蠱王，不知派出了多少皇室暗衛，不是闖不進蠱王宮，就是闖進去再也出不來了，折損無數。後來，只能放棄。最近百年來，換了以懷柔滲透制衡的政策，效果雖顯著，但蠱王蠱毒依舊是毒瘤，如今卻被您一舉拔除了，且無一人傷亡，我們東宮所有暗衛，都對您敬佩不已。」

花顏見她說得認真，滿眼敬佩，又笑了笑，轉移話題，問：「太子殿下去了哪裡？你可知道出了什麼事兒？以至於他天還沒亮就走了？」

采青小聲說：「蠱王宮被毀的消息洩露了出去，勵王帶著二十萬兵馬離開了南夷，星夜啟程直奔南疆都城來了。南疆王暈厥後醒來，對殿下極其惱怒，殿下圈禁了南疆王，公主葉香茗昨夜莫名失蹤，殿下猜測，她應該是自行醒來，暗中避開了東宮的眼線，去尋勵王了。」

花顏皺眉。

采青又說：「十有八九，南疆皇室會與勵王裡應外合圍困攻打南疆都城，所以殿下得到消息後，一早便出行宮安排了。」

花顏問：「怎麼安排？」

采青搖頭：「奴婢也不知。」

南疆王即便一直以來怕雲遲降順雲遲，事事聽雲遲的安排，但一定受不住蠱王宮被毀丟失蠱王，他定會生起強烈的反抗。再加上勵王本就對南楚不滿，早就有擺脫南楚掌控之心，如今失了蠱王，正好有了聲討雲遲的由頭。

勵王打著討伐的旗號，殺了雲遲，一定能得西南境地所有人的擁護。

雲遲本可以不必陷入這等境地，他此次來西南境地處理西南動亂之事，坐鎮南疆都城，是沒有打算動蠱王宮的，他要的是幾年內徐徐圖之，慢慢地蠶食瓦解西南境地這片土地，讓他們細水長流地被一點點吞噬。

奈何，恰逢她要救蘇子斬，打破了他所有的計畫。

所以，如今算是給他增加了無數的艱難，而且，還是在武功因救她只剩下三成的情況下。

安十六和安十七帶著人都撤走了，若是……她飛鳥傳書，讓他們在過了臥龍峽，進了南楚地界後，再將大批人遣回來呢？

她正想著，采青見花顏久久不語，小聲勸慰：「您不必憂心，殿下一定會有辦法的，什麼事情都難不住殿下的。」

花顏打住思緒，一笑：「是啊！什麼都難不住他，他一定不會讓勵王和二十萬兵馬來到南疆都城的，途中必會派人去截住，他這個太子殿下，從來就不是吃素的。」

采青抿著嘴笑，動手幫花顏穿衣梳洗。

打點妥當，用過早膳，花顏由采青扶著，這麼多天第一次自己用腳走出了房門。

小忠子候在外面，見了花顏，連連歡喜地說：「太子妃能自己走路了，真好。」

花顏笑看了他一眼，想起一人，問：「梅舒毓呢？」

小忠子連忙說：「您還未住進這行宮前，毓二公子早就被殿下派出南疆都城了。」

花顏有些意外，她笑著問：「他被派去了哪裡？」

小忠子搖頭：「奴才也不知，殿下似是交代給了他一件十分要緊的事兒，由暗衛祕密護送走的。」

花顏倚著門框尋思片刻，忽然似想出了緣由，笑著說：「太子殿下未雨綢繆，如今正巧派上用場。」話落，對小忠子說，「去將賀檀喊來。」

小忠子看著花顏：「是賀檀嗎？不是賀言？」

花顏肯定地說：「是賀檀。」

小忠子應是，立即去了。

不多時，賀檀匆匆來到，少年看起來十分歡喜高興，活蹦亂跳的給花顏見禮：「少主，您找我？是不是有什麼事情讓我做呀？」

花顏對他微笑著說：「我記得昔日哥哥送給了你一隻一點翠，你可有好好養著？如今可還在？借給我用用。」

一點翠是一隻十分小的翠鳥，十分罕見，因體量太小，腿、脖子太細，不能用於綁著信箋傳書，但是卻有兩個優點，一是飛行速度奇快，二是十分聰明，可以記得少量的字，並且用爪子沾了茶水寫出來。

花顏如今身邊沒有飛鳥飛鷹，便想起了賀檀的一點翠。

賀檀聞言連連點頭：「在在，我一直好好地養著，每日裡隨身帶著，按照公子所說，這些年一直教它識字，如今認識許多字了，現在就在這行宮。」話落，他撓撓頭，「少主您昏迷期間，我很想用它給十六公子送信，但因為身居行宮，怕它被東宮的暗衛給射殺了，就沒敢放出去。」

花顏微笑：「那正巧，你給我拿來，我讓它幫我個忙。」

賀檀痛快地應了一聲，立即快步去了。

小忠子知道花顏的習慣，對她試探地問：「太子妃，您如今走出來，是不是想曬曬太陽？奴才讓人給您搬一個躺椅設在這院中如何？」

花顏點頭：「好！」

小忠子連忙吩咐人去了。

第四十二章 天生怪病

不多時，便在院中樹蔭下擇了一處地方設了一個貴妃椅，陽光透過稀疏斑駁的樹影落下，既能曬得到太陽，又不會讓人感覺太熱。

花顏由采青扶著，躺了上去。采青又回屋拿了條薄毯，蓋在她腰身以下。

賀檀帶著一點翠來到，對花顏說：「少主，您看，它被我養得好嗎？我時常鍛鍊它，除了寫字，每隔一段時間，就會放它出去飛一圈，去年，他還去臨安見過公子呢。」

花顏扭頭瞅了一眼，一點翠通體碧綠，正站在賀檀手心，歪著頭瞅著她，一副伶俐聰明快誇我表揚我的小模樣，她笑著點頭：「是被你養得很好，很水靈。」

賀檀高興：「您想讓它去哪裡？給誰傳信？十個字以內，它一定會傳到的。」

花顏笑著說：「給十六，他昨日剛走，儘快追上他，對他說幾個字就行。」

賀檀立即說：「那好說，十六公子來南疆後，那幾日還逗弄它玩來著，它對十六公子熟悉，不必聞物件，就能很好將信送到。」

「那好，我與你說幾個字，你教會它，讓它立即去吧！」說完，對著賀檀說了幾個字。她並沒有避諱一旁的小忠子和采青。

賀檀聽罷，記住了，連忙點頭，帶著一點翠去了一邊，沾了茶水教它。

花顏看著他，只見少年認真地寫著，寫完一個字，問一點翠記住了嗎？一點翠也十分認真，歪著頭仔細地看，沒記住時，就一動不動地看，記住了之後，就高興地在案桌上轉圈，將那個字用爪子畫了出來，然後嘰嘰喳喳地讓賀檀表揚。

賀檀摸摸它的頭，很高興地繼續教它下一個。

大約三盞茶的時間，賀檀將花顏要傳的字教完，將一點翠放走了。

花顏看著一點翠小小的身影很快就直飛沖天，連一點兒影子也不見了，才收回視線。

賀檀笑著走回來，對花顏說：「這小東西快得很，又熟悉西南境地，十六公子只走了一夜又半日，如今不見得出西南境地，它頂多晚上就能追上，夜裡擇個地方休息一個時辰，明日一早，就能返回來。」

花顏點頭。

賀檀看了小忠子和采青一眼，湊近花顏，小聲問：「少主，我們回春堂的人整日被圈在行宮裡，什麼時候能自由走動啊？除了爺爺給您看診外，其餘人都派不上用場，只能閒待著。」

花顏笑著問他：「行宮裡好吃好住，是你自己覺得悶了吧？」

賀檀嘿嘿一笑，撓撓頭：「是有點兒憋悶得慌。」

花顏對他說：「就算憋悶得慌，你們也得暫且住在這裡，昨夜公主葉香茗失蹤，如今蠱王宮被毀的風聲走露了，她怕是會聯合勵王帶二十萬兵馬攻打南疆都城，外面如今形勢危急。她必定已回過味來，知曉那日受傷是為了取她的血引，想通你爺爺與此事有關，進而萬一對回春堂動手，那就不妙了。」

賀檀聞言乖覺地點頭：「那我還是老實地在行宮裡安生待著好了。」

花顏點頭：「你稍後給大家帶句話，就說我說了，安心在這裡住下，若是實在閒得慌，就製藥好了，跌打損傷的藥丸，多製些，軍中的士兵定有用途。」

賀檀連忙點頭，「我這就去。」說完，轉身走了，走了兩步後，又轉回頭，「那個，少主，要製藥，沒有藥材啊！」

花顏笑著看了小忠子一眼：「需要什麼藥材，列一張單子給小忠子，他會讓人幫你辦了。」

小忠子立即在一旁接話：「太子妃說得對，奴才能辦得了這事兒。」

賀檀高興地應了，一溜煙地跑走了。

小忠子心中歡喜，對花顏說：「太子妃，您剛剛讓那隻鳥兒傳的話，是為了幫殿下吧？」

花顏說：「是啊！將他置身艱難的境地，我得負全責，如今能幫些小忙，就幫些。」

小忠子激動地說：「殿下若是知道您關心他為他著想，一定很高興。」

花顏笑了笑。

采青也在一旁說：「這可不是小忙呢，太子妃雖然只讓那鳥兒傳了幾個字，但奴婢卻聽明白了，您是想讓臨安花家的暗衛折返回一批人，暗中攪動西南經脈，在米糧和鹽倉上動手，讓二十萬勵王軍巧婦難為無米之炊呢。」

小忠子一拍腦袋：「是奴才愚笨，雖然知道太子妃是在幫殿下，但是沒想明白是這麼大的事兒。」

花顏笑著說：「太子殿下既然早已命梅舒毓回南楚調兵了，攔住二十萬勵王軍輕而易舉，但可怕的是，整個西南境地的兵馬，若是因南疆蠱王宮被毀，同氣連枝整合起來，各小國趁機聯手對付太子殿下，加在一起，百萬兵馬，就真正的危險了。」

采青立即說：「所以，您此舉是在整個西南所有兵營的兵馬？」

花顏頷首：「不錯，自古以來，兵馬要戰，糧草不得有失。米糧鹽倉，缺一不可。」

采青小聲說：「百年來，南楚對於西南的掌控，多在兵力政策上，對於民生扎的根基不如臨安花家，如今您這般幫殿下，殿下便可少一半壓力。」

花顏無奈地長歎：「我如今也只能做到這個了，別的也幫不了他。」

采青寬慰：「您萬不要思慮太過，養好身子最是打緊，奴婢相信殿下。」

小忠子連連說：「不錯，殿下愛重您，您只要明白體會殿下的心意，不幫忙，殿下也高興。您不知道，您離開後，懿旨悔婚那些日子，殿下過的那叫什麼日子，那時候，奴才都生怕殿下突然就倒地一病不起。」

花顏失笑，看著小忠子：「他明智冷靜，不至於有你說的這般嚴重。」

小忠子使勁地搖頭，誠懇地說：「奴才不敢欺瞞太子妃，殿下真的是差點兒倒下，那些日子，日夜趕路，整日裡不見說一句話，眼看著就要倒下，還是奴才勸說了殿下好一通，殿下才開解了些，咬牙挺了過來。」

花顏好奇：「哦？你怎麼勸的他？」

小忠子以前很怕花顏，如今卻是不太怕了，覺得不抗拒與殿下在一起的太子妃著實好侍候好相處，他躊躇了一會兒，還是不太好意思地將勸說雲遲的話說了。

花顏聽罷，笑著點頭：「怪不得他還你在身邊近身侍候，這番話確實能開解人。」

小忠子見她沒有生氣在意，嘿嘿地笑著說：如今好了，您回到殿下身邊，奴才的日子也好過了。」

花顏不置可否，不再說話，笑著閉上了眼睛。

花顏多日沒出屋曬太陽，如今躺在躺椅上，暖暖的太陽照在身上，她極為舒服地閉上了眼睛，很快就睡著了。

花顏又睡了半個時辰，便緩緩起來，由采青扶著回了屋。

回屋後，她沒了睏意，對采青笑著說：「有什麼市井志怪小說，或者話本子，去找兩本來解解悶。」

采青答應的痛快，立即去了。

不多時，采青抱了一大摞回來，一字排開放在了花顏面前：「太子妃，您看，這都是最新的，您喜歡哪本？」

花顏掃了一眼，隨手翻了翻，選出了一本才子佳人的話本子，笑著說：「就這本吧！」

采青點頭，將其餘的收起來，對花顏說：「奴婢給您讀吧？免得您自己看書累到。」

「也好。」花顏將話本子交給了采青。

傍晚，天幕黑下來，雲遲還沒回來，小忠子進來小聲說：「太子妃，殿下還沒回來，您可餓了？奴才讓廚房端晚膳來，您先用可好？」

花顏問：「他可傳話回來說不回來吃了？」

小忠子搖頭：「沒有。」

花顏說：「那就再等等。」

小忠子心下為太子殿下歡喜，但還是說：「您還是先用吧！若是餓壞了您，殿下回來一定會唯奴才是問。」

花顏笑著說：「沒那麼嚴重，我還不餓，再等半個時辰，他若是不回來，我再吃。」

小忠子點頭，退了下去。

花顏見采青念了一個半時辰的書，估計也該累了，便趁機讓她打住。

采青放下書，說：「這話本子寫的不好，那才子真是太弱了，空有滿腹文采，奈何肩不能挑手不能提，與那小姐出遊，遇到強盜無賴，還要那小姐保護他，幸好那小姐自小習武，否則，豈不是吃了虧去？可見百無一用是書生。」

花顏抿著嘴樂：「說的也是。」

采青又說：「還是太子殿下好，文武雙全，隻身闖進蠱王宮，救出了太子妃。」

花顏失笑，看著采青：「皇后娘娘留的這一支暗衛，都與你一樣崇拜太子殿下嗎？」

采青點頭，肯定地說：「嗯，殿下自小就天賦早智，文采武功，一點就通，常人難及。我等十分敬重崇拜太子殿下。」

花顏笑著問：「這一支暗衛，多少人？」

采青說：「兩百人，皇后娘娘薨了之後，有些人殉葬了，奴婢三歲時被領衛選中，補了進來。此次來西南境地，殿下選了五十人。奴婢最幸運，被選來侍候您。」

花顏點點頭，低聲問：「皇后娘娘是怎麼薨的？是因為體弱有病不治而亡嗎？」

采青搖頭，也低聲說：「奴婢不知，奴婢來時，娘娘早已經薨了幾年了。」

花顏想想也是，以她的年歲，還是極小的，皇后娘娘都沒了十五年了。

臨安花家概不與皇室沾邊，雖然暗樁遍布天下，從不去查探皇室的隱私祕辛之事。即使她從十一歲接了臨安花家所有的庶務至今已五年，也從未理會，本以為這輩子都不會沾邊的，誰知道成了太子妃。

如今答應了雲遲，就是一輩子的事兒了，看來，以後還是要多瞭解些。

她正想著，外面傳來小忠子的聲音：「太子妃，殿下回府了。」

花顏點頭：「知道了，讓廚房準備吧！」

小忠子應了一聲，連忙迎了出去。

不多時，雲遲疾步走來，不等小忠子打簾子，三兩步便進了內殿。

采青連忙見禮：「太子殿下！」

雲遲「嗯」了一聲，來到床前，對花顏問，「在等我用晚膳？」

花顏瞅著他，一身風塵，看來今日是出城了，並沒在都城，她點點頭：「怎麼走得這般急？出了一身的汗。」

雲遲聞言後退了一步，笑著說：「怕你等我用晚膳，便趕得急了些。」

花顏笑著問：「天色還不太晚，我還不餓，你要不要先去沐浴然後再用膳？」

雲遲點點頭，對外面吩咐了一聲。

小忠子連忙應了。

采青知道雲遲不喜歡眼前有人亂晃，連忙退了出去。

雲遲解了外衣，對花顏問：「采青可合你的心意？」

花顏點頭：「很合心意，乾脆爽快，很是可人。」

雲遲笑著說：「那就留在身邊，讓她侍候你吧！」頓了頓，又說，「母后薨了之後，留了一支暗衛，是給她兒媳婦兒的，待你身子好了之後，可願接手？」

花顏摸著下巴說：「皇后娘娘留給她兒媳婦兒的暗衛，是聽她兒媳婦兒一個人的話，還是最聽她兒子的話？」

雲遲失笑，清泉般的眸光凝了她一眼，笑著說：「夫妻一體，這很要緊嗎？」

花顏誠然地點頭：「很要緊的，夫妻一體，彼此也該有點兒私密的小空間。」

雲遲笑得意味深長地說：「我不想與你有什麼空隙的小空間。」

花顏臉一紅，撇開頭：「我與你說正經的呢，你若是給我東西，就要全權聽我的，否則，你自己留著吧！」

雲遲扶額：「能不能打個商量？」

「嗯？」花顏又轉過頭看著他，「什麼商量？」

雲遲說：「空間儘量別太大，小一些。除卻雞毛蒜皮的事兒外，但凡涉及你我情意的大事兒，必讓我知曉，不得瞞著我，如何？」

花顏佯裝犯難地說：「我考慮一下。」

小忠子帶著人抬來水，放去了屏風後，雲遲打住話，笑著進了裡面。

花顏歪在靠枕上，聽著裡面簌簌的脫衣聲，然後是輕輕的撩水聲，暗想雲遲這個太子真是沒有一點兒身為高貴身分的排場，沐浴打理自身等活計，完全是自己親力親為，連小忠子都不用。

不多時，雲遲沐浴完，換了身寬鬆的軟袍走出屏風，來到床前，伸手將花顏拽進了懷裡，目光溫柔，嗓音溫潤：「在想什麼？」

花顏靠在她懷裡，懶洋洋地問：「你今日出城去了哪裡？外面的情形可還樂觀？」

雲遲的下巴擱在她肩上，抱著她說：「去了三百里外，見了梅舒毓從南楚調來的兵馬，安排布置了一番。局勢未惡化，不嚴峻，我應付得來。」

花顏蹙眉：「來回六百里，你這一日趕路很累吧？今日趕不回來也沒什麼的。」

雲遲蹭了蹭她肩，聲音隱著一絲笑意：「不累，若不回來，我心下不踏實，不放心你。」

花顏覺得肩上薄薄的錦綢被他蹭得有些灼熱，她臉紅了紅：「我又不會跑，你不踏實什麼？不放心什麼？」

雲遲搖頭，笑著說：「我知道你不會跑，我不是這個意思，我是一日不見你，怕自己受不住。行宮雖然安排了不少人，但畢竟是在南疆，我怕生出差錯來。」

花顏心下暖了暖，伸手推他：「吃晚膳吧！就算我不餓，想必你也餓了。」

雲遲點頭，抱著花顏去了桌前。

小忠子帶著人將晚膳逐一擺上桌，笑咪咪地退了下去。

用過晚膳，花顏見雲遲眉目間顯而易見的疲憊，折騰了整整一日，便催著他趕緊歇下。

雲遲的確是累了，躺在床上，不一會兒就睡了過去。

花顏並沒有睏意，但依舊安靜地陪著雲遲躺在他的懷裡，聽著他均勻的呼吸聲，靜靜地看著他的睡顏。

月光瀉下清華，穿過窗子照進室內透進帷幔裡，這人有著世間獨一無二的顏色，容顏如玉，美玉無暇。

眉眼、輪廓、鎖骨……無一處不是精雕細琢。因天氣熱，他只穿了件薄薄的中衣，錦被蓋在腰身處，一隻手臂擁著她，一隻手臂枕在她頭下。

似乎她醒來後，這幾日睡覺都沒用過枕頭，枕的都是他的胳膊。

花顏忽然想起了記憶中久遠得不能再久遠的一幕，曾經，多久之前，華帳錦被，也是這般……一時間，她靜靜的目光恍惚起來。

雲遲本來睡著了，卻不期然地忽然睜開了眼睛，目光第一時間鎖定住花顏的目光，緊緊地盯住她，本是帶著絲倦意睡意，在看到她似陷入了某種思緒裡恍惚的神色時，頃刻間眸光縮了縮，睡意全無，眼底漸漸地籠罩上了昏暗。

他薄唇抿緊，閉上眼睛，半晌，又睜開，見她還是一副神思深陷的模樣，終於忍不住開口，聲音暗啞：「在想蘇子斬？」

花顏聽著聲音從耳邊傳來，驀地打住了她遙遠的思緒，從時空中的天河裡將她生生地拉了回來，她一驚，眸光對焦，對上了雲遲的眼睛。

他此時眼中如雲霧籠罩，又隱隱透著絲絲波濤暗湧。

她手指蜷了蜷，指尖扎入掌心，細微的疼痛讓她一下子打破了橫陳在她心中的壁障，她低下頭，慢慢地搖頭：「我吵醒你了？」

雲遲忽然伸手捏住她的下巴，將她的頭抬起來，也在她抬頭的瞬間看清了她眼中有一片片的光影，細細碎碎地碎落，他的心驀地抽疼，緩緩地放開了手，又重新地閉上了眼睛，不再說話。

花顏一時間心血翻湧，忽然不能控制，騰地坐了起來。

雲遲又睜開眼睛，看著她。

花顏伸手捂住心口，似忍著什麼，半晌，終究忍不住，轉身趴在雲遲的身上，一手推開帷幔，吐出了一口鮮血，盡數噴灑在了床邊地面的金磚上。

雲遲面色大變，猛地起身擁住她，急道：「怎麼了？」

花顏怔怔地看著地上的大片鮮血，月光照在地上的金磚上，那血泛著黑紫金色，她死死地抿著嘴角，只覺得嘴裡一片腥甜。

腦中乍然響起金戈鐵馬聲，金鐵交鳴聲，震天動地的哭喊聲。

她猛地伸手捂住了耳朵。

雲遲驚駭不已，對外大聲喊：「小忠子！」

「殿下！」小忠子聽著雲遲驚急的聲音，連忙在外面應了一聲。

雲遲對他急聲吩咐：「快，速去讓賀言立即過來。」

「是！」小忠子不敢耽擱，急忙往賀言的住處跑，一邊跑一邊想著一定是太子妃身上的毒惡化了。

賀言得到信，連外衣都來不及穿，便拿著藥箱子，跟著小忠子快步往正殿跑。心中納悶不已，少主的毒怎麼會惡化了？明明這些日子都控制得很好，日漸減少的趨勢，難道是因為太子殿下這幾日沒運功祛毒？所以，又控制不住了？

雲遲覺得等賀言來的過程十分漫長，他恨不得自己抱著花顏去找賀言，手臂收緊，不停地喊花顏的名字。

花顏一動不動，人是醒著的，但又不是清醒的，只捂著耳朵，神色怔怔地看著地上的大片血跡。

雲遲喊了她許久，都不見她應答一聲，剛要抱花顏下床，外面響起急促的腳步聲，他動作頓住，對外面喊：「快進來！」

小忠子挑開門簾，賀言提著藥箱子大步進了內殿。

小忠子連忙先去掌燈，賀言快步來到床前，因太急未注意地上的血跡，只在小忠子掌燈後，室內真正地明亮起來，才看到了雲遲慘白著臉抱著花顏，花顏的臉色更是前所未有的難以形容。

賀言伸出手去：「少主，老夫給你把脈！」

花顏一動不動，似沒有發現有人進來。

雲遲強硬地將她捂著耳朵的一隻手拿給賀言，急聲說：「快！」

賀言此時也察覺到花顏的不對勁了，連忙給她把脈，片刻後驚異地說：「少主體內脈息混亂不堪，氣血翻湧，心血逆施，但不像是毒素惡化，這……這是怎麼回事兒？」

雲遲自然也不知，立即問：「可有大礙？」

賀言搖頭：「從脈象上看，沒有性命之憂。但少主這般不對勁，老夫一時也難以從脈象看出癥結所在，請殿下告知，之前發生了什麼？」

雲遲聽說花顏沒有性命之憂，微微放下些心，冷靜了片刻，目光落在床前的地上，沉聲說：「她忽然嘔血了！」

賀言順著雲遲的目光，這時也看清了地上的大片血跡，面色大變。

雲遲又說：「本宮也不知發生了什麼，本宮每日都是看著她睡下才睡的，今日乏累，便先她一步睡著了，不知為何突然醒來，便看到她神色恍惚。」他頓了頓，抿了抿嘴角，「本宮詢問她是否在想蘇子斬，她搖頭與我說了一句話，問是否吵醒我了？我沒答，她忽然起身，便大吐了一口血，然後便是這樣了。」

賀言仔細聽著，驚道：「難道少主是因為子斬公子心中難受？」

雲遲的臉色又暗了暗，連抱著花顏的手指都血色盡褪，青白一片，但他還是開口說：「她搖頭了！」

賀言咬牙，對雲遲以過來人的角度說：「太子殿下，老夫活了一輩子，知道女人最善於口是心非。少主為了子斬公子來南疆奪蠱王，如今卻被太子殿下您所救，放棄子斬公子，以身相許，這對她來說，想必一直心中鬱結，越積越多，以至於今日承受不住，嘔出血來。」

雲遲身子震了震，一種難言的不能承受之重驀地籠罩在了他身上。

賀言見雲遲這般，方才驚覺自己也許不該說這樣的話，可是看著花顏的模樣，好好的一個少主，從來都是陽光明媚的，灑脫隨性的。可是如今，這般癔症的模樣，似天空中驀然折斷的風箏，沒有半絲精神和生機，似沉寂在無盡的黑暗裡，他覺得心驚駭然心疼。

臨安花家世代偏安一隅，不涉皇權，不涉高官貴裔府邸，所有人都過著普通的日子，可是這普通，既包括了花家的嫡系子孫，又不包括。

花家的嫡系子孫，是守護花家所有人的保護傘。

這一代，嫡系子孫只有公子花灼和小姐花顏，可是偏偏花灼出生起就有怪病，本來該是他肩上的重擔，只能壓在了花顏的肩上。

自小，她天資聰穎，學盡所學，十一歲起，她接手了整個臨安花家。

自那時起，花家所有人都稱呼她為少主。

當初，拜見少主時，花家所有人齊集臨安，看著那小小的少女，芳香正艾的豆蔻年華，本是不知愁滋味的純真年紀，卻坐在高高的花梨木椅上，淡淡淺笑地看著所有人。

一番拜見後，她只說了一句話：「哥哥的病總有一日會治好的，但這肩上的重擔，我一日擔起，便一生不會放下，將來，哥哥病好之後，我也會與他分擔，一起守護花家所有人平安順遂。臨安花家偏安臨安千年，我希望再有下個千年。」

那一句話，如他一樣，或老或少的花家所有人，他相信，時至今日，應該也都記得清楚。

雖然距離如今，已經過去了五年。

他打住思緒，看著雲遲，又看看花顏，兩個人似都無比的脆弱，他沉默半晌，垂下頭賠禮：「太子殿下恕罪！是老夫失言了！」

雲遲閉了閉眼睛，聲音已十分冷靜：「本宮不怪你，她這副樣子，可有辦法用藥診治？」

賀言想了又想，許久，慢慢地搖了搖頭。

雲遲目光溫涼地看著她：「沒辦法用藥嗎？」

賀言拱手：「太子殿下，少主今日這般，無關她體內的毒素，至於為何吐血，以至於神智不清，老夫揣測是心病鬱結久壓，所謂，心病還需……」

話未說完，他住了嘴。

心病還須心藥醫，這話不必說出來，雲遲一定會明白。

雲遲自然明白，心中不可抑制地如被重錘砸住，如地上那一大片血跡一樣，只覺得鮮血淋漓。他即便有再強大的內心，也覺得有些承受不住。

他知道他是利用了救命之恩和蠱王救蘇子斬性命強求了她以身相許，她答應了之後，無怨無恨，比以前對他好了極多，可是他沒想到，原來她心裡是這般的積鬱成疾。

他想著他忽然醒來時看到她神色恍惚地看著他，那目光，似透過他，看著遙遠的方向，是因為蘇子斬在很遠的地方吧？她救他性命放棄與他締結連理，覺得再也橫跨不過去這遙遠的距離與他相許了吧？

在他忍了又忍，終是忍不住詢問了她之後……

他低頭看著她，她依舊目光怔怔地看著地上的血，似乎陷在了某種不能掙脫的思緒裡，一動不動。

他不由想著，蘇子斬是她此生的劫數嗎？已放不下他了嗎？就算他不計較讓他藏在她心裡都不行嗎？

她非要這般鮮血淋漓地剝開，讓他看清楚，她無論如何都不能與他和順地相處過一輩子嗎？

她醒來這幾日，自答應他條件交換起，她能與他說笑，能關心他，能不再排斥抗拒他，能與他同床共枕，他以為，她已決心放下，如果他能一直對她好，她早晚會放下蘇子斬。

原來，是他高興的太早了嗎？

他心血翻湧，許久，生生壓下，將頭埋在擁著她的肩膀上，低聲暗啞地喊了聲：「花顏。」

這一聲，在一片沉寂中想起，似撕裂了迷障，沖入了花顏的耳朵裡。

花顏身子猛地顫了顫。

雲遲感覺到了，卻沒抬頭看她，依舊埋著頭，感覺到她肩膀瘦弱，他又低啞地喊了一聲：「花顏。」

花顏目光漸漸地突破怔忡，滿眼的雲霧慢慢地散去，先是從一片雪河裡拔沉出，看清了地上的大片血跡，然後愣了愣，慢慢地抬頭，看到了站在床前的賀言，又是一怔。

賀言一直盯著花顏，看清她神色變化，此時激動驚喜地說：「少主，您總算是清醒了！」

小忠子早已經嚇傻了，此時也驚醒，喜道：「太子妃，您醒了！」話落，看著雲遲，「殿下，太子妃醒了！」

花顏皺了皺眉，感覺到抱著她的冰涼身軀和肩上的重量，她迅速地轉頭，沒看到雲遲的臉，只看到一縷青絲，纏繞在一起，是她的，也是雲遲的，她又愣了愣，張嘴喊了一聲：「雲遲？」

這一張嘴，她才發現滿嘴的腥甜。

雲遲「嗯」了一聲，低沉暗啞，慢慢地抬起頭來。

花顏只覺得肩上一鬆，整個身子似也輕了，她伸手按在眉心，問：「我怎麼了？」

賀言猛地睜大眼睛：「少主，您不知道？」

小忠子也驚駭地看著花顏。

花顏仔細地回想，忽然臉色一白，恍然了片刻，幽幽地說：「我又癔症了。」

「癔症？」賀言一愣。

雲遲盯緊她：「什麼癔症？」

花顏白著臉看著雲遲，見他臉色極其蒼白，想必是剛剛被她驚嚇，她抿了抿嘴角，輕聲解釋：「我沒告訴你，我有一種生來就帶著的病症，稱作癔症。小時候常發作，大了之後，就不常發作了。」

雲遲沒料到得了這樣的一個解釋，他很想問她是真的嗎？不是如賀言說的，是因為與蘇子斬不能在一起積鬱成疾才如此嗎？但他此時不想再問。

賀言此時卻開了口：「少主的癔症，竟然是出生就帶的嗎？與公子的怪病一樣？」

花顏點頭，沉靜地說：「是啊，出生就帶的。」話落，她狠狠地揉了揉眉心，歉然地說，「抱歉，驚擾你們受到驚嚇了！我也沒想到今夜竟然發作了。」

賀言連忙問：「少主可有一直在診治？」話落，覺得不可能不診治，立即改口，「是天不絕在為少主診治？」

花顏點點頭：「他為我配製了一種藥，我每隔一段時間，要服用上一顆。」話落，她說，「有一年沒服用了，我以為好了，徹底根治了，不成想今日發作了，是我大意了。」

賀言連忙說：「少主說的是哪種藥?可隨身帶著?」

花顏伸手要去摸身上，忽然想起她的衣服每天換一件，早先闖入蠱王宮穿的那件不知道哪裡去了，看向雲遲。

雲遲此時已經恢復常態，鎮定地說：「你的那些藥，都被我收了起來，你昏迷時，用了大半，剩下的都在匣子裡。」話落，他伸手一指不遠處的櫃子，「小忠子，你去拿過來。」

小忠子應是，連忙急步走到櫃子旁，從最上方拿了一個匣子，快速地捧到床前，遞給了雲遲。

雲遲伸手接過，打開匣子，裡面放著十幾個瓶子。

花顏看了一眼，這些都是她隨身帶著的藥，都是打劫天不絕的，在蠱王宮用了大批化屍粉，其餘的便都是保命療傷的聖藥，如今只這十幾個。可見如雲遲所說，昏迷時都給用了。

她伸手拿起其中一個瓶子，寫著凝神丹，她說：「是這個，固本安神的藥。」

雲遲伸手接過，瞅了一眼，打開瓶塞，對她問：「幾顆?」

「一顆就好。」花顏輕聲說。

雲遲倒出一顆，喂到她嘴角。

花顏的嘴角還沾著血跡，順著他的手張口吞下，頓時覺得翻湧的心血好受了些。

雲遲問：「這藥多長時間服用一顆?」

花顏說：「配製出來的時候，一個月服用一顆，後來漸漸地三個月服用一顆。最近五年來，半年服用一顆，一直沒犯過，我以為自己好了，這一年沒服用。」

雲遲握著玉瓶，轉向賀言：「你再來把脈。」

賀言連忙上前給花顏把脈，驚奇地說：「這藥當真管用，少主體內的亂象被平息了。不愧是天不絕的藥，老夫佩服。」

花顏對他笑了笑：「勞頓你了，快回去歇著吧！」

賀言見花顏好了，點點頭，對她和雲遲行了個告退禮，退了出去。

第四十三章　刺殺

小忠子試探地問：「太子妃，您嘔了血，可要漱口？」

花顏點點頭，看了一眼地上的血，然後轉向雲遲，就著燈燭的光打量了一眼身旁的他，說：「幸好沒濺到你身上。」

雲遲聞言手臂收緊她的腰：「我不怕你濺到我的身上。」

花顏看著他眉目的疲憊和臉上的蒼白，有些愧疚：「對不住，我沒想到會這般突然發作，擾到你了。你本就極累，我還……」

雲遲伸手捂住了她的嘴，打斷她的話，道：「是我不好，不會說話。」

花顏看著他，頓時明白了他話中的意思，想起他早先醒來見到她時開口說的那句話，她搖搖頭，輕聲說：「不關他的事兒，是我自己的問題，天生的癥結。」

雲遲自然也聽透至極，聞言心中的揪痛消減了大半，聽出她話語裡不像作假，想著她也沒有必要蒙蔽欺瞞他，她與他，與蘇子斬，這些事情早就攤開了，沒什麼隱藏的祕密可言，即便他心中知道她會念著他，在意他不假，但也沒到死命將之挖除的地步，她也清楚這一點。換句話說，他們之間，雖然需要磨合的極多，但有些事情，也是極坦誠。

數日前，就說過了！

小忠子端來一杯清水，遞給花顏。

雲遲伸手接過，喂到花顏唇邊。

花顏順著他的手含了一口，小忠子已經拿痰盂接著，她將血水吐在痰盂裡，一連漱口幾次，直到口中沒了血腥味，才作罷。

小忠子連忙喊了采青進來清理地上的血跡。

采青沒得雲遲的吩咐，早先沒敢闖進來，如今擔憂地看了花顏一眼，見她溫順平和地靠在雲遲的懷裡，才放心下來，連忙清理了地上的血跡，又開了窗子，將血腥味散去。

殿內再度乾淨無一塵時，采青和小忠子見雲遲沒有吩咐，悄悄地退了出去。

殿內安靜下來，月光燈光合在一處，十分明亮。

花顏靠在雲遲胸前，過了一會兒，對他低聲開口：「雲遲，我其實不算是個正常人，雖然生在臨安花家，長在臨安花家，但卻有負這出身，我精神上，從出生起，就是有著殘缺的。」

雲遲低頭看著她：「你這癔症，出生就得，是有什麼由來嗎？」

花顏目光幽深，又有些飄遠。

雲遲怕她又沉浸到某種他叫都叫不回來的境地裡，連忙改口說：「別想了，我不問了。」

花顏閉上眼睛，身子軟得沒有力氣，感受他周身的溫度，覺得他的身上似乎比她的身上還涼，她低聲說：「是有些由來。」

雲遲聽她語氣滄桑幽寂，斷然地說：「別說了，我不問了。」

花顏安靜地又待了片刻，點點頭，對他說：「那說些別的吧！我的不育之症是假的，是我找的藉口，我的身體因為所練內力的原因，十八歲之前，都會是不育的脈象。但我一直沒與你說，我有一種生來的病，就是癔症，比不育之症，差不多可怕。」

雲遲「嗯」了一聲。

花顏又說：「雲遲，我們幾日前說好的事兒，你……」她蜷了蜷手指，睜開眼睛，「還作數吧？你沒被我嚇到吧？」

雲遲沉默了一下，盯著她的眼睛：「你想我作數還是不作數？想我被嚇到還是不被嚇到？」

花顏忽然覺得自己問的話多餘，雲遲是堂堂太子，內心強大，怎麼會被她這般嚇到呢！他是那麼想要自己，想要自己做他的太子妃，不惜做低自己，與她談條件，換她與他一生相伴。

她微微地扯著嘴角笑了一下說：「沒被嚇到就好，我以後會乖乖每隔一段時間按時吃藥，你放心，這藥只要我吃，就不會發作，我以後一定謹記著，再不忘了此事，再也不嚇你了。」

雲遲聞言眸色微微地暖了些，擁著她細弱的身子問：「這藥對你身體可有害？」

花顏搖頭：「是固本安神的藥，天不絕醫術高絕，沒多少損害，微乎其微，可以忽略不計，但是你知道的，再好的藥，誰也不願常年吃，所以，我以為自己好了時，便沒再吃了。」

雲遲點頭，對她又問：「可有根治之法？」

花顏抿唇，半晌才說：「這癔症是天生帶來的，根治之法，估計是我重新投胎一次才能根治吧。」話落，她幽幽地改口，悵然地說，「也不見得，也許會伴隨生生世世。」

雲遲覺得這話聽著十分玄妙，他微微凝眉，看著她的神色，這時不想再多問，溫聲說：「既然這藥沒有多少損害，就按時吃吧！最好讓天不絕製出一輩子的量來。」

花顏低笑：「好藥也是有期限的，保存個三五年而已，再多了，卻不好保存了。」話落，怕他擔心，說，「天不絕一早將藥方給了我，秋月是他的徒弟，也會製藥的，放心吧！」

雲遲點點頭。

花顏對他說：「折騰了你一回，你想必極累了，快些睡吧！」

「你先睡，我待你睡著了再睡。以後都是你先睡。」雲遲抱著她躺下：

花顏心底升起絲絲縷縷的情緒，對雲遲微微笑起來：「誰說太子殿下天性涼薄的？待我這般的好，真是傳言害人。」

雲遲輕笑，眸光細細碎碎地落下光影，溫柔地說：「不知怎地，我就是想對你好。」

花顏看著他，這話她是相信的，他對她無論是以前還是現在，無一不包容寬容，哪怕他最是氣恨氣極時，也未做傷害她的事兒，反而一直以來是她對不住他的地方頗多。

她折騰一番也累了，將頭埋在他胸口，閉上了眼睛，暗暗想著，以後這般華帳錦被相擁而眠時，她再不能仔細地盯著他看了，否則，看著看著，便會入了魔障。

這魔障或許會伴隨她一生了。

雲遲沒了睏意，靜靜地等著花顏睡去，同時也在心裡揣思著她發作癔症的經過，那時，他睜開眼睛時，她是看著他沒錯的，但卻是又透過他看著極遙遠的地方，他第一直覺是她在想蘇子斬，可是如今她肯定地說不是。

他起先也覺得賀言說女子口是心非也心是口非，可如今冷靜下來細想，花顏不同於別的女子，她說一是一說二是二，若是她當時在想蘇子斬，她一定會承認的。

不是蘇子斬，那又是誰？是什麼事情？讓她一時被沉浸住，掙脫不出？

她看著他，是從他的身上臉上看到了什麼？

這與她一直抗拒做他的太子妃是否有關？

臨安花家的規訓不沾染皇權，才讓她萬般抵觸，可是如今看來，似乎還有另外的原因。

花顏均勻的呼吸聲傳來，他打住思緒，閉上眼睛，也漸漸地睡了。

當日夜，安十六與安十七與臨安花家的大批人帶著蠱王和花顏的書信即將邁出西南境地時，一點翠從空中俯衝而下，嘰嘰嘰嘰地叫了幾聲，落在了安十六的肩頭。

安十六聽到熟悉的聲音，勒住馬韁繩，歪頭瞅著一點翠。

一點翠十分歡喜，在安十六的肩頭轉了一個圈。

安十七也勒住馬韁繩，看著一點翠，納悶地說：「這不是賀檀養的鳥嗎？難道是捨不得十六哥？」話落，想起了什麼，改口，「不對，咱們離開時，賀檀與回春堂的人都是住在行宮的。既在行宮，那小子不會輕易將一點翠放出來的。」

安十六點頭，伸出手，一點翠落在了他手心：「想必它是來給我傳話的。」

安十七立即拿出了水囊，遞給安十六說：「快，讓它在你手心寫字。」

安十六接過水囊，倒出水在右手的手心，一點翠沾了水，爪子在他乾淨的左手心畫了起來。

一盞茶的時間，一點翠完成任務，跳回安十六的肩頭。

安十六看得清楚，一點翠畫出這幾個字串聯在一起的意思是，「留人攪動西南米糧鹽倉。」

十個字，一點翠最多只能傳十個字。

安十六卻一下子明白了很多，這一定是花顏借了賀檀的鳥兒來給他傳的信。

留人攪動西南米糧和鹽倉，也只有扎根極深的臨安花家能做到。不動兵馬，卻能兵不血刃，讓西南的兵馬因無糧和無鹽陷入乾涸之境，悉數不能用。

安十七在一旁這時開口：「少主傳這樣的資訊，是要幫助太子殿下嗎？」

安十六點頭：「少主毀了蠱王宮，奪蠱王，此事雖被太子殿下壓下，但南疆都城畢竟是南疆王的地盤，壓得住一時難以壓得住太久，想必是出了大事兒了，太子殿下陷入危急，少主既然要做他的太子妃，自然要幫他。」

安十七點點頭：「少主幫太子殿下也是應該，畢竟西南局勢大亂我們要負全責。」

安十六當即說：「十七，你帶著一半人留下，折返回去做此事，我帶著一半人回去見公子。」

安十七頷首：「十六哥，你萬萬小心，對少主來說，蠱王重要，務必安全送到桃花谷。」

安十六保證：「放心吧！有我在，不會有誤。」

第二日，雲遲醒來雖然輕手輕腳弄出的動靜不大，但花顏還是醒了。

她睜開眼睛，見雲遲正拿著外衣往身上披，她看了一眼外面的天色，輕聲開口：「又起得這麼早？是還要出城嗎？」

雲遲動作一頓，轉頭看她，見她眼底有一片青影，顯然這一夜沒睡好，想著她睡夢中身子似乎打了好幾次激靈，想必是昨日癔症發作之後殘餘了些影響，他溫聲說：「昨日都安排好了，今日不出城，我起來準備一番，去見南疆王。」

花顏點點頭，想了一下：「我想和你一起去。」

雲遲看著她，湊上前，伸手揉了揉她的頭，溫聲說：「你看起來沒睡好，再睡個回籠覺，南疆王也沒什麼可見的，你若是想見他，改日如何？」

花顏確實沒睡好，這一夜光怪陸離，無數片段在她腦子裡飄，讓她時睡時醒渾渾噩噩，雲遲溫潤的指尖按在她額頭上，讓她不由得舒服了些，忍不住伸手抓了他的手，緊緊地覆在她頭上。

雲遲看著她的動作，索性順勢坐下身，溫聲問：「可是頭難受？」

花顏點頭：「有一點兒。」

雲遲說：「我讓賀言過來。」

花顏當即搖頭：「沒睡好而已，不必叫他了，也許睡個回籠覺就好了。」話落，她鬆開手，閉上眼睛，剛想催促他走吧，忽然想起一事，又睜開眼睛，對他說，「臨安花家在西南境地的所有暗樁，事成之後，都被我安排撤出西南境地了，昨日我得知外面形勢嚴峻，便給十六傳信，留一部分人在西南。」

雲遲昨日回來時，沒問她一日都在做什麼，就疲憊地睡下了，如今聽聞，心裡一暖，忍不住微笑：「是為了幫我？」

花顏看著他說：「讓你陷入如斯境地，在西南行事艱難，我要負全責，如今利用臨安花家的人對西南境地的瞭解深知，攪動西南境地的米糧和鹽倉，拿住西南的經濟命脈，讓你能輕鬆些，不至於到真正的困境。」

雲遲目光溫柔，低沉的聲音低潤愉悅：「攪動西南境地的米糧和鹽倉，兵不血刃對付各小國的兵馬，這樣一來，我目前只需要對付南疆一地就成，待南疆事平，給我緩衝的時間，再對付西南各小國，便沒那麼艱難了。」

花顏點頭：「蠱王被西南境地奉若神明，我怕西南各小國因此聯合起來對你群起而攻之。畢竟闖蠱王宮毀蠱王宮的雖然是我，但你護著我，壓下了此事，也無異於替我背了黑鍋。」

雲遲笑著說：「算起來，本就是我劫了你要做的事兒，奪了蠱王，被群起攻之也不冤枉。」

花顏看著他：「總之蠱王最終給了我，我與你夫妻一體，自然不能讓你陷入絕地。」說完，見他目光溫柔得似能滴出水來，她話音一改，又笑著說，「你若出事兒，我這條好不容易被你從鬼門關拽回來的命也白搭了，死一回就辛苦死了，我可不想死第二次。」

雲遲輕笑，伸手將她連人帶被子抱進懷裡，低下頭，額頭抵著她的額頭，柔聲說：「花顏，在你我立約時，我便提醒自己，我得了你的人，以後萬不要強行得你的心，但沒想到你這般通透，以心誠待我，讓我覺得即便作踐自己到十八層地獄也值了。」

花顏抿著嘴笑：「若是真有十八層地獄，也該是我早比你體會到，但我沒體會過什麼十八層地獄，想必是沒有的。」

雲遲心思微動，瞧著她：「是起來陪我用早膳，還是繼續睡？」

花顏打了個哈欠，睏倦地說：「繼續睡吧！昨夜確實沒睡好。」

雲遲低頭在她眉心吻了一下，將她輕輕放下，掖好被角：「我晌午回來陪你用午膳。」

花顏閉上眼睛，咕噥地說：「處理事情要緊，若是實在抽不開身，就不必趕回來，畢竟身體要緊。我好吃好睡，沒什麼可擔心的。」

雲遲「嗯」了一聲，「若是不回來，我派人知會你一聲。」

花顏點頭：「好。」

雲遲走出內殿，在外殿梳洗妥當，又吩咐了小忠子和采青幾句，便出了殿門。

花顏又繼續睡去，采青得了雲遲吩咐，自是沒進來打擾她。

花顏這一覺睡得熟且沉，再無光怪陸離的碎片，一直睡到晌午，依舊沒醒。

雲遲派人回來傳話，說有一樁要緊的事情沒處理完，不回來用午膳了。小忠子和采青商議，既然花顏沒醒，就讓她繼續睡好了，不必喊醒她告知殿下的話了。

晌午過後，花顏又睡了一個多時辰才醒來，她是被餓醒的。

她睜開眼睛，覺得神清氣爽，身體似乎也有了力氣，沒有往日覺得的沉重了，便坐起身，試著調動內息，發現內息雖不流暢，但是已可以慢慢地流動了。

雖然她動一下，還是鑽心的疼，但這對於她來說是好事兒。

這些日子身子綿軟，體內多處阻塞，別說調動內息了，就是動一下都費力氣得很。

她試著慢慢地引導內息流向經脈，不多時，便出了一身汗。她知道不能操之過急，便緩緩放下手，暗暗揣思，想必是昨日她癔症發作，嘔出了一口鮮血，因禍得福了。

動靜驚動了采青，采青連忙在外面問：「太子妃，您是醒了嗎？」

花顏「嗯」了一聲：「進來吧！」

采青連忙走了進來，見花顏中衣都濕透了，額頭臉上全是細密的汗，大驚，急步來到床邊，急聲問：「太子妃，您可還好？是不是做了噩夢了？」

花顏對她搖頭：「沒有做噩夢，是我醒來後發現可以調動內息了，便嘗試了片刻，有些艱難，才出了這麼多汗。」

采青聞言鬆了一口氣，立即說：「我去讓人抬水來給您沐浴？」話落，又改口，「還是先用膳？您想必已經餓了。」

花顏覺得一身汗濕不舒服，說：「先沐浴吧！沐浴之後再用膳。」

采青點頭，連忙對外面吩咐了一聲，小忠子應了，立即吩咐了下去。

采青從衣櫃找出乾淨的衣裙，對花顏說：「太子殿下派人傳話，說有一樁要緊的事兒，今日晌午不回來了，晚上再回來。」

花顏點頭：「可說了什麼要緊的事兒？」

采青搖頭：「傳話的人沒說，不過奴婢聽聞劾王府小郡主一夜白髮了，想必是關於她。」

花顏皺眉：「葉蘭琦一夜白髮？」

采青頷首：「本是芳華正茂的年歲，如今成了個白髮蒼蒼的老嫗。不知是怎麼回事兒?!」

花顏思忖片刻，沉聲問：「太子殿下是將南疆王軟禁在了劾王府吧？」

采青點頭：「正是，那一日您闖蠱王宮，小郡主失蹤，南疆王連夜去了劾王府，後來，殿下為了給您祛毒，便順勢將南疆王一併軟禁在了劾王府。」

花顏肯定地說：「想必她體內的采蟲被南疆王用了，連帶著她的心血也給一併用了，若是這樣，南疆王的身上定然發生了翻天覆地的變化，雲遲想必是被此事給拖住了。」

采青頓時緊張地說：「這樣說來，殿下豈不是麻煩了？會不會出什麼事兒來？」

「他晌午時既然能傳話回來，想必他不會有事兒的。」花顏想了想說。

采青聞言放下心來。

小忠子帶著人抬了水，放進了屏風後，又帶著人退了出去，花顏今日已經不必采青扶著，便起身進了屏風後。

采青歡喜地說：「太子妃，您的身體恢復得真快。」

花顏笑著點頭，被暗人之王打的那一毒掌，當時用了十成功力，她幾乎沒了活路，被雲遲生生救回了命，如今短短時日，的確是恢復得極快了。

她在浴桶裡暗暗地想著，再過個七八日，她應該就能自己運功祛毒了。

花顏沐浴之後，用過不算是午膳的午膳，便如昨日一般，在躺椅上曬太陽。

采青在一旁笑著說：「太子妃，您還要睡嗎？」

花顏搖頭：「不睡了，睡得太多了，你還給我讀書吧！」

采青乾脆地應了一聲，拿出昨日沒讀完的話本子讀給花顏聽。

她剛讀了不到兩盞茶的功夫，花顏忽然感覺行宮內流動的氣流不對勁，當即按住了采青的手，對她低聲說：「行宮裡闖進人了。」

采青一驚，連忙打住讀書聲，細聽，什麼也沒聽到，不由得看向花顏。

花顏肯定地說：「來人了，一大批人，只是隱匿的功夫厲害。」

采青面色大變，雖然她什麼也沒感受到，但相信花顏一定不會無的放矢，當即清喝一聲：「來人，保護太子妃！」

隨著她清喝聲一落，暗衛悉數從暗中跳出，將花顏護在了中間。

花顏一看，足足有二三百人之多，看來雲遲將大半的暗衛都留在了這行宮裡保護她。

隨著東宮大批的暗衛保護住花顏的第一時間，不遠處有一團團黑霧般的人影現身，約有數百人之多，且一個個武功看起來極為高深，頃刻間與東宮的暗衛對打了起來。

采青又驚又駭，幸好太子妃早早就警覺了，若是不察，後果不堪設想。

花顏透過東宮暗衛露出的空隙，看清了來人，怪不得感覺流動的氣息不對，原來是南疆王的暗衛。蠱王宮的暗人與南疆王的暗衛算是同宗一源，所以氣息多少有些相同，她闖過蠱王宮，與那些暗人交過手，所以，能及時地感受到這不同的氣息。

南疆最毒辣的當屬世代看守蠱王宮的暗人，但已經在她闖入蠱王宮那日，盡數被她除去，如今來的只能是南疆王的暗衛。

看來雲遲去找南疆王，而南疆王利用了葉蘭琦，定然是打探到她在行宮，覺得她對雲遲來說很重要，所以對她下手來了。

采青站在花顏身邊，抽出腰間的佩劍，謹慎地護著花顏，半絲不敢放鬆地盯著面前的打鬥，生怕有人得了空隙傷了花顏。

花顏看了片刻，南疆王的暗衛雖然強，但東宮的暗衛也強，這般打在一起，南疆王的暗衛賺不到好處，根本就殺不到她近前，更遑論殺了她。

南疆王既然知道行宮有大批的東宮暗衛，不易得手，但還是派了人來，估摸著這批人還帶了殺手鐧的大招。

果不其然，她正想著，忽然為首一人猛地伸手入懷，花顏透過縫隙清楚地看到他快速地從懷裡拿出一個鉢，不用想，南疆擅長蠱毒，那裡面一定裝了毒蠱。

她當即脫手飛出三枚金針，金針細如牛毛，對著那人的眉心、手腕、心口射去。

在刀劍的光影中，誰也沒注意。

那為首之人剛要打開金鉢，感覺眼前有細微的針芒一閃，再躲避已來不及，當即身子轟然倒下。

他這般一倒，先是驚駭了他帶來的數百暗衛。

東宮暗衛雖不明白他怎麼就死了，但紛紛趁著大部分人驚駭的空隙，上前出劍。

東宮的暗衛本都是千錘百鍊的，抓得準時機，頓時南疆王的暗衛中招大半。

那為首之人死不瞑目，手裡死死地攥著金鉢，那些暗衛有人想要去撿金鉢來用，皆被東宮的暗衛纏上，無人得手。

南疆王的暗衛因為為首之人身死，一下子處於了劣勢，眼見得不了手，就有撤退之勢。

花顏淡淡地看著南疆王這大批的暗人，對采青說：「一個不留！」

采青一愣：「太子妃，不留活口嗎？」

「不必！我知道誰派他們來的。」花顏想著，既然來殺她，還想走？沒門！

采青當即清喝一聲：「太子妃有令，一個不留！」

東宮暗衛得令，當即團團地圍住剩下的人，血色彌漫了整個行宮，就連空氣中，都是濃郁的鮮血味道。

南疆王暗衛知道走不了，殊死反抗，東宮的暗衛得了死令，也是拼力廝殺。

時間一點點地過去，半個時辰，一個時辰……

花顏一直冷靜沉靜地坐著，聽著刀劍廝殺聲，腦中似乎又想起了與這時的情形有著異曲同工之妙的金鐵交鳴聲。

一個近在眼前，近到眼睜睜可以看見，一個那般的久遠，遠到橫跨了無數的歷史長河。

南疆王暗衛在東宮暗衛的圍殺下一具具的屍體倒下，血流成河，死屍遍地，染紅了整個行宮。

采青站在花顏身邊，大氣也不敢出，清楚地看清了花顏眼中的冰色和近在咫尺之距的血紅色。血液匯流成河，流到了她所站之處。

她忽然覺得太子妃這神情著實有些可怕，即便是殿下遇到刺殺，面上總是有些沉冷的情緒。沉冷也是一種情緒的反應，但是太子妃今日讓她覺得心驚駭然，因為她沉靜得可怕，面上沒有一絲表情，一雙眸子就如雪落在地上凝成了冰色，只是剔透的冰色，再無其他。

不見陰鬱，不見沉冷，不見殺意，不見任何情緒。

終於，這一場血腥的拼殺，南疆王的暗人悉數倒下，東宮的暗衛住了手。

東宮暗衛中一名年輕的男子收了長劍後，走到花顏面前拱手，聲音如雲影一般冷木：「太子妃，五百人，一個未留！」

花顏微不可見地點了一下頭，看著渾身是血的他問：「你負責看守行宮？叫什麼名字？」

那人應是，立即回話：「卑職雲墨，是十二雲衛之一，奉太子殿下之命，留守行宮。」

花顏頷首，對他說：「去將那個金缽撿來。」

雲墨立即轉身，從那已經死去了的為首之人手裡拿起金缽，遞給花顏。

花顏不接，對他說：「你先收起來吧！待太子殿下回來給他，他興許有用處，可以以其人之道還治其人之身。」

雲墨應是。

花顏不再多說，對他擺手：「將這些人清理了吧，火化畢竟簡單些！」

雲墨又應是，轉身剛要吩咐人，忽然想起什麼，疑惑地問：「太子妃，那為首之人……」

花顏淡聲說：「他中了我三支金針。」

雲墨恍然，沒想到她傷勢未癒，全身無力之下，竟然還能使出金針渺無聲息殺了那為首之人，對花顏更添三分恭敬，不再多言，轉身去清理場地了。

采青就在花顏身邊，發現自己竟然沒注意太子妃什麼時候出的手，她慚愧地說：「奴婢無用，竟然沒發現太子妃您何時出的手。」

花顏臉上終於有了些表情，對她微微露出一個淺淺的笑來：「若是被你發現，那為首之人也能及時發現了。幸好我今日醒來，發現體內能調動些內息，有了些力氣，若是昨日，我抬手的力氣都沒有，定然使不出金針，若是被他得手用大批蠱毒，那今日東宮暗衛必定傷亡極多，後果就不堪設想了。」

采青敬佩地看著花顏，問出心底的疑問：「太子妃，您怎麼知道有大批人闖進來了？連雲墨都沒發現呢，他是十二雲衛之一，是雲影之下武功最高的人。」

雲墨此時也聽到了，從遠處轉過頭朝花顏看去。

花顏淡聲說：「他們的氣息十分獨特，我在蠱王宮與看守的暗人交過手，記憶猶新，來的這批人，與蠱王宮的暗人有著相同的氣息，被我感受到了。」

采青恍然：「原來如此。可是奴婢聽說，蠱王宮被毀了，除了太子殿下帶著你出來，一個人都沒逃出來呢。」

花顏為她解惑：「在南疆，除了看守蠱王宮的暗人外，還有南疆王的暗衛，與蠱王宮的暗人同宗一源。」

采青徹底懂了：「真沒想到南疆王會派這麼多人來殺太子妃，不知道殿下那裡是否有危險？」

花顏想了想說：「他身邊應該沒有多少危險，畢竟最強的暗衛都被南疆王派來這裡殺我了。」

她話音剛落，外面響起急促的馬蹄聲，不多時，兩匹馬衝了進來。

采青立即去看，當即一喜：「是殿下和雲影。」

花顏也看到了，雲遲如此急忙地趕回來，估計是得到了消息，怕她出事兒。她注意到他青色的錦袍上似乎染了不少血跡，髮絲有些凌亂，面容十分的冷冽。

他縱馬疾馳一路進了行宮後，來到正殿，遍地的屍首和血河讓他更冷了眉眼，當看到花顏完好無損地坐在躺椅上，碧色織錦羅裙未染半絲血跡，神色才一下子和緩了起來。

他翻身下馬，扔了馬韁繩，踏著遍地的死屍，不嫌髒汙，快步衝到了花顏面前。

采青連忙避開退後兩步，見禮：「太子殿下。」
雲遲只盯著花顏，上上下下打量了她一遍，溫聲問：「可傷著？」
花顏對他笑了笑，搖頭：「沒有。」
雲遲這才真正地放下心，沉聲說：「我雖然料到南疆王會下毒手反噬，但沒想到他下了這麼大的血本，除了派了他身邊最強的一支暗衛，還讓其帶來了一隻養了千年的寒蟲蠱。」
寒蟲蠱是南疆除蠱王外的三大蠱蟲之一，十分的霸道厲害，養了千年的寒蟲蠱，更是聞所未聞，當初武威侯夫人中的就是寒蟲蠱，也不過是養了百年。
花顏以為為首之人手裡的那個金缽裡裝著大批的蠱蟲，沒想到竟是隻千年的寒蟲蠱。百年的寒蟲蠱就能要人命了，更何況千年的，被它近身，估計當即就得死。
幸好她先一步發覺，沒讓那為首之人得逞。
花顏伸手拉住雲遲的手，感覺他手骨有些冰，笑道：「五百人都死了，一個沒留，為首之人被我用金針殺了，根本就沒放出寒蟲蠱來，如今被雲墨收起來了。」
雲遲面上露出笑意，如玉的手回握她的手，讚揚道：「不愧是我的太子妃，即便身體未癒，體虛乏力，仍讓南疆王這最強的五百暗衛折在了你手裡。」
花顏看著他：「你可是也遇到刺殺了？有沒有受傷？」
「沒事，我沒有受傷。這衣袍上是南疆王的血，他以為他割血灑我滿身，蠱蟲就能近我身了，殊不知，那一日你昏迷著，我喂你他的血引時，也跟著你喝了些，除了蠱王和三大蠱，尋常蠱毒近不了我的身，正巧趁機毀了他集結南疆王室宗親收集的所有蠱蟲，從今日起，除了公主葉香茗手裡的噬心蠱與勵王手裡的合歡萬毒蠱外，這京城裡的蠱蟲今日都被我清了個乾淨。」

花顏笑起來：「這樣說來，今日收穫極大。」

雲遲含笑點頭，很快又收了笑意：「我本來以為南疆王會將寒蟲蠱給我用，沒想到卻是讓人帶來這行宮要用在你身上，我得知後怕得很，生怕雲墨帶著東宮的暗衛護不住你，暗自後悔沒多留些人在東宮。」

花顏心裡溫暖，看著他說：「我又不是個會吃虧的人，即便身體不好綿軟乏力，誰要想欺負我也不易。那寒蟲蠱即便放出來，近我的身，我的金針也不見得刺不穿它，畢竟我的金針可是用了天不絕給的特殊毒藥浸泡過的，我抬手的力氣還是有的。」

雲遲又重露笑意，似想伸手將她抱入懷裡，但看到自己滿身血汙，遂放棄，對她溫柔細潤地說：「嗯，我的太子妃最厲害了！」

花顏抿著嘴笑，眉眼微微地彎了一彎，本是淡淡的雅色，偏偏波光瀲灩。

雲遲呼吸一窒，不由得被她露出的神色吸引住，有些移不開眼睛。

花顏卻沒注意雲遲的神色，伸手推他：「堂堂太子殿下，將自己弄成了這般狼狽的模樣，快回屋去沐浴換衣吧！」

雲遲壓住蕩漾的心神，有些不自然地點了下頭，向內殿走去，走兩步後，回頭對她說：「這裡滿是血腥，你也別久待了，進屋吧！」

花顏對他擺擺手：「好，一會兒就進去。」

雲遲見她答應，快步進了內殿，小忠子連忙帶著人抬著水跟了進去。

花顏在雲遲進了內殿後，調整了個舒服的姿勢，歪躺在躺椅上。

采青見了，連忙小聲說：「太子妃，這裡血腥濃郁，您想歇著，進屋吧！」

花顏搖搖頭，望著天：「這血腥味聞久了，倒也不覺得多難受。我在這裡躺會兒。」

采青不再多言，瞧著花顏，總覺得太子妃面對人的時候，大多都是未語先笑的，尤其是她的一雙眉眼，笑對人時，如日月投影在了裡面，熠熠生輝。可是無人時，或者是她獨自安靜不說話時，她卻覺得她似乎十分的孤寂，是周身雲霧籠罩的那種孤寂。

她暗暗想著，不知道太子殿下發現沒有？又暗暗想著，殿下何其聰明，定然早已經發現了。

第四十四章 罷已詔

雲遲沐浴完，換了一身乾淨的衣衫，見花顏沒在屋內，走出殿門，便見她依舊待在躺椅上，望著天空，不知在想些什麼，他眸光微微地動了動，緩步走向她。

花顏聽到腳步聲從天空收回視線，轉過頭來，看到緩步走到她面前的雲遲，眸光有一瞬的恍惚，很快就逝去，對他扯動嘴角，笑問：「這麼快就沐浴完了？」

雲遲點點頭，來到近前，伸手將她從躺椅上抱起，抱在懷裡，溫聲問：「是不是在行宮裡住得無聊？」

「采青陪著我，給我讀書，不算無聊。尤其是今日，更不無聊。」

雲遲偏頭看了采青一眼：「好好侍候太子妃，重重有賞。」

采青連忙跪地謝恩，誠惶誠恐：「謝殿下！」

花顏「撲哧」一樂，對雲遲說，「你嚇她做什麼？我極喜歡采青的。」

雲遲微笑，如玉的手愛憐地摸了摸她臉頰，肌膚滑如凝脂，讓他心猿意馬。他湊近她耳邊，低聲說：「日日與你這般相處，我怕是等不及我們大婚，我就想……」

想什麼，雲遲頓住沒說。

花顏卻聽懂了，臉一下子紅了，瞪了雲遲一眼，不想在他面前被他以後壓制住回回羞惱，梗著脖子壓低聲音說：「你一沒去過秦樓楚館，二沒去過花街柳巷，三沒侍妾通房暖床，到如今，無論是身還是心，應該都還是清白的吧？說你如白紙一張也不為過，你想什麼呢？你會嗎？」

這話著實是混不吝了。

雲遲一怔，耳根子快速地爬上紅暈，他無論如何也沒想到他調戲人反被人調戲了。一時間有些氣息不順暢，說不出話來。

他的模樣似乎愉悅了花顏，花顏憋不住，在他懷裡哈哈大笑。

她真是沒想到，雲遲還能露出這般神色，著實讓人通體舒暢。

雲遲聽著銀鈴般暢快的笑聲，狠狠地磨了磨牙，半晌，在花顏笑夠了之後，貼在她耳邊小聲說：「你等著！」

花顏聽著這咬牙切齒的聲音，心裡狠狠地打了個哆嗦，但她是個慣會掩飾，嘴也是個不饒人的，便對著雲遲揚了揚眉。

雲遲又氣又笑，他從來沒想過自己潔身自好，有朝一日卻成了她取笑他的樂子和反擊了。即便如此，他還是覺得這樣的花顏極好，帝京不缺賢良淑德的女子，皇宮更是不缺溫婉端莊的女子，他自小看慣了太多，從眼睛到心裡都已經麻木。

花顏，她是與眾不同的！

說她古靈精怪也好，說她淡靜沉穩也罷，說她溫婉端莊也不是做不到，說她性情隨意灑脫誰也不及……

今日，若是換做尋常女子，怕是早被嚇的不是暈倒就是哭訴。可是她，一舉帶著東宮的人覆滅了南疆王的五百暗衛，繳獲了他傳承千年的寒蟲蠱。

沒那麼善良，沒那麼心慈手軟，但也不輕易與人動手。

對他來說，她的一切都是那麼的，合心合意。

他將下巴擱在她肩上，吸取她身上的馨香，嗓音溫柔似水地喚她的名字：「花顏。」

花顏覺得心肝都快被他喚酥麻了，有些不自在地動了動身子，伸手推了推他，紅著臉說：「好好說話，做什麼喚得這麼像吃了蜂蜜似的？」

雲遲低笑。

花顏無言地歎了口氣，語重心長地說：「太子殿下，我可不想被人罵成禍國殃民的妖女。」

雲遲彎了嘴角，揶揄地看著她，難得一向周正的容色染了幾分氣韻風流，眸光粲然，如日月星辰落滿了星空：「我這一生，非你莫屬了，為你空置東宮，將來空置六宮，恐怕你這名聲，是要背負在身了。」

花顏伸手用力地點了下他眉心：「我若真成了妖女，那你就是昏君。」

雲遲笑容蔓延，順著她點他眉心的手指咬她因為胳膊抬起而露出的一截如雪皓腕，貝齒啃噬下，落下了細微的紅痕。

花顏覺得心癢，看到他的動作，驀地撤回手，一雙如水的眸子瞪著他，紅著臉羞惱地說：「堂堂太子，這手段，都是誰教你的？」

雲遲輕笑，眸光水波豔豔：「無師自通。」

花顏無語地看著他，這張臉，這雙眸子，真能把人吸進去，她以前時刻提醒著自己無視避免被他蠱惑，如今這躲不開了放任了他，果然是自作孽。

她撇開紅著的臉，小聲說：「也不怕人笑話！」

雲遲一本正經地說：「無人敢笑話我。」

花顏徹底沒了話。

當日晚，雲遲在花顏先睡下之後才漸漸地睡了，花顏夜間細微地打了兩個激靈，雲遲伸手拍了拍她，她便安心地睡著了，再沒動靜。

雲遲想著這個人兒不鬧騰的時候，真真是極柔軟好哄的，也是極其乖巧。不識得她之前，他不知道女子竟然有這麼柔軟的身子，軟綿綿的，似乎如一團棉花，抱著又軟又輕又暖。尤其是她睡著後無意識地往他懷裡拱，讓他整顆心都快化了。

無論他如何天賦聰明，也想不透，這般一個水做的人兒，怎麼會有如此堅硬如鐵的心，面不改色地吩咐人一個不留，立於血腥場，斷臂殘骸多汙穢也不能讓她動一絲表情。

臨安花家是如何培養她？

她自小是如何在臨安花家長大的？

在那些不被隱藏混跡於市井玩耍胡鬧的背後，她是怎樣生活的？

他全然不知，但他想著，這一生長的很，早晚他會知道的。

既認定了，便不放手，永遠不放手。

轉日，花顏醒來，雲遲依舊在她身邊，她透過帷幔看了一眼，外面淅淅瀝瀝地下著小雨，天色灰灰濛濛，但顯然已經不早了，難得他今日沒早早出門處理事情。

她微微抬頭，發現自己躺在他懷裡，壓著他的胳膊，他半闔著眼睛，似乎早已經醒了。

見她醒來，雲遲睜開眼睛，眸光微微帶了一絲笑意：「醒了？」

花顏點點頭，動了動身子，伸了個懶腰，懶洋洋地說：「外面下雨了，您今日沒事情要處理嗎？」

雲遲看著她慵懶的嬌模樣，笑容深了些：「你不是想見見南疆王嗎？我等你醒來帶你去。」

花顏偏頭看著他：「昨日事敗，他沒離開都城嗎？」

雲遲搖頭：「他身為南疆王，雖然懦弱，但也算是有幾分骨氣，如今就在南疆王宮。」頓了頓，又道，「再說，我豈能輕易讓他離開都城？」

花顏點頭：「我昨日想跟著你一道去見南疆王，也沒想見他做什麼，只是想出去走走。」

雲遲頷首，摸摸她的髮頂：「我知道，你昏迷了半個月，醒來又在這行宮悶了幾日，是想出去透透氣了。我正巧今日也要再見見他，與他做個交易，外面的雨也不大，用過早膳後，我們就進南疆王宮吧！」

「也好！」花顏坐起身。

二人穿戴梳洗妥當，用過早膳，小忠子命人備了馬車，二人踏出了正殿。

小忠子拿了一把大傘來遞給雲遲。

雲遲打開傘，罩住她和花顏，剛要邁步，看著地面的青石磚上積了些水漬，說：「還是我抱你上車吧！免得裙擺會沾濕。」

花顏搖頭：「我如今好不容易能自己走了，想走走，裙擺沾濕了也不怕，你雖然只有三成功力，略微運功，烘乾個裙擺還是簡單的。」

雲遲失笑：「也是，我這三成功力如今也只有這個用途了。」

花顏抿著嘴笑。

雲遲一手撐著傘，一手握住花顏的手，與她邁下了臺階。

小忠子和采青各撐了一把傘跟在二人身後，心裡齊齊想著太子殿下與太子妃這般真是好極了，般配極了，普天之下，怕是沒有比他們再般配的人了。

一個榮華無雙，一個淡靜嫻雅，無論怎麼看，都是一道極美的風景。

車輦離開行宮，前往南疆王宮。

街道上，因為下雨，沒有多少人走動，人流稀少，花顏挑開簾幕，沿街的店鋪都開著門營業，未閉門謝客，似乎沒受什麼影響。

她看了會兒，放下簾幕，對雲遲說：「消息已經走漏了，但南疆都城似乎沒什麼變化，是被你掌控住了嗎？」

雲遲笑了笑：「這些年，南楚皇室在南疆都城比別處費心得多，這裡經商之人或者居住的百姓，經過數百年來南楚朝廷的施策，已經漸漸被同化影響，即便南疆王宮被毀，若無人煽動，便不會起什麼風浪。」

花顏點點頭：「身為儲君，過早地便監理天下事兒，這些年你想必極其不易。」

雲遲眸光一暖，笑著說：「沒有哪個儲君是容易做的，做帝王更是不易。幸好父皇英明，沒有將我那些兄弟都如我一般教養對待，否則，同室操戈，爭權奪利，我怕是更不容易些。」

花顏看著他，忽然說：「你從小到大，可有人刺殺於你？」

雲遲抿了一下唇，眸光轉而溫涼：「自是有。」

花顏挑眉：「既然無兄弟相爭，為何還有刺殺？看你這表情，想必刺殺還不少了？」

雲遲輕歎：「朝局如棋局，秤桿如天平，一旦稍不留心，傾斜了，便總會生起禍端。父皇身體生來就孱弱，母后薨了之後，他傷心欲絕，更是一度幾乎挺不過來。帝王弱，自古以來，不是什麼好事兒。所以，我監國以前，朝政很亂，異心者比比皆是，想要我長不成人者更是多數。」

花顏恍然：「自古沒有兩全其美之事，十全十美更不必說了。皇上英明，未曾使得皇室子嗣與你為敵禍亂，但總有朝野動盪，心有餘而力不足，便難以端平。」

「江山權柄，帝業傾軋，總要踏著荊棘而走。」話落，他溫柔地看著她，嗓音低沉，「這條路孤絕難走，我不想孤獨一生，拉你相陪，無關江山，只為心折。你信我！」

花顏以前是打死都不相信雲遲讓她做他的太子妃是無關江山的，她以為，他是對花家有所謀，所以，一直不相信，用盡手段抗拒悔婚，無論如何，也不能因她而拉花家下水。

可隨著他不惜以太子之尊為她涉險，她昏迷，這些日子以來敞開心房的相處，她對他來說，也許真的無關江山社稷。

他當時闖入蠱王宮，定然沒有經過深思熟慮，定然是得知消息連考慮都不曾便衝了進去。

誠如他一直以來所說，皇權之路太孤寂，他想拉她陪著。

也許就因為她的性情，不溫婉，不端莊，不賢慧，不羈世俗，隨心所欲，這個鬧騰勁兒，一直以來讓他合心合意，覺得就是他要的太子妃，漸漸的，非她不可了。

江山帝業，皇權冷寂，這條路充滿傾軋算計陰謀陽謀，且也許直到他死的那一天，才能徹底放下肩上的重擔。

南楚皇室的擔子傳承了幾百年，從他出生起，皇上就沒給他別的路走，他是太子，又得精心栽培，其他皇子都有路可走，唯獨他，註定就是這一條路。

若是被他強行更改了，也許這南楚的江山就沒了繼承人，走到頭了。

但當日他闖入蠱王宮，以身涉險，彼時，他將南楚江山置於何地？

這情，厚重至極，她得承。

她心裡動容，面上卻不表現出來，露出淺淺的嫣然的笑容，對他眉梢舒展地揚眉：「心折是什麼意思？是心悅嗎？」

雲遲低笑，伸手握住她的手，她的手纖細嬌小，柔若無骨，細細滑滑，讓他整個人都似化成了溫泉水，悅耳的嗓音從薄唇吐出，笑意深深：「嗯，心悅，心喜，傾心，戀慕。」

花顏抿著嘴笑，聲音也不由得放柔，淺淺如小溪潺潺流水涓涓：「雲遲，我信你。」

雲遲心神一蕩，伸手拉她入懷……

花顏想調笑他兩句，但實在是調笑不出來，這氣氛讓她如在火爐裡烤，她憋了一會兒，只說：「你先放開我，堂堂太子，可不能因色亂智。」

雲遲心中翻湧的潮水漸漸地褪去，擁著她不鬆手，暗啞地笑著說：「在你面前，我的自制力似乎蕩然無存，因色亂智什麼的，也沒辦法。」

花顏聞言又氣又笑：「你越發得寸進尺了。」

雲遲輕歎。

花顏看著他的目光，自然明白他的未盡之言，她鄭重地想了想，吐出一句話：「念清心咒不管用，便學些疏解之法？」

這回輪到雲遲氣笑：「你懂得倒是多。」

花顏哼唧了一聲，在他懷裡閉上了眼睛。

雲遲心緒漸漸平穩，不敢再低頭看她，便靠著車壁抱著她也閉上了眼睛，對她說：「今冬之前，一定大婚。」

花顏沒意見地說：「您若能在那之前平定了西南境地，籌備好大婚事宜，我沒意見。」

雲遲頷首：「西南境地用不了兩個月，我就能安平，之後先去臨安花家走一趟提親。在我選妃之日，禮部便將聘禮事宜準備好了，時間趕得及的。」

花顏「唔」了一聲，「皇上和太后那裡，好不容易毀了婚，怕是不太同意你娶我。」

雲遲溫涼地道：「父皇定不會阻止，皇祖母那裡，未經我同意，私自下了悔婚懿旨，定然是愧疚於我，想必也不會再多干涉。」

花顏伸手拿過他的手，逐根的把玩著手指：「那朝臣呢？」

雲遲淡笑：「只要無人攪動朝局，父皇和皇祖母都不干涉，也就無人敢出頭干涉。」

花顏忍不住好笑：「兜兜轉轉，早知道我便不折騰了。」話落，她感慨，「當初你肯定地對我說，無論如何，我都會是你的太子妃，我還死活不信。」

雲遲輕笑：「半壁山清水寺的德遠大師為我卜算過一卦，你我天定姻緣。」

花顏一怔，睜開眼睛，瞧著他：「何時卜算的卦？」

「在你弄出兩支大凶姻緣籤之後，沒兩日，我暗中去了一趟清水寺，當時一是為了查明你那兩支大凶姻緣籤的由來，同時也是為了讓他給我請一卦。」雲遲笑笑，睜開眼睛，伸手點她鼻尖，「真沒想到，清水寺的住持是你臨安花家的人，怪不得當日為你作弊糊弄我。」

花顏挑眉：「天定姻緣之說你還真信啊？就沒想過德遠是怕你再發怒，遷怒整個半壁山清水寺所有僧人，故意給你算了一個好卦？」

雲遲微笑：「只要是好卦就行。」

花顏無語，對雲遲歎了口氣說：「其實，我是真沒騙你，大凶姻緣籤之事雖然是我的謀劃，但你我的姻緣卦，確實不太好，這是真的。你只知住持是我臨安花家的人，怎麼就不知德遠與我祖父交情深厚呢？若論易經八卦，普天之下，沒有我臨安花家的卦象師算得準，德遠也不及。」

雲遲一愣。

花顏認真地看著他：「你不信我的話嗎？都到了這個地步，我都答應做你的太子妃了，還騙你做什麼？臨安花家人才輩出，五行、易經、八卦、陰陽、乾坤、陣法……無所不能，包羅萬象。」

雲遲抿唇：「你身為臨安花家的少主，所知所學定然涉獵極多，你可會這些？」

花顏點頭：「會！」

雲遲當即說：「那你現在就為我們卜一卦。」

花顏攤手：「沒有卦牌，無法卜卦。」

雲遲伸手從車壁的一個暗格裡拿出了一副卦牌，塞進她手裡。

花顏無語地看著卦牌，失笑：「你怎麼什麼都有？」

雲遲彎了彎嘴角：「當日德遠大師為我卜完一卦後，將卦牌也送我了。他說就此封卦，不再為人卜卦了，我是最後一卦。」

「他卜了假卦，欺了你又欺了佛祖，估計心中有愧，才封了卦。」花顏拿著卦牌坐起身，頗有些興致地說，「好，那我就為你我真真實實地卜一卦，讓你看看。」

雲遲頷首。

花顏纖細的手指搖動卦牌，龜背牌刻著古老的紋路，她開始慢，漸漸地越晃越快。

雲遲注意到花顏指尖有細微的青色的氣息流轉，為卦牌鍍上了一層青光，以他的目力，還是很難看清卦牌的流動方向，似是在她手中行成了一個漩渦。他抬頭，便見她微抿著唇，眉目間籠罩著淡淡青氣，似有玄妙的光圈流轉，讓她在這一刻不同以往。

神情既肅穆又縹緲，似一下子與他遠在天邊，隔了遙遙星河。

雲遲忽然出手，按住了花顏的手：「算了，還是別卜算了！」

花顏在關鍵時刻被打斷，眉心和指尖的青氣瞬間隱退消失不見，她抬眼，疑惑地看著雲遲：「你做什麼？幹嘛突然打斷我不卜算了？」

雲遲勉強定了定神，壓下那一刻的感覺，對她微笑：「無論如何，你都會是我的太子妃，無論卦象好壞，你我都是天定的姻緣。」

花顏仰著笑臉看著他，揶揄地說：「你不會是害怕了吧？堂堂太子呢！」

雲遲認真地說：「卜卦是窺得天機，對自身極其損耗吧？我方才見你指尖似有青氣，你如今身子不好，還是不要損耗心血了。」

花顏聞言將卦牌塞回他手裡：「好，確實費心神，不卜就不卜，聽你的。」

馬車來到南疆王宮，雲遲先下了馬車，撐了傘，然後將手伸給花顏。

花顏握住雲遲的手，下了馬車，與她並肩站在了傘下，看向南疆王宮，顯然，她奪蠱王闖蠱王宮之後，雲遲將南疆王軟禁在勍王府，同時將南疆王宮接手了。

南疆王宮早已經換成了雲遲的人。

雲遲牽著花顏的手，進了南疆王宮，所行之處，守衛宮牆的人紛紛見禮。

雲遲帶著花顏一路來到了王宮的正殿，順暢地進入了殿中。

南疆王正坐於椅子上，似乎是在等雲遲，看那神態，顯然已經等了許久。

花顏是識得南疆王樣貌的，此時一見，也不由得愣了。按理說，南疆王已經人至中年，可如今，他看起來與雲遲差不多年紀，足足倒回了二十年不止。

若不是他神色太過抑鬱萎靡，也是個極為養眼的年輕男子。

花顏想到他是因為動用了葉蘭琦的心血和自小養的采蟲，才能重返韶華，雖然她也不喜葉蘭琦，但是畢竟是一個年輕的女子，奪了她的芳華，她便一陣噁心。

她不止一次地覺得南疆蠱毒害人，如今見了南疆王，更是覺得蠱毒被清除乾淨最好，奪了蠱王，讓南疆失了傳承，再無蠱毒，雖為一己私心救蘇子斬，但結果也算是造福世人了。

南疆王見到雲遲，只看了他一眼，目光便落在了他牽著的花顏身上。

花顏穿著一身淺碧色織錦綾羅長裙，裙擺繡著的纏枝海棠被雨水打濕，栩栩如生，嬌豔欲滴，她看起來不過二八年華的年紀，清淡素雅，容貌瑰麗，大約因為在病中近來少見陽光的緣故，臉色比常人看起來白皙，未施脂粉，沒有滿頭珠翠裝飾，卻看起來令人賞心悅目，如一幅上好的靜謐水墨畫。

南疆王不敢置信地看著花顏，他怎麼也想不到，便是這樣的女子，毀了他的蠱王宮，殺了看護蠱王宮的所有暗人，奪走了他的蠱王。

她看起來是那樣的纖細嬌軟，柔弱無骨，說她肩不能挑手不能提絲毫不為過。

他心中翻湧著不敢置信的情緒，面上忍不住也表露出了幾分。

「王上在等本宮？」雲遲停住腳步，微微揚眉。

南疆王慢慢地站起身，看著花顏，話語卻是問雲遲：「太子殿下，這位是……」

雲遲淡笑：「本宮的太子妃，臨安花顏。」

南疆王得到證實，似乎有些不能接受：「這……怎麼會是這樣的女子毀了南疆的蠱王宮？」

花顏淡靜地欣賞了陣南疆王變臉，此時聞言笑了笑：「王上的意思是看不起我了？」

南疆王盯緊她，一字一句地問：「你是如何毀了我南疆傳承了千年的蠱王宮的？」

花顏漫不經心地說：「硬闖！」

「不可能！」南疆王斷然地否決，「南疆蠱王宮千年來，無人能硬闖得過？」

花顏聳聳肩：「我偏偏闖過了，由不得王上不信，事實就擺在眼前，如今境況，我也沒必要對你扯謊不是？」

南疆王沉默下來。

雲遲拉著花顏鏡子坐了下來，看著南疆王，淡然地說：「昨日本宮所言，王上是否考慮清楚了？」

南疆王聞言臉色瞬間慘白。

雲遲容色溫涼地看著他，一雙眸子如冰泉水，不帶絲毫情緒：「本宮感念王上一直以來的配合服從，不打算心狠手辣趕盡殺絕，若王上依我所言，昭告整個西南境地，誓死效忠南楚，本宮就給南疆王室宗親一眾人等一條安順的活路。」

南疆王臉色頹然，慘白無血色，看著雲遲，張了張嘴，又看向他身邊淺淡隨意坐著的花顏：「本王想知道，本王的五百暗衛，是如何覆滅了的？寒蟲蠱非同一般，為何沒傷著太子妃？」

花顏微微揚眉，似笑非笑：「若是我給王上解了惑，王上就答應太子殿下所言嗎？」

南疆王咬牙：「本王雖然軟弱，但總歸是南疆的王，苟活一命被人謾罵，不如一死了之。」

雲遲雲淡風輕地說：「王上的一命在本宮的眼裡素來不值什麼錢，你所倚仗的蠱王宮毀了，傳承的蠱王沒了，就連你視為護身符的南疆暗衛與千年寒蟲蠱，都覆滅了。如今的你，也就只有南疆王這個身分讓本宮看中罷了。你若是不想苟活，就此橫劍自刎，本宮也不攔你。」

南疆王面色一灰。

花顏笑看南疆王，暗想他若真是有骨氣之人，早在得知他派出去殺她的五百暗衛無一人活著回來時，就該自殺了，如今既然還活著等在這，可見他是個惜命之人。

更遑論如今他已重返韶華，更是捨不得就此赴死的。

雲遲又開口：「王上你要明白，你既枉顧了與本宮多年的交情，本宮也不必手下留情了，南疆王室宗親一眾人等，本宮是決計不會放過。尤其是公主葉香茗。」

南疆王閉上了眼睛，面色慘白如紙。

花顏涼聲淡笑著說：「太子殿下之所以來與王上談判，無非是不想多造殺戮，王上給句痛快話！如今局勢已然如此，太子殿下既然執掌乾坤，便誰也扭轉不過來。」

南疆王身子俱震，片刻，睜開眼睛，咬牙說：「若是本王昭告西南境地，太子殿下當真會言而有信不殺我南疆王室宗親一人？」

雲遲淡聲道：「只要不反抗本宮，本宮便不殺，若是有人不聽話，便怨不得本宮了。」

南疆王又轉頭看花顏，認真地看著她，發現這個女子，無論怎麼看，都是纖細柔弱的，他實在難以想像，就是她，毀了蠱王宮，覆滅了他的五百暗衛和寒蟲蠱。

他頹喪地說：「怪不得太子殿下非臨安花顏不娶，本王算是長了見識了。」

雲遲寡淡地說：「本宮要娶她，無關她的本事，只鍾愛她的性情罷了。本宮識得她時，她除了愛鬧騰外，一無是處。」

花顏笑著偏頭瞥了雲遲一眼。

雲遲站起身：「既然王上答應，現在便將昭書寫了吧！」話落，對小忠子吩咐，「你帶著人侍候王上筆墨，本宮帶著太子妃逛逛這王宮。」

小忠子連忙應是：「殿下放心！奴才一定好好侍候王上。」

雲遲不再多言，拉著花顏出了正殿。

南疆王在雲遲離開後，一屁股又坐回椅子上。

小忠子帶著幾名東宮暗衛走到南疆王面前，挺直小小的腰板說：「王上，奴才侍候您筆墨！您務必得寫的讓我家殿下滿意，否則，奴才難以交代，您也要多費筆墨。」

南疆王看了小忠子一眼，臉色慘白默然地點了點頭。

雲遲帶著花顏出了正殿後，共撐著一把傘走在雨中，溫聲對她說：「南疆王宮有一處煙雨台，每逢降雨，景色十分好，我帶你去逛逛。」

花顏笑著點頭：「好。」

采青撐著傘跟在二人身後，雲影帶著人暗中保護。

走了一段路後，花顏對雲遲說：「南疆王宮不及你的東宮景色好，一磚一瓦，雖然奇特，但太過失真。」

雲遲微笑，湊近她耳邊說：「你的意思，是想東宮了嗎？」

花顏失笑：「我只是就事論事。」

雲遲笑看著她：「待南疆王下罪己詔，昭告西南境地，我便將之昭告天下，徹底收復西南境地。這王宮，便封了。」

花顏點頭：「以後再無南疆王，這王宮是該封了。」

雲遲目光溫柔：「我本打算在你我大婚後，五年之內，徹底收復西南境地，沒想到你使我的計畫提前了五年。」

花顏感慨，她因為蘇子斬的寒症，來西南奪蠱王，卻偏偏促進了雲遲提前五年收復西南境地，在他還是太子之時，便做成了這樣一樁足以載入南楚歷史的功績，著實也是天意。

二人來到煙雨台，花顏不由得讚了聲，果然是好景色。

煙雨台顯然是在建造南疆王宮時花了大力氣而建，山是真山，峰巒翠幕，一疊一疊，以整座山為雕本，建造了一個寶塔閣台，三面環湖，一面是一片花海。碧湖與山巒相接，雨水從天而降，細細密密，湖水天色相接，有一種煙波浩渺仙境宮闕之感。

花顏笑著看了片刻，對雲遲說：「難得南疆王宮內有這般景色。」

雲遲微笑：「據說建造這處煙雨台，南疆工匠班子花了幾十年的心血。」

「這般鬼斧神工，也不枉幾十年的心血。」花顏又看向煙雨台，片刻後，神色有些微妙地問，「據說公主葉香茗是從皇宮裡莫名失蹤的？」

雲遲頷首：「正是。」

花顏笑問：「查到她的去處了嗎?可是去尋勵王了？」

雲遲道：「目前還沒有消息傳來，十有八九，是去尋找勵王了。」

花顏又問：「可知道她是如何出了南疆王宮，出了都城的？」

雲遲搖頭：「南疆王宮應該有出宮出城的密道，但是目前還沒查出來在哪裡？」

花顏笑著說：「不必查了，就在這煙雨台。」

雲遲偏頭看向她：「你看出了什麼？」

花顏淡聲道：「以奇門之術，巧奪天工，設機關密道，的確高明至極。那位公主葉香茗，應該會水，密道就在湖底。」話落，她伸手一指，「你看，湖水與雨簾相接的地方，看起來煙波浩渺，是因為水波形成了氣旋，湖底定然有分流之物，做了分水嶺，所以，才形成了這般美景。」

雲遲聞言瞇起了眼睛：「怪不得東宮暗衛查找不到密道，原來是在湖底，果然高明！」

花顏笑著說：「即然已看破，命會水懂機關之術的人下去查吧！」

雲遲點頭，沉聲喊：「雲意！」

「殿下！」一身黑衣的男子應聲現身，看起來比雲影年歲稍小一些。

雲遲對他吩咐：「你帶個人下水，密道在湖底，仔細一些，查探清楚。」

雲意眼睛一亮，應是，立即去了。

雲遲轉頭對花顏說：「你身子還有餘毒未清，這樣的雨天，在外面待久了會染寒氣，走吧，我們回去。」

花顏看向碧湖，對他說：「可惜我如今身體不好，否則定會下湖底去看看南疆王宮的機關密道有多高明。」

雲遲微笑：「定然不是極高明，否則也不會被你一眼就看出來，不看也罷。」

花顏嗔了他一眼，無奈地說：「好吧，回去吧！」

雲遲握著她的手，轉身離開了煙雨台。

第四十五章 以身相許

小忠子盯著南疆王寫了罪己詔，昭告天下南疆蠱王有失，乃他之過錯，未曾極早察覺看守蠱王宮的暗人禍亂謀反，愧對南疆王室列祖列宗，謝罪西南境地信奉蠱王神的子民，幸而太子殿下殺了暗人之王，才免了南疆都城一場浩劫。自今日起，南疆真正地降順南楚，廢黜國號云云。

南疆王寫完了罪己詔，蓋上了南疆王印，已經筋疲力竭，跌坐在了地上。

小忠子滿意地拿了詔書，又帶走了南疆王印，出了正殿去尋雲遲，見到雲遲後，笑咪咪地將詔書交給他，邀功地說：「殿下，您看看，可還滿意？」

雲遲展開罪己詔，粗粗閱覽了一遍，含笑點頭：「不錯，做得好。」

小忠子頓時手舞足蹈，又將王印奉上。

雲遲擺手：「你收著玩吧！這個東西以後沒什麼用處了。」

小忠子點點頭，收了起來。

花顏看完了罪己詔，又無語地想著將南疆王印給個小太監玩也是前無古人後無來者了。她對雲遲佩服地說：「這般顛倒黑白，也只有你能做得出來。」

明明毀了蠱王宮的人是她，明明他是幫凶庇護了她，偏偏全推到了南疆王和看守蠱王宮的暗人之王身上，轉身自己就成了大義凜然幫助南疆王滅了禍害之人的好人。

這般逼著南疆王以此保全南疆皇室宗親等血脈，讓南疆王投鼠忌器，正了自己的名聲，掌控了言論，也是沒誰了！

雲遲低笑：「即便南疆王不答應，我也會代替他寫一份罪己詔，不論他人是死是活，這罪己詔都會下，蓋了南疆王印璽，拿出去都一樣。他如今識時務，最好不過。」

花顏歎惋：「若非我是南楚人，還真是有些替南疆可惜，傳承了千年的蠱毒之術，就這麼毀於一旦了。」

雲遲笑看著她，誠然地點頭：「嗯，幸好你是南楚人。否則，我要娶你，只能兩國聯姻，你成了我的太子妃，我還真不忍對南疆下手了。」

花顏「嘁」了一聲，不信地笑著說：「太子殿下會因為兒女情長而英雄氣短嗎？我看未必，你若是想得到什麼，哪裡有得不到的？」

雲遲猛地停住腳步，看著花顏。

花顏嘴角的笑還未落下，猛地想起，這話她說得太隨心所欲，未及細想，便衝口而出，這自然是觸動了雲遲的心弦。他想得到她，無論她掙扎得多狠，到底最終妥協了，順從了他，讓他心想事成了。

她對上他的目光，笑著說：「你從小到大，可有想而未成之事？」

雲遲看著她，沉默半晌，搖搖頭：「沒有。」

花顏想著這就是了，雲遲天生便是這樣的人，想做什麼，沒有不達成的，她笑著說：「那你這般在意做什麼？我也沒說錯不是？」

雲遲垂下眼睫，握著她的手緊了緊，又沉默半晌，低聲說：「我知是我強求了你，你心底到底不舒服，總如在心裡扎了根刺，這根刺扎得很深，即便被你深埋，但也讓你不自覺地疼痛，可是我也沒有辦法，就是非你不可。」

花顏聞言也沉默下來，既然已結下了心結，便會在不經意中突然就揭開了傷疤，不是疼了她，就是疼了他。

想撫平，怕是沒那麼容易。

一句小小的無心的玩笑，她與他竟然都有些承受不住。

她深深地歎了口氣，一時也不知該說些什麼來挽救。

他們都是聰明的人，正因為深知，才理智平和地靠近相處，點點滴滴，粉飾心境，都想抹平這道溝壑。奈何，既然中下了因果，哪裡能那麼容易抹平？

細密的雨打在傘上「劈啪」作響，二人在傘下，似乎是一個小世界，明明罩在一把傘下，但卻像是相隔了很遠。

花顏忽然覺得有些冷，不由得打了個激靈。

雲遲察覺到了，猛地伸手將她拽進了懷裡，頃刻間，冷靜理智回歸，對小忠子吩咐：「去拿一件斗篷來。」

小忠子應是，連忙去了。

花顏靠在雲遲懷裡，十分的安靜，低聲對雲遲說：「我剛剛的話，出口時，是調笑之言，並沒有什麼意思，抱歉！」

雲遲自然是深知的，但正因這份無心，讓他覺得無能為力的酸痛，他伸手拍拍她：「我明白你是無心的，是我不對，連一句玩笑之言也受不住。」

花顏無奈地說：「因果已經種下，怎麼辦呢？」

雲遲抿唇：「我不管，總之，無論如何，我不會對你放手。」

花顏覺得這話聽起來就十分執拗固執了，不像是堂堂太子該說的話，但是她的心卻奇跡的平和了，微微笑著仰起臉看著他說：「不放手就不放手，我早知你執拗固執，又不是一兩日，我已經習慣了。」

雲遲看著她淺笑嫣然的笑臉，酸痛的心也奇跡地平和，不由露出微笑，迎上她水做的眸子，溫潤清華，嗓音也溫柔下來：「總有一日，你我心中會無溝壑的，我相信。」

花顏含笑點頭：「我也相信，一生長得很，多大的溝壑，也足夠時間撫平。一生也短的很，既然已定了緣分，我便想順應天意，不想我們隔閡虛度。」

南疆王的罪已詔被雲遲讓人拓印了萬張，在一場雨過後，貼遍了西南各地。

這一份詔書，頃刻間掀起了波瀾。

百姓們聚集圍觀，識字的念給不識字的人聽，一時間，爭相傳頌此等大事兒。

西南境地信奉蠱王神的人，一下子覺得西南境地的天似乎要塌了。

就在這時，各小國的當權者發現軍中的米糧和鹽倉不知何時空空如也，不翼而飛。大驚之下，連忙命人從各處調派，更是發現西南米糧和鹽倉的商行都已經關閉，無米糧可購，無鹽可買。

一時間，各小國的當權者陷入了恐慌，難道是蠱王神降罪了整個西南？否則為何好好的米糧和鹽倉都出了問題？且查無可查？

這種恐慌鋪天蓋地地籠罩在了西南境地，如暴風過境，人人自危。

除了少數人知曉內情外，無人懷疑這是雲遲和花顏的手筆。

安書離和陸之凌便是知情之人，二人鉗制著南夷和西蠻兵馬的同時，密切地注意著整個西南的動靜。

但安書離不如陸之凌知曉的內情更多，他只隱約地知道行宮被毀與花顏有關，雲遲為救花顏，折損了功力，以至於有半個月未及時出手處理事端，幾乎讓他陷入了被動處境。

陸之凌卻比安書離要抓心撓肝地焦躁，他隱約能猜到花顏事敗了，否則，也不會被雲遲困居在了他居住的行宮每日施救。

他想著雲遲不會白救人，若是知曉她是為了蘇子斬來奪蠱王，怕是指不定心裡怎麼震怒地為難她，更是覺得，以雲遲那樣的人，只要落到他手裡，他斷然沒有再放開她的道理。

他自認為對這位太子殿下還是十分瞭解的，否則也不會這麼多年不敢惹他。

安書離敏感地注意到陸之凌的焦躁，對他笑問：「陸兄，你當真喜歡花顏？」

陸之凌聞言嘴角抽了抽，敬謝不敏地搖頭：「哪兒能呢？我還不想早死，她可是一個喜歡不起的人，我可不敢喜歡。」

安書離微笑：「的確是一個讓人喜歡不起的人。」話落，盯著他，「那你近來為何如此焦慮？難道不是為了她？」

陸之凌歎息，拍拍安書離肩膀，說：「我是為了她，也不是為她，哎，怎麼說呢，你不懂的，別問了。」

安書離點頭：「事情知道的太多也並非是什麼好事兒，好，我不問了。」

陸之凌暗罵安書離實在是太過聰明，不止聰明，已經能稱得上狡猾。他暗暗地想著，若是當初，安書離不躲，與花顏有了糾葛，他對上雲遲的話，對比身體有寒症的蘇子斬來說，是否很多事情也就不至於落到這地步了。

可惜，安書離躲了，偏偏他不夠格與雲遲爭上一爭，可以說，真是命運弄人。

勵王和勵王軍已經到了距離南疆都城三百里處，被梅舒毓帶領的三十萬兵馬攔住，雙方還未開戰，南疆王的罪己詔便貼滿了西南各地。

勵王驚怒不已，他不明白南疆王怎麼會下了這麼一份罪己詔，當即詢問葉香茗：「你可知道這是怎麼回事兒？」

葉香茗臉色發白，也是驚怒不已：「父王一定是被逼的。」

勵王一拍桌：「王兄實在是太過軟弱，怎麼能下這樣的詔書？明明就是太子雲遲不安好心，他欺負我們南疆至此，南疆王室列祖列宗的顏面何存？王兄怎麼會這般怕死？」

葉香茗怒恨：「太子雲遲有的是招數和本事，定然是他威脅了父王。」

勵王怒道：「蠱王是我南疆的傳承根基，如今蠱王宮被毀，蠱王沒了，他還有什麼是必須要受雲遲威脅的？無非是一條命罷了。」

葉香茗想了想，立即說：「父王大概是覺得大勢已去，為我南疆皇室宗親保留血脈，才不得已而為之。」

勵王拔出長劍，砍在了案桌上：「即便南疆所有皇室宗親皆死，也要與雲遲同歸於盡，不能苟活於世。否則有何顏面去見列祖列宗？」

葉香茗沉默半晌，說：「王叔息怒，我們再想想辦法。」

勵王怒道：「還有什麼辦法可想？依我說，我們殺去南疆都城，與雲遲同歸於盡。」

葉香茗看著勵王：「王叔冷靜些。」

勵王恨鐵不成鋼地說：「你還要我如何冷靜？你好好看看你父王的這份罪己詔，著實令人氣恨。早知他這般無能，當初我就不該讓他坐王位。」話落，他盯著葉香茗，「你是不是喜歡上雲遲了？所以捨不得動手？我聽聞月前，你父王與你有意與雲遲聯姻？可有此事？」

葉香茗白著臉說：「是有此事，但是他拒絕了，他言此生只娶臨安花顏，非她不娶。我又如何死皮賴臉非要嫁她？早就斷了心思，但也沒想到，短短時日，蠱王宮竟然被人毀了。」

勵王恨怒地說：「他是不會娶你的！因為他要覆滅西南境地，毀了蠱王宮，就是要讓我們南疆再不復存在，連國號也保不住。有這等大計，還豈會在意你一個小小公主？」

「王叔，那一日雲遲明明是帶著三萬兵馬出了都城，蠱王宮被毀之事，應該不是他所為，至於他為何攬下此事，想必是因為此事對他有利，才順勢而為。」

勵王一愣：「既然不是他毀了蠱王宮，那是何人？」

葉香茗道：「臨安花顏！我離京時祕密打探過，聽聞在蠱王宮被毀當日，雲遲曾闖入蠱王宮救她。」

勵王不信：「你是說臨安花顏，一個小小女子，毀了蠱王宮？笑話！無稽之談，一定是雲遲的陰謀。」

葉香茗道：「到底是誰所為還有待查清，可如今，我們面臨的境況實在不利。咱們的二十萬兵馬，又被雲遲的三十萬兵馬攔住，就算我們拼死殺去都城與雲遲同歸於盡，也做不到。」

勵王聞言一拍案桌：「我們做不到，那就聯合西南境地所有小國舉兵攻之。」

葉香茗頷首：「既然如此，就請王叔立即派人聯絡吧！」

勵王當即書信數封發往各小國。

書信剛發走不久，米糧和鹽倉緊缺之事便在西南境地傳揚開來，不止軍中掀起恐慌，百姓們也紛紛陷入了無糧無鹽的恐慌中。

關於蠱王神降罪這片土地的言論鋪天蓋地地如瘟疫一般地傳揚開來。

梅舒毓聞言大喜，他調來的三十萬兵馬糧草鹽倉充足，自然不懼怕。

勵王和葉香茗驚聞此事，又驚又駭，他們第一時間想到雲遲掌控了西南境地的米糧和鹽倉，進而藉由這兩樣控制了西南經脈，與罪己詔同時發作，這是雙管齊下。

這樣一來，即便西南境地各小國的當權者識破了雲遲的陰謀，知道蠱王宮被毀與他有關，有心發兵征討，但無糧無鹽以作軍用，也無能為力了。

這是何等的厲害！

葉香茗一屁股坐在椅子上，對勵王慘白著臉慘澹地說：「王叔，我們完了，沒有機會了，奈何不了雲遲的。」

勵王不甘心，他一心想讓南疆脫離南楚掌控，可是怎麼短短時間，就使得南疆已經到了這等任人魚肉的地步了?他想不明白這一切都是怎麼發生的。

南疆是如何毀了蠱王宮沒了蠱王，他不知道。

南疆王是如何下罪己詔，正了雲遲奪蠱王藉此收復西南境地的名聲，不受西南境地信奉蠱王神的所有人反抗攻擊謾罵，站在了大義相助的至高點的，他不知道。

他只知道，他手中空有二十萬兵馬，卻被雲遲三十萬兵馬所攔，連南疆都城都靠近不了。

他又氣又恨，又無能為力，不想就這麼算了。

於是，他對葉香茗說：「三十萬兵馬相阻算什麼？但你手中有噬心蠱，我手中有萬毒蠱，未必破不了這三十萬兵馬。」

葉香茗咬唇：「王叔，即便我們破了這三十萬兵馬，殊死一戰，屆時怕是損傷太大，待衝去都城後，兵馬也會所剩無幾了吧？真能奈何得了雲遲嗎？」

勵王怒道：「那你說怎麼辦？難道要我們降順他？一旦降順，你要知道，這二十萬兵馬怕是再也收不回來了。我們也許再沒辦法報此仇了。」

葉香茗想了片刻，說：「王叔，我想回王宮一趟，去打探父王情況，看看到底是何情形。」

勵王瞪著她：「你父王連罪己詔都下了，你還理會他做什麼？你還指望他相助我們不成？」

葉香茗搖頭：「我還是很瞭解父王的，不到萬不得已，無計可施，他不會下罪己詔，將責任都攬到自己身上。我在想，父王手中的暗衛和寒蟲蠱，怕是已經被雲遲除去了。」

「什麼？」勵王黑著臉看著她，自然是知道南疆王擁有不差於蠱王宮的暗人，若是都被雲遲除去，那他該是何等可怕？

他斷然地說：「若是如此，你就更不能回去了！」

葉香茗道：「我通過密道回宮，咱們南疆王宮的密道巧奪天工，太子雲遲不見得能查到。我先見父王一面，瞭解情況，再做定論。這個時候，硬拼不如殺了太子雲遲。」

勵王終於明白了，看著葉香茗：「你想去殺了雲遲？」

葉香茗頷首：「利用我的噬心蠱，殺了他！只要他死，我們南疆就有救了。」

勵王點頭：「好，既然如此，我就等你消息，你可不要像你父王一樣無能。」

葉香茗堅定地說：「王叔放心，只要有機會得手，我定不遺餘力。」

勵王看著她說：「我等你三日，三日你若不事成，我就帶著二十萬兵馬與萬毒蠱，與雲遲的三十萬兵馬血戰一場，哪怕同歸於盡，我也不讓他得此便宜。」

葉香茗站起身：「好，就三日，王叔等我的消息。」

勵王對葉香茗這個侄女還是很愛護的，對她說：「一定小心！」

葉香茗點點頭，不再多言，出了勵王軍營。

在南疆王下罪己詔當日，雲意正於煙雨台湖底破解南疆王宮的密道。

密道四通八達，其中有三條是出南疆都城的。

雲意在當晚便繪出了密道的圖紙，報給了雲遲。

雲遲看完圖紙，隨手遞給了他身旁的花顏：「你看看。」

花顏伸手接過，瞅了片刻，笑著說：「看起來雲意對機關密道十分精通，這麼短的時間就破解了，你這十二雲衛真是各有所長。」

雲遲點頭：「他們的確是各有所長。」話落，對她問，「你說，下一步我該怎麼做？」

花顏思忖片刻：「趁機收拾勵王和勵王軍。依我看，勵王必不甘心。」

雲遲斜睨著她：「當初可是你派人救了勵王和勵王軍？否則我早就殺了他了，怎會讓他成了我的心腹大患。」

花顏扶額：「當初我讓十六算計勵王和勵王軍，實則是想引你出都城，後來十六撤出西南境地，之所以沒殺他，也是為了給你留個後患，讓你沒法子找我算帳。沒想到，如今我得跟著你一起應對這個心腹大患，也算是遭了因果了。」

雲遲失笑，伸手揉揉她的頭：「我今夜便給安書離和陸之凌傳信，讓他們帶著人潛入勵王軍中，殺了他。」

花顏蹙眉：「二十萬勵王軍居住的軍營，恐怕沒那麼容易殺了勵王，而且他手裡還有萬毒蠱，那可是個沾染不得的東西。」

雲遲道：「我將十二雲衛派出去一半接應他們。」話落，又說，「那一隻寒蟲蠱也給他們送去，不知道寒蟲蠱對上萬毒蠱，兩隻禍害，誰死誰活。」

花顏有了興致：「我也想知道，不過還有葉香茗手中的噬心蠱呢，她如今跟勵王在一起。」

雲遲眯起眼睛，溫涼地說：「公主葉香茗，是個自以為聰明的女人，她在聽聞南疆王下罪己詔後，定會折返都城，見南疆王一面，再伺機而動殺我。我猜，用不了明日晚，她就會出現在密道。」

花顏「哦？」了一聲，似笑非笑地看著他，「你對她很瞭解嘛！」

雲遲聽著這話不對味，看著她低笑：「不及對你瞭解。」

花顏揚眉看著他：「我聽聞南疆王和公主葉香茗有意與你聯姻？」

雲遲斷然地說：「我拒絕了！」話落，伸手將她摟在懷裡，心情愉悅地說，「當日，我說，本宮只娶一個太子妃，便是臨安花家，娶不到她，本宮寧願終生不娶。」

花顏低笑：「明明是長得這般迷惑人，偏偏還是個硬心腸不解風情慣會傷人心的！那公主一定被你的話傷透了心。」

雲遲淡笑：「不至於，本宮與她僅見過兩面，不至於讓她如此傷心至極。」

花顏靠在他懷裡，懶洋洋地笑著長歎：「你對我情深意重至斯，讓我覺得，即便對你以身相許，也不足以為報啊！」話落，伸手挑起他的下巴，調戲地問，「怎麼辦呢？太子殿下給個主意？」

雲遲握住她的手，笑容溫暖，嗓音低潤，柔聲說：「以身相許就夠了！」

花顏手指藉機撓了撓他的手心，言歸正傳地說：「既然你算準葉香茗會通過密道再回來，那我建議你，讓雲意帶人潛入密道，將密道的機關改了困住她，兵不血刃，免得放她出來，噬心蠱傷了人就不妙了。」

雲遲道：「以雲意對機關之術的造詣，怕是更改不了密道機關。當然，若有你的指點必能做到了。」

花顏坐起身，重新拿過圖紙，看了又看，伸手指向幾處：「更改機關密道，雖不容易，但是一夜的功夫也差不多。你喊雲意進來，我教給他。」

雲遲對外喊：「雲意！」

雲意應聲出現在殿外：「殿下！」

雲遲吩咐：「你進來，太子妃教你更改南疆王宮的機關密道。」

雲意先是一驚，接著又是一喜，連忙快步走進內殿，對雲遲和花顏恭敬地見禮。

花顏將圖紙放平在案桌上，點著幾處對他一一交代。

雲意聽著眼睛慢慢地變得明亮，在花顏說完後，冷木的聲音難掩喜色和激動：「多謝太子妃指點，屬下這就帶著人去改！」

花顏頷首：「務必小心，一定要按照我所說，絲毫差錯出不得，否則你們也許便會觸動死門，全部埋在密道裡。」

雲意心神一醒，慎重地點點頭：「是！」

雲遲淡聲吩咐：「更改機關密道，是為了拿辦葉香茗，務必成事。」

雲意垂首：「屬下定不負殿下之命。」

雲遲擺手。

雲意立即領命去了。

雲遲在雲意離開後，寫了封書信，用飛鷹傳出了行宮，送去給安書離與陸之凌。之後，喊來雲墨，吩咐其帶著一半雲衛與千年寒蟲蠱祕密離開都城，前往梅舒毓所在的軍營，等著與安書離和陸之凌會合。

雲墨領命，帶著一半雲衛與寒蟲蠱祕密出了南疆都城。

雲遲的飛鷹傳書在當日天色將暗時到了安書離和陸之凌的手裡。

二人傳遞著信函看了片刻，對看一眼，當即商量一番，安排妥當七萬兵馬，帶了所有隱衛，冒著晨起的露水，前往勵王軍所在地。

雲墨早早就帶著人候著安書離和陸之凌了。

二人來到後，下了馬，都有些腿腳發飄，有氣無力。

梅舒毓見到二人，嘿嘿直樂：「太子表兄用人就是狠，我以為我是最苦命的那個，如今看來還有兩個比我不遑多讓的。這下我平衡了。」

陸之凌伸手敲了梅舒毓一個爆栗，哼了哼：「敢笑話爺，你幾個膽子？小心我削了你。」

梅舒毓癟了癟嘴：「你如今連走路都沒力氣，拿什麼削我？也就逞口舌之快！」

陸之凌伸手勾住他肩膀，全身的重量都砸在梅舒毓身上，十分不客氣：「你幸災樂禍個什麼？我問你，花顏怎樣了？你可知道？」

梅舒毓聽他提起花顏，收了幾分玩笑之意，瞅了一旁的安書離一眼，搖搖頭，小聲說：「我也不知，問雲墨，雲墨不理會我。」

陸之凌歎了口氣，說：「估計她這回落入太子殿下手裡，再沒法逃開了。」

梅舒毓驚嚇了一跳：「這……不能吧？她很厲害的。」

陸之凌拍拍他肩膀：「別太天真了，太子殿下就不厲害嗎？沒聽說過進了他嘴裡的肉會被他吐出來的。」

陸之凌駭然：「那……那可怎麼辦？」

陸之凌搖了搖頭，吊兒郎當地說：「誰知道怎麼辦？不關你我的事兒，愛怎麼辦就怎麼辦唄！咱們能幫的忙已經幫了，不能幫的忙，也沒辦法不是？」

梅舒毓難得有了些愁滋味，心裡不好受地說：「怎麼就逃不開呢！她那樣的女子，多麼嚮往紅塵俗世裡打滾過活，一旦高高在上，真是難以想像。」

陸之凌「哈」地一笑，「你操哪門子心？誠如你所說，她那樣的女子，厲害著呢，能在紅塵俗世裡打滾過活，也能登得了金馬玉堂生活。」

梅舒毓噎了噎：「話是這麼說，但是……」

「別但是了，我們又渴又餓又累，趕緊讓人備酒菜。」陸之凌打斷他的話。

梅舒毓只能住了口，揮開陸之凌壓在他肩頭的身子，吩咐人準備酒席。

二人在梅舒毓的軍中歇了一日夜，養足了精神後，在第三日時，與帶著寒蟲蠱和一半雲衛的雲墨，夜襲勵王軍。

勵王正在等著葉香茗的消息，算計著已經到了第三日了，若是葉香茗再沒消息，他就不管不顧與雲遲三十萬兵馬殊死較量了。

他拿出萬毒蠱做著打算。

萬毒蠱，顧名思義，只要萬毒蠱出，一萬條人命也不在話下。

萬毒蠱就如毒瘟疫，所過之處，沾者即死。

安書離和陸之凌渺無聲息地進入勵王軍營，摸到了勵王營帳外時，透過縫隙，便看到了勵王和他面前的金缽。

安書離與陸之凌對看一眼，明白他面前的金缽估計就是萬毒蠱。

在雲墨將寒蟲蠱交給二人後，也將花顏的那個禍引寒蟲蠱的香囊給了二人，如今見到勵王的萬毒蠱，安書離當即拿出了寒蟲蠱，陸之凌拿出了香囊，二人快速地同時出手，將寒蟲蠱的金缽打開與香囊一起扔進了勵王營帳中。

陸之凌順手扔出一枚玉扳指，打翻了勵王桌子上放著的金缽。

勵王正想著如何用萬毒蠱對付雲遲的三十萬大軍，正想的出神，不防外面扔進來一個東西，他一驚，立即跳了起來。

他剛跳起來，便聽到一聲輕響，只見案桌上的金缽被一物打中，落在了地上。

他還沒看清扔進來的是什麼東西，只覺眼前兩道寒光，大驚失色下立即躲避，但那兩道寒光像是長了眼睛一般，直直地刺入了他身體。

「嗤嗤」兩聲刺破身體的聲響，是兩柄寶劍。

一柄是安書離的，刺中了勵王脖頸，一柄是陸之凌的，刺中了勵王心口。

勵王不敢置信地看著自己身上的兩柄寶劍，不相信他竟然就這樣被人殺了，且還沒見到殺他的人的面容，到底是誰，闖入他二十萬兵馬的軍營，這般渺無聲息地刺殺了他。

他身子晃動著，艱難地看向地上，兩個金缽裡面各爬出一隻蠱蟲，只見兩隻蠱蟲很快便扭在了一起。他驚駭地看著，上前一步想要分開他們，但他已經走不動，剛走兩步，便血流如注，轟然倒在了地上。

至死，他都死不瞑目。

安書離和陸之凌在劍出鞘後都默默地退離了勵王營帳數步之遠，耐心地等著，畢竟千年的寒蟲蠱和千年的萬毒蠱都不是什麼好東西，沾者即死，他們還不嫌命長。

他們十分耐心地等著一個結，等了大約一盞茶，二人對看一眼，覺得時間差不多了，便齊齊來到了勵王的營帳外，透過縫隙，看清了裡面的情形。

勵王躺在地上，已經死透，那兩隻蟲子，只剩下一小片血跡和碎裂的蟲屍。

二人大鬆了一口氣，對看一眼，都在各自的眼中看到了笑意。

雲遲交代的任務，這一次，他們總算是不負所望地完成了。

二人進了營帳，從勵王的身體裡拔出各自的劍，點了一把火，又渺無聲息地出了勵王軍帳。

很快，士兵們便發現勵王的營帳起了火，有人大喊：「快，救火啊！」

雜亂的喊聲中，勵王的暗衛們第一時間衝進來，發現勵王已死，齊齊大變，退出營帳，尋到了引迷香的蹤跡，當即追著安書離和陸之凌而去。

安書離和陸之凌本就沒走，二人出了軍營後擇了一地，帶著暗衛等候著勵王暗衛尋跡而來。

勵王的暗衛自然不及南疆王的暗衛厲害，但也是南疆王室裡自小培養的暗人。他們追來後，便遇到了雲墨帶著一半雲衛與安書離和陸之凌所帶的所有暗衛的圍殺。

此時，根本就不必安書離和陸之凌再出手。

陸之凌不急不緩地從懷中摸出一枚信號彈，扔上了半空中。

梅舒毓早已經在等著消息，當看到了陸之凌放出的信號彈之後，當即按照早先制定好的方案，三十萬大軍包抄二十萬無主的勵王軍。

這一場大戰，便在勵王死後第一時間打響。

勵王到死都不會知曉，雲遲不會讓他這個禍害活著危機他。

在雲遲看來，南疆一眾皇室宗親都可活，唯獨勵王，不可活，必須死！

女帝

千樺盡落——著

百年簪纓世家鎮國公府，一朝傾塌灰飛煙滅，
嫡長女白卿言重生一世，
絕不讓白家再步前世後塵……

- 年度閱文女頻、風雲榜第一名！
- 破億萬人點閱，二百萬人收藏推薦！
  2024年十大必讀作品！

鎮國公功高震主，當今陛下聽信讒言視白家為臥側猛虎欲除之而後快！南疆一役，白卿言其祖父、父親叔叔與弟弟們為護邊疆生民，戰至最後一人誓死不退，白家二十三口英勇男兒悉數戰死沙場，百年簪纓世家鎮國公府，一朝傾塌灰飛煙滅。

上輩子白卿言相信那奸巧畜生梁王對她情義無雙，相信助他登上高位，甘願為他牛馬能為白家翻案，洗刷祖父「剛愎用軍」之汙名……臨死前才明瞭清醒，是他，聯合祖父軍中副將坑殺白家所有男兒；是他，利用白卿言贈予他的兵書上的祖父筆跡，偽造坐實白家通敵叛國的書信；是他，謀劃將白家一門遺孤逼上絕路，無一善終；

上天眷顧，讓嫡長女白卿言重生一世，回到二妹妹白錦繡出嫁前一日，世人總說白家滿門從不出廢物，各個是將才，女兒家也不例外！

白卿言憑一己女力，絕不讓白家再步上前世後塵……一步步力挽狂瀾，洗刷祖父冤屈、為白家戰死男兒復仇，即使只剩一門孤兒寡母，也要誓死遵循祖父所願，完成祖父遺志……「願還百姓以太平，建清平於人間，矢志不渝，至死不休！」

全十四卷完結

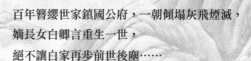

STORY 095

花顏策 卷三

作者　西子情
主編　汪婷婷
編輯協力　謝翠鈺
企劃　鄭家謙
美術設計　卷里工作室　季曉彤

董事長　趙政岷
出版者　時報文化出版企業股份有限公司
108019 台北市和平西路三段二四〇號七樓
發行專線——（〇二）二三〇六六八四二
讀者服務專線——〇八〇〇二三一七〇五
（〇二）二三〇四七一〇三
讀者服務傳真——（〇二）二三〇四六八五八
郵撥——一九三四四七二四時報文化出版公司
信箱——一〇八九九　台北華江橋郵局第九九信箱
時報悅讀網　http://www.readingtimes.com.tw
法律顧問　理律法律事務所　陳長文律師、李念祖律師
印刷　勁達印刷有限公司
一版一刷　二〇二四年十月二十五日
定價　新台幣三六〇元
缺頁或破損的書，請寄回更換

時報文化出版公司成立於一九七五年，
並於一九九九年股票上櫃公開發行，於二〇〇八年脫離中時集團非屬旺中，
以「尊重智慧與創意的文化事業」為信念。

花顏策 / 西子情作 . -- 一版 . -- 臺北市 : 時報文化出版企業股份有限公司 , 2024.10-
冊 ; 14.8×21 公分 . -- (Story ; 95-)
ISBN 978-626-396-839-4 (卷 3 : 平裝). --

857.7　　113014380

Printed in Taiwan